Robert Åsbacka

Das zerbrechliche Leben

Roman

Aus dem Schwedischen
von Verena Reichel

Carl Hanser Verlag

Die schwedische Originalausgabe erschien 2008
unter dem Titel *Orgelbyggaren* bei Schildts in Helsinki.

1 2 3 4 5 14 13 12 11 10

ISBN 978-3-446-23486-4

Satz: Satz für Satz. Barbara Reischmann, Leutkirch
Druck und Bindung: CPI – Ebner & Spiegel, Ulm
Printed in Germany

»Dies Knäuel grauer Körper, das sind sie. Still, kaum sichtbar, sind sie nicht mehr, in der Nacht, als ein einziger Haufen, und sie klammern sich vielleicht, die Köpfe in ihre Umhänge vergraben, aneinander.«

Samuel Beckett, *Malone stirbt*

Die Füße

1 Gerade an diesem Morgen blieb er etwas länger als sonst am Frühstückstisch sitzen. In der Zeitung stand ein Gedicht von Stig Dagerman. Es war ihm sehr vertraut. Vermutlich etwas, das Siri ihm vorgelesen hatte. Sie las gern vor, Gedichte wie Romane. Das war etwas, womit sie schon in den fünfziger Jahren angefangen hatten, als sie noch jung und verhältnismäßig formbar waren. Und obwohl er damals eigentlich nicht an Büchern interessiert war, protestierte er nie gegen die abendlichen Lesungen. Er konnte sich ganz im Gegenteil keine bessere Art vorstellen, sich der Welt der Bücher zu nähern. Obwohl eigentlich sie es war, der er sich nähern wollte. Die Bücher kamen sozusagen obendrein dazu. Allmählich wurden die Bücher Teil ihres Lebens, und viel später, als sie nicht mehr da war, um zu lesen und ihn richtig zu lotsen, kam es vor, dass er über die Esplanade zur anderen Seite der Straße und in die Buchhandlung hineinging, um etwas zu bestellen, von dem er im Radio gehört oder in der Zeitung gelesen hatte.

Aber wann Siri dieses Gedicht von Stig Dagerman gelesen hatte, war ihm nicht in Erinnerung. Es war möglich, dass es etwas war, das sie in der Bibliothek ausgeliehen hatte. Oder das Gedicht war Teil eine Anthologie gewesen. Die pflegte sie manchmal nach Hause mitzubringen. Neue schwedische Lyrik. Von Södergran bis Sonnevi und wie sie alle hießen. Und das Dagermangedicht hätte tatsächlich aus einer Anthologie sein können.

Oder das Buch stand ganz einfach in seinem eigenen Regal. Um sich Klarheit zu verschaffen, schlurfte er in die Diele hinaus und schaute nach. Zwei gediegene Regale aus lackiertem Fichtenholz, gefüllt vom Boden bis zur Decke. Da standen sie, alphabetisch geordnet. Das war alles, was übriggeblieben war, seit er aussortiert und den größten Teil von Siris nachgelassenen Büchern weggegeben hatte. Und es ist nicht ganz unmöglich, dass auch Dagerman der Aufräumaktion zum Opfer gefallen war. In diesem Fall befinden sich die Bücher jetzt zu einem höchst erschwinglichen Preis im Antiquariat der Stadt. Verkauft worden sind sie wohl kaum. Jedes Mal, wenn er dort hineingegangen war, um nachzusehen, waren die Regale mit den unverkäuflichen Büchern angewachsen. Die verkäuflichen liegen auf einem länglichen Tisch in der Mitte des Raums. Auf diesem Tisch scheint der Umsatz ziemlich groß zu sein. Aber dort hatte Dagerman wohl kaum je gelegen.

Das einzige Buch von Stig Dagerman, das er an diesem Morgen im Regal fand, war eine Billigausgabe von *Schwedische Hochzeit*. Sie stand eingeklemmt zwischen Chorell und Diktonius. Er fragte sich, warum er gerade sie behalten hatte? Vielleicht wegen des Umschlags, auf dem sich Liebe und Verzweiflung andeuten, vermutlich mehr Verzweiflung als Liebe. Er wusste nicht, ob sich das auch auf das Buch bezieht, da er es nie gelesen hatte. Vermutlich hatte Siri es irgendwann in den fünfziger Jahren gekauft. Sie legte keinen Wert auf Erstausgaben und aufwendige Einbände, für sie war der Inhalt die Hauptsache. Meist las sie im Bett liegend, mit einem ihrer geerbten Kissen im Nacken. In den letzten Jahren klagte sie oft über Schmerzen in den Handgelenken. Die Ursache der Schmerzen hatte vermutlich nichts mit dem Lesen zu tun, führte aber dazu, dass sie ihre Gewohnheiten ändern und zumindest die schwereren Bücher in einem Sessel sitzend mit dem Buch auf einem Ständer vor sich lesen musste. Oder auf dem Orgelhocker, das Buch auf dem Spieltisch aufgeschlagen, während der Pfarrer den Gottesdienst gerade allein bestritt. Sie hatte eine bemerkenswerte Gabe, gleichzeitig der Liturgie und der Liebesintrige folgen zu können. Nur bei seltenen Gelegenheiten entstand eine Stille und der Pfarrer begann unruhige Blicke zur Empore hinaufzuwerfen, um zu sehen, was die Organistin trieb, da die Musik nicht dort einsetzte, wo sie hätte einsetzen sollen. Genau das passierte, als sie Tolstois *Anna Karenina* las, und obwohl sie es zum zweiten oder vielleicht sogar zum dritten Mal las, wurde sie so tief in die Handlung hineingezogen, dass sie die Stille nicht bemerkte, die plötzlich die ganze Kirche erobert hatte. Erst als sie einige künstliche Räusperer des Pfarrers gehört hatte, ließ sie sich sacht aus dem unmöglichen Verhältnis zwischen Anna und Vronskij und zurück auf den Orgelhocker und in die Kirche heben, die sich jetzt mit flüsternden Stimmen und dem Geräusch von sandigen Schuhsohlen auf dem Steinboden zu füllen begann.

Aber Stig Dagermans *Schwedische Hochzeit* war dünn und leicht und nie an einem Ständer festgeklemmt worden. Er strich den Staub vom Titelbild und steckte das Buch wieder zurück an seinen Platz.

Dann schlurfte er zurück in die Küche und schnitt das Gedicht aus der Zeitung. Die letzte Strophe lautet:

> Wie bald die Pappeln sich zeigen
> nackt und schwarz wie Ruß.

Sterben ist einfach zu schneigen
wie Laub in den munteren Fluss.

Schneigen wie Laub. Vom Wasser getragen werden. Das klang friedvoll.

Aber der eigentliche Grund dafür, dass er so lange sitzen blieb, war, dass er sich zu fragen begonnen hatte, warum ein reichsschwedischer Autor wie Stig Dagerman auf die Idee gekommen war, schneigen zu schreiben? Das war doch reiner Dialekt. Aus der Schulzeit erinnerte er sich an einige Zeilen von Topelius über Winter, in denen es auf Nase und Augen schneigt und die weißen Ebereschen Blüten auf alles schneigen lassen, was da war. Aber Topelius war in dieser Gegend aufgewachsen und sog natürlich nach Art der Kinder die Redewendungen der Leute auf.

Österbottnischer Dialekt. Es schneigt.

Oder das Wort war ein Überbleibsel aus der schwedischen Zeit. Und in diesem Fall kein Dialekt, sondern altertümlich und den Leuten auf beiden Seiten des Wassers geläufig, den Bewohnern von Väster- wie von Österbotten.

Und so machte er noch einmal die Runde. Die Stadt war in Bewegung gekommen. Sogar das Mädchen in der Wohnung über ihm war wach, er konnte einen Stuhl scharren hören und dann das Pochen in der Leitung, als sie den Wasserhahn in der Küche aufdrehte. Dieses Pochen, deutete es nicht darauf hin, dass etwas nicht in Ordnung war? Die Luft? Ein Leck? Immer wenn er es hörte, dachte er, er müsse anrufen und Bescheid sagen. Aber dann vergaß er es, bis er es das nächste Mal hörte.

Das Wörterverzeichnis der Schwedischen Akademie stand weit unten am Boden. Er musste einen Stuhl heranziehen und sich setzen, um es zu erreichen. Es hatte eine Zeit gegeben, da er sich unbekümmert auf Stühle gestellt hatte, um Regale unter der Decke zu erreichen, jetzt brauchte er auch einen Stuhl, um hinunter zum Boden zu kommen. Er konnte nicht umhin, daran zu denken, was möglicherweise der nächste Schritt sein würde. Es bedurfte keiner größeren Anstrengung, um die Antwort zu finden, aber er beschloss, sich nicht damit aufzuhalten, sondern blätterte stattdessen vor bis zum Buchstaben S.

Schneien, stand da. Sonst nichts. Nichts von Dialektal oder Altertümlich. Nur schneien.

Nicht, dass es eine Rolle gespielt hätte. Das Gedicht war fein. Es hieß Herbst.

2 Der Himmel war hellgrau. Etwas dunklere Wolken waren in der Richtung des Meeres zu sehen. Niederschläge in Form von Regen, hatte es in den Nachrichten geheißen. Obgleich das wohl nicht sicher war. Die Wolken waren jetzt seit mehreren Tagen schwer gewesen, aber das einzige, was sie von sich gegeben hatten, waren Tropfen, so leicht, als wären sie ein Teil der Luft. Am Tag davor hatte er nicht einmal gemerkt, dass es regnete, bis das Gesicht schon so nass war, dass das Wasser in den Hemdkragen hineintropfte. Jetzt war die Luft trockener, fast klar, trotz der Wolken, die sich von Westen her näherten.

Sobald er aus der Tür trat, sah er Berg an seinem üblichen Platz vor dem Elektroladen. Der Rollator war neben dem Schaufenster geparkt, und Berg selbst saß auf dem kleinen Sitz, das Gesicht dem Marktplatz zugewandt. Der Marktplatz war leer und verlassen, und Berg ausnahmsweise stumm.

Thomasson schlug die andere Richtung ein, passierte den Kiosk und ging weiter nach Norden. Er hatte nicht die geringste Lust, so früh am Morgen zu diskutieren, nicht mit Berg und auch mit keinem anderen. Er wollte einfach nur spazieren gehen. Den Körper und die Gelenke in Gang bringen, fühlen, wie die Maschinerie sich rasselnd in Bewegung setzte. Dass er Berg mied, lag auch daran, dass er wusste, was dieser zu sagen haben würde. Es würde sich um die

Situation im Irak drehen, um den Ölpreis und um Russlands wiedererwachte Großmachtträume. Genau wie es in den vergangenen Wochen und in den Wochen davor gewesen war. Möglicherweise würde er auch, falls genug Zeit und Kraft vorhanden war und Thomasson sich entschied, stehen zu bleiben, die fast vergessene Vogelgrippe aufgreifen, das Atom-U-Boot Kursk und das arktische Eis, das rasch dahinschmilzt und auf längere Sicht den Meeresspiegel zu einer neuen und entscheidenden Sintflut ansteigen lassen wird.

Die Katastrophen, meinte Berg, hingen alle zusammen. Es gelte nur, das Muster zu erkennen.

Als Thomasson schließlich am Ende des Häuserblocks und in ausreichendem Abstand von dem Elektroladen angekommen war, konnte er endlich langsamer werden. Das Hemd klebte am Rücken. Das lag daran, dass er etwas schneller gegangen war, als er sollte, zumindest so früh am Morgen. Aber auch daran, dass er kein Unterhemd trug. Damit hatte er in dem Jahr aufgehört, in dem Siri starb. Mitten in der Trauer hatte es sich wie eine Erleichterung angefühlt, etwas so Einfaches zu tun, wie ein Hemd anzuziehen und hinauszugehen, ohne die Frage gestellt zu bekommen, ob er an das Unterhemd gedacht habe. Trotzdem war es ja so: hätte er jetzt ein Unterhemd an, hätte es den Schweiß aufgesogen und das Hemd trocken bleiben lassen.

Es kann ihn immer noch ärgern, dass sie so oft recht hatte.

Es war kühl, konnte nicht mehr als zehn, elf Grad haben. Der Herbst schritt rasch fort. Der August und die ersten Wochen im September waren warm gewesen, aber jetzt war alles im Begriff, sich zu wenden. Der Erdball kippte, wandte sich dem Winter zu. Oder vom Sommer ab, so musste es doch sein? Vom Licht und der Wärme. Etwas anderem zu.

Vorn an der Kreuzung ging er nach rechts den Hang hinauf. Er bemühte sich, ruhig und gleichmäßig zu atmen, die Luft tief in die Lungen zu ziehen, bevor er sie wieder hinausließ. An das Atmen zu denken, so weit war er jetzt also gekommen. In zwei Jahren würde er einen runden Geburtstag feiern. Zum letzten Mal. Das hatte er auch gesagt, als er am Morgen mit Maja gesprochen hatte. Vielleicht ein bisschen unnötig. Er hatte es sofort bereut, als er es gesagt hatte. Aber gesagt ist gesagt, und Maja, die selbst seit fast zwei Jahrzehnten tot war, würde sich wohl kaum aufregen. Sie war es mittlerweile gewohnt, das meiste zu hören.

Maja war zweiunddreißig Jahre alt, als sie starb. Oder jung. Das einzige Kind. Sie hatte Krebs bekommen und hatte ihn zu lange verschleppt. Nur ein bisschen Probleme mit dem Magen, sagte sie, vielleicht eine Form von Allergie. Oder Stress. Vielleicht der Beginn eines Magengeschwürs. Sie übergab sich und blutete. Als sie sich endlich zu einer Untersuchung aufraffte, war es schon zu spät. Sie gaben ihr Medikamente und operierten, konnten aber nicht mehr bewirken, als das zu verzögern, was in einer ungewissen Anzahl von Monaten geschehen würde. Persönlich war Thomasson damals meist an Bord, mit seinen eigenen Dingen beschäftigt. Wenn er zu Hause war, sah er, was geschah, nahm es aber nicht in sich auf. Auch viele Jahre danach wusste er immer noch nicht, ob er wirklich an die Erklärung mit dem Magenkatarrh und dem Stress geglaubt hatte, oder ob das nur etwas war, an das er hatte glauben wollen, weil es bequem war und keinen Einsatz seinerseits erforderte.

Immerhin hatte sie es geschafft, Kinder zu bekommen, zwei Söhne. Sie wohnen mit ihrem Vater und der Frau zusammen, die sie Mama nennen. Menschen, die Thomasson nicht kennt. Die Fotografien stehen in einer langen und immer staubigeren Reihe auf der Kommode: Klassenfotos, Konfirmationsfotos, Abiturfotos, und jetzt zuletzt ein Hochzeitsfoto vom Ältesten.

Bald würde es wohl wieder von vorn anfangen, mit einer Fotografie von der Taufe. Mehr würde es wohl kaum werden können.

Auch das hatte er am Morgen zu Maja gesagt. Sie antwortete nicht. Daran ist nichts Merkwürdiges, sagte er, das Leben geht weiter, der eine wird geboren, der andere stirbt, so ist es immer gewesen. Glücklicherweise.

Du bist doch nicht einmal kränklich.

Nein, er war nicht kränklich. Er war alt. Das Alter ist keine Krankheit, aber man stirbt daran.

3 Halbwegs am Hang kehrte er um und begann wieder zum Fluss hinunterzugehen. Er wollte das Wasser sehen, solange es noch zu sehen war. Bald, in etwa einem Monat, würde es gefrieren.

Es würde anfangen zu schneigen.

Wieder zurück an der Esplanade blieb er stehen. Unentschlossen. Er konnte sich nicht entscheiden, ob er sofort hinunter zum Fluss gehen sollte oder ein Stück weiter nach Norden, am Haus vorbei, und dann im Park den Fluss entlang?

Ziemlich bald merkte er, dass er zu lange stehengeblieben war, wie ein verwirrter alter Mann, der nicht nach Hause findet. Also ging er nach Norden.

Das Haus hatte noch dieselbe Farbe wie damals, als sie es verkauft hatten. Graublau. An sonnigen Tagen sah es vor den Bäumen an der anderen Seite des Flusses hellblau aus, an grauen Tagen wie diesem verschmolz es fast mit dem Wasser und dem Himmel. Es wurde einfach zu groß, zu schwer. Und nachdem Maja von ihrer Krankheit erzählt hatte, war es, als sei sowohl Siri wie Thomasson die Luft ausgegangen. So dass sie es verkauften und ein paar hundert Meter weiter zum Zentrum hin umzogen, in die Wohnung. Im Herbst vierundneunzig war Siri dann zu dieser Reise aufgebrochen. Heute vor zwölf Jahren, auf den Tag genau. Seitdem war nur noch er übrig.

Er, der sich festbiss, der nicht einmal kränklich war.

Er ging nicht ganz bis hin, sondern kehrte ein Stück davor um und ging hinunter in den Park. Er wollte sie nicht glauben machen, dass er herumschnüffelte. Es waren immer noch dieselben Leute, die dort wohnten, ein junges Paar. Nun ja, was heißt schon jung. Damals, als sie es kauften, hatten sie jung gewirkt, sie offensichtlich schwanger und mit einem Zweijährigen auf dem Arm. Seitdem waren sie noch zahlreicher geworden. Jahr für Jahr hatten neue Kinderwagen, Fahrräder, Mopeds, Motorroller, Motorräder und Autos auf dem Grundstück gestanden. Der Zweijährige dürfte wohl mittlerweile zweiundzwanzig sein. Sie betrieben eine Schrottfirma. Das eigentliche Geschäft befand sich unten auf dem Bahnhofsgelände, aber es stand immer der eine oder andere Lastwagen neben dem Haus. Hinter dem Bretterzaun, der zum Fluss hinunterführte, war ein Bagger zu sehen.

Jetzt war es still und friedlich.

Er war ungefähr den halben Weg durch den Park gekommen, als der erste Schrei ertönte. Ein böser, schriller Schrei, und dann eine abrupte Stille. Er blieb stehen und horchte. Es war nichts anderes zu hören als ein Auto, das oben auf der Esplanade entlangfuhr, und das Wasser, das unter der Kraftwerksbrücke hindurchrauschte. Aber dann kam er wieder. Und jetzt hörte er, dass es gar kein Schrei war, sondern ein Lachen, und dass auf dieses Lachen andere folgten. Sie waren aufeinander abgestimmt wie die Bausteine eines Chorwerks.

Die Geräusche kamen unten vom Fluss her. Vom Kiesweg aus konnte er nichts sehen. Seit der Damm umgebaut worden war, brauchte man sehr viel länger vom Park hinunter zum Ufer. Früher, vor langer Zeit, führte eine Treppe hinunter zu einer Brücke, wo die Frauen der Stadt ihre Teppiche zu waschen pflegten. Die Waschbrettbrücke. Jetzt sind Treppe wie Brücke verschwunden. Die Teppiche sollen angeblich heute weiter unten am Meer gewaschen werden, wo die Stadt, oder wer auch immer, zwischen den Wellenbrechern und den Reihen großer Glasfaserboote eine neue Brücke gebaut hat.

Er dachte, die Jungen wären vielleicht beim Baden, und deshalb würden sie so lachen. Obwohl es spät im Jahr war, und auf diesem Breitengrad wurde selten nach dem August gebadet. Aber sie konnten ja sonst was tun, angeln oder ein Ruderboot mit Steinen füllen. Es braucht nicht so viel, um Jungen zum Lachen zu bringen.

Er setzte sich erneut in Bewegung, aber nachdem er nur wenige Schritte getan hatte, hörte er es wieder. Und jetzt war es ganz deutlich ein Schrei, und auf den Schrei folgte ein Lachen. Er zögerte einen Augenblick. Er war zu alt. Er sollte sich nicht einmischen. Trotzdem wusste er, dass er es nicht lassen konnte. Um seiner Glückseligkeit willen. Er hatte schon allzu viele Male weggesehen. Und wie man es auch drehte und wendete, so war es doch wirklich wahr, was er morgens zu Maja gesagt hatte. Bald würde es Zeit sein, Bilanz zu ziehen. Keiner kennt den Tag und auch nicht die Stunde. Oder wie es nun hieß. Siri hätte es wortwörtlich gewusst.

Das erschreckte ihn nicht. Ihm kam eine Textzeile in den Sinn, nicht aus einem Buch, sondern aus einem Musikstück. Auch zu dieser Zeile hatte er unter Siris Anleitung gefunden.

Ich habe Lust abzuscheiden. Wie ich mich danach sehne, aufzubrechen. Der Brief des Paulus an die Philipper, Vers 23. In Thomassons Kopf erklangen die Worte in Buxtehudes

Version. Dietrich Orgelmeister. Der Größte vor Bach. So heißt es allgemein. Aber für Thomasson war er der Größte sowohl vor als auch nach Bach. Im Herbst 1705 war Bach zu Fuß von Arnstadt nach Lübeck gewandert, um Buxtehude spielen zu hören. Sechshundert Kilometer auf unsicheren Wegen. Er hatte vorgehabt, etwa eine Woche zu bleiben, daraus wurden Monate.

Ein Mythos, pflegte Siri zu sagen. Davon gibt es jede Menge.

Dass aber Bach von Buxtehude gelernt hatte, das leugnete sie nie. Er war gut, sagte sie, aber kein Genie, hat sich nie richtig in die Riemen gelegt. Gut in allem, aber nicht der Beste in etwas. Ein Mittelmäßiger unter den Giganten.

Dietrich Buxtehude weilte über dem Kampfgetümmel, jenseits der großen Gesten. Das war, wie Thomasson es sah, größer als alle Genialität der Welt.

Zwei Soprane und ein Bass.

Ich habe Lust abzuscheiden und bei Christo zu sein.

Also wich er vom Kiesweg ab und begann sich langsam den Hang hinunterzutasten, entlang der Treppe, die es nicht mehr gab. Er ging vorsichtig, die Seite voran, und suchte mit dem linken Fuß Halt, während er sich gleichzeitig an den Büschen festhielt, die dort wuchsen, wo sich einmal das Geländer befunden hatte. Das Lachen und die Stimmen waren jetzt deutlicher zu hören. Unten am Wasser tauchte undeutlich eine Schar von Jungen auf, aber er traute sich nicht, genauer hinzusehen, aus Angst, einen Fehltritt zu tun und das letzte Stück hinunterzufallen.

Es gelang ihm, ohne Missgeschick hinunterzugelangen, und als er schließlich unten ankam, waren die Jungen verstummt. Sie standen da und schauten ihn an, wussten wohl nicht, wer er war. Die Stadt ist klein, ein Ort, an dem jeder jeden kennt, aber wie klein ein Ort auch ist, alte Männer können doch mehr oder weniger unbemerkt kommen und gehen, da der eine dem anderen so verwirrend ähnlich sieht. Es ist nicht einmal sicher, ob die Eltern der Jungen oder ihre Großeltern hätten sagen können, wer Thomasson war. Dabei hatte er seit den fünfziger Jahren in der Stadt gewohnt. Manch einer erinnerte sich vielleicht noch an ihn aus der Zeit, als er einen Kaufladen in der Bankgatan hatte. Aber die, welche sich erinnern, werden immer weniger. Nachdem er erst alles verrammelt und auf den Fähren zu arbeiten begonnen hatte, hatten sicher viele geglaubt, er sei weggezogen. Aufgebrochen und für immer verschwunden. Es war, als hätte er die Tür zur Stadt selbst zugemacht, als er den Laden geschlossen hatte und weggegangen war. In seiner Freizeit saß er meist zu Hause, schaute auf den Fluss hinaus, machte seine Spaziergänge mit Siri, manchmal kam es vor, dass er ins Restaurant in der Nachbarschaft ging, um ein paar Biere zu trinken. Aber das kam selten vor, und später hörte er ja ganz damit auf.

Es waren vier Jungen am Ufer. Ein fünfter stand draußen im Wasser. Er trug einen kurzärmeligen Pullover und Jeans, und das Wasser reichte ihm ein Stück weit die Oberschenkel hinauf. Er stand da, die Arme vor der Brust gekreuzt. Er fror. Sogar von der alten Treppe aus meinte Thomasson zu sehen, wie die Gänsehaut sich entlang der streichholzdünnen Arme bis hinauf zum Hals erstreckte, der langsam einen dunkelblauen Ton annahm. Auch die Haare schienen nass zu sein.

Was er sah, war ein Junge, der bis zu den Oberschenkeln im Wasser stand und fror, während vier andere mit Stöcken am trockenen Ufer standen. Wer so etwas sieht, weiß, worum es geht. Trotzdem fragte er:

»Was geht hier vor?«

Eine Altmännerstimme, lange ungebraucht, eine Stimme, die ihre Schärfe verloren hatte. Er konnte das Resultat sofort an ihren Gesichtern ablesen. Respekt, oder wenn man aussprechen soll, was wir uns eigentlich erhoffen, nämlich Angst, war überhaupt nicht zu sehen. Nur Neugier, Verwunderung, vielleicht Erwartung: Was will der Alte?

Thomasson tat einige vorsichtige Schritte zum Flussufer hinunter. Kies und Steine rasselten unter seinen Füßen. Der Junge da draußen blieb stehen, ohne sich zu rühren. Das Wasser strömte an ihm vorbei, schlug in kleinen Wellen gegen seine Schenkel und floss weiter zum Meer hinaus. In der Luft lag ein Geruch von lebenden Fischen, wie man ihn an den Händen bekommt, wenn man einen frisch gefangenen Barsch ausgenommen hat. Es ist ein Geruch, der rasch verfliegt, bei dem Fisch, der auf dem Markt verkauft wird, lässt er sich nur erahnen. Thomasson schaute zwischen den Steinen am Ufer nach, um zu sehen, ob dort ein Fisch lag. Aber da war nichts, da waren nur die Steine und dann das beinahe schwarze Wasser, das sich im Herbstwind kräuselte. Das Herbstwasser an einem bewölkten Tag war tiefschwarz, nicht kohlrabenschwarz. Wie unbearbeitetes Eisen.

Am Boden musste es rutschig sein. Mit Algen bedeckte Steine. Aber der Junge schien sicher zu stehen.

»Komm hier heraus.«

Er fand, es hätte sich ein wenig Schärfe in seine Stimme geschlichen, als hätte sie zu der Tonlage zurückgefunden, die er oft hatte anwenden müssen, wenn er wollte, dass seine Lagerburschen unverzüglich und ohne unnötige Proteste die Arbeit ausführten, für deren Ausführung sie angestellt waren.

Also ist es möglich, dass sie noch in ihm war, die Chefstimme, denn auch dieser Junge setzte sich in Bewegung, ließ den Griff um sich selbst los und begann langsam auf das Ufer zuzugehen, vorsichtig wie ein Balancekünstler, mit ausgebreiteten Armen auf dem steinigen Boden.

Der eine der Jungen, mit grünem Kapuzenpulli und herunterhängenden Hosen, warf den Stock weg und begann wegzugehen, während er etwas zu den anderen sagte. Thomasson meinte, es klinge wie »wir hauen ab«. Aber es kann auch etwas anderes gewesen sein, wir hauen ab sagte man vor dreißig, vierzig Jahren. Aber die Bedeutung schien jedenfalls dieselbe gewesen zu sein, denn auch die anderen Jungen warfen ihre Stöcke weg und begannen langsam den Hang zum Park hinaufzugehen.

Und er konnte es nicht lassen.

»Hört mal«, rief er ihnen nach, »was hat das zu bedeuten? Warum habt ihr euren Kameraden ins Wasser hinausgejagt!«

Sie drehten sich um, ohne stehenzubleiben, gingen weiter rückwärts den Hang hinauf, während der Junge mit dem Kapuzenpulli sagte, sie hätten überhaupt niemanden gejagt, aber Balderson – anscheinend der Junge im Wasser – hätte baden wollen, aber sich nicht richtig getraut, und deshalb hätten sie ihm ein bisschen geholfen.

Die anderen kicherten und schauten einander an. Diese Jungen mochten im Alter von elf, zwölf sein. Sie waren noch nicht in den Stimmbruch gekommen. Jedenfalls nicht der, der gerade etwas gesagt hatte. Die anderen wohl auch kaum, dem Gekicher nach zu urteilen. Sie waren wie ein Haufen, ein veränderbarer Körper, der sowohl spielerisch wie bedrohlich sein konnte. Jetzt kicherten sie, und wenn vorpubertäre Jungen kichern, bedeutet das, dass jemand in der Nähe, Tier oder Mensch, leidet.

Thomasson war ein Mann, der auf die Achtzig zuging, und was er sich eigentlich dabei dachte, als er sich entschloss, den Jungen den Hang hinauf zu folgen, ist schwer zu sagen. Vielleicht war es einfach der Instinkt, welcher die Oberhand gewann, wie wenn ein noch so folgsamer Hund einen Hasen auf offenem Feld entdeckt, anfängt zu jagen, den Ruf des Herrchens erst hört, wenn er Geschwindigkeit aufgenommen hat und nicht mehr stoppen kann. Er ist dann in den Einbahntunnel geraten. Und vielleicht war das genau der Tunnel, in dem Thomasson sich jetzt befand, als er über Grasbüschel stieg, über alten Bodenschlamm trampelte und auf rundgeschliffenen Steinen Halt für die Füße suchte, während die Jungen umkehrten und die letzten Meter zum Kiesweg hinauf Tempo gewannen und verschwanden.

Als er zurückgehen wollte, geschah es, er stürzte. Der rechte Fuß landete schräg auf einem nassen, rundlichen Stein, die Sohle rutschte ab und unter ihm beugte sich das eine Knie.

Er fiel auf die Seite und stütze sich mit der Hand ab, und das erste, woran er dachte, als der Schock abgeklungen war, das Erstaunen nachgelassen hatte und er einsah, dass er gestürzt war, dass er wirklich da im Nassen lag, war das Handgelenk. Ob es gebrochen war? Er rollte sich auf den Rücken und hob den rechten Arm. Der Ärmel war nass und braun von Lehm, aber das machte nichts, ein Ärmel ist ein Ärmel. Den kann man waschen. Woran er dachte, war die Hand. Er begann sie vorsichtig zu drehen. Sie ließ sich bewegen, nach vorn und zurück und im Kreis herum. Es tat nicht einmal weh. Er ließ den Arm wieder sinken. Der Himmel war grau. Er bemühte sich, ruhig und gleichmäßig zu atmen. Von der Kraftwerkbrücke her war ein fernes Grollen zu hören. Das Wasser gluckste still gegen die Steine am

Uferrand. Er empfand weder Schwindel noch Müdigkeit. Keine Übelkeit.

Erst als er sich aufsetzte, spürte er den Schmerz im Fuß. Es reichte, das Fußgelenk auch nur ein wenig zu bewegen, und schon schnitt der Schmerz durch die Wade und das Bein hinauf. Woher weiß man, ob etwas gebrochen ist? Angeknackst? Vorsichtig wippte er wieder mit dem Fuß. Es tat weh, aber er ließ sich bewegen.

»Was ist passiert? Soll ich Ihnen aufhelfen?«

Es war der Junge. Er hatte sich die Jacke angezogen, dunkelblau, aus einem kräftigen Stoff. Sie sah groß aus und hatte einen englischen Text auf dem rechten Ärmel. Das Wasser floss von den durchnässten Hosen ab. Er sah bekümmert aus, überhaupt nicht so verlegen, wie Jungen in diesem Alter oft aussehen, wenn sie auf die eine oder andere Art an etwas beteiligt waren. Es traf den Jungen ja auch keine Schuld. Wenigstens nicht an gerade diesem hier.

Wieder bewegte Thomasson vorsichtig den Fuß. Es tat weh, aber es ging. Und er konnte nicht gut zwischen den Steinen am Fluss sitzen bleiben, auch wenn es verlockend war, in Anbetracht dessen, wie schwer sich der Körper anfühlte. Vorsichtig manövrierte er sich auf die Seite und stützte sich mit der einen Hand auf einem größeren Stein ab. Die andere streckte er dem Jungen entgegen: »Wenn du mir nur ein bisschen helfen könntest, so dass ich …«

Mit vereinten Kräften schafften sie es, den Hang zu bezwingen. Oben im Park angekommen, setzte sich Thomasson auf eine Bank in einer niedrigen Laube. Der Junge blieb auf dem Kiesweg stehen. Er sagte nichts, hatte auch auf dem Weg hinauf kaum etwas gesagt, und das Bisschen, was er trotz allem sagte, kam in einer Mischung aus Dialekt und

Hochschwedisch heraus. Thomasson fand, der Junge drücke sich irgendwie steif aus. Als strenge er sich zu sehr an.

Thomasson kannte das. Als er Siri vor über fünfzig Jahren zum ersten Mal getroffen hatte, war der Dialekt seine erste Sprache gewesen. Dann begann er sich langsam zu verändern. Plötzlich hatte Thomasson gemerkt, wie schwer es war, seine Muttersprache zu gebrauchen, wenn er mit jemandem zusammen war, der Hochschwedisch sprach. Und das kam nicht nur daher, dass es bei ihm ein Gefühl der Unterlegenheit hervorrief, sondern auch, weil dadurch das Gespräch zu versiegen schien. Es war, als wären die beiden Sprachen nicht richtig deckungsgleich, es gab immer Erfahrungen, die außerhalb liegen blieben. Siri kam aus einer anderen Welt, sie und die Geschichte ihrer Familie bildeten eine andere als er und die Geschichte seiner Familie. Es war nicht sicher, dass er es ganz und gar verstand, während es geschah. Nach dem Krieg war das Land einig wie noch nie zuvor, und von einer Kluft oder Mauer wollte man nichts wissen. Aber er konnte es in der Stille trotzdem ahnen, in einem kurzen Zögern, bevor er sich schließlich entschied, nichts zu sagen.

Er wechselte die Sprache. Zuerst nur zusammen mit Siri und ihrer Familie. Später auch in anderen Zusammenhängen. Als Kaufmann empfand er es als natürlich, die am stärksten dialektalen Worte gegen etwas Gängigeres auszutauschen. Er begab sich in eine Zwischenlage, in der alles, was er sagte, für alle verständlich war. Und als er allmählich auf den Fähren anfing, legte er seine alte Sprache ganz und gar ab. Spuren davon würden wohl immer bleiben, wie eine Narbenbildung, oder vielleicht ein Grundton. Das war schwer zu wissen.

Auf der Parkbank sitzend, versuchte Thomasson, sich

vorzubeugen, um das Fußgelenk zu massieren, schaffte es aber nur ein kleines Stück, weil es anfing, im Rücken weh zu tun. Vielleicht war auch der Rücken verletzt? Vor derlei hatte er sich schon länger gefürchtet. Ein verletzter Rücken, ein gebrochenes Bein, mehr brauchte es eigentlich nicht. Dann würde er daliegen. Das Zimmer mit einem sportbegeisterten Fremden teilen, der die Fernbedienung des Fernsehers in seinem klauenartigen Griff hielt. Besuch würde er kaum bekommen. Sie waren alle tot oder vergessen oder sowohl tot wie vergessen.

Und wer wäre daran schuld, dass die Besuche ausblieben? Er hatte sich ja nicht gerade angestrengt, den Kontakt zu halten. Nicht einmal mit den Enkeln. Noch weniger mit alten Freunden und entfernten Verwandten. Siri hätte das eine Unterlassungssünde genannt. Sünden, welche die Faulen und Feigen treffen. Und so war es wohl, dem kann er zustimmen. Aber das bedeutet nicht, dass er dafür bezahlen will. Wer möchte schon für seine Sünden bezahlen?

»Mama oder Kevin können Sie vielleicht nach Hause fahren ... oder zum Krankenhaus hinauf.«

Mama. Kevin. Der Junge stand da mit seinem bekümmerten Ausdruck im Gesicht. Schmale Nase, schmale Lippen, seine ganze Person war schmal. Die braunen Haare lagen flach am Kopf an, nass oder vielleicht ganz einfach ungewaschen. Oder es sollte so sein. Thomasson hatte über mehr als ein halbes Jahrhundert hinweg Frisuren kommen und gehen sehen, und in einem bestimmten Alter sahen alle Jungen gleich jämmerlich aus. Auch dieser war kein schönes Kind.

Der Junge wollte nach Hause gehen, fror vielleicht. Durchnässt im Herbstwind. Thomasson drückte den Fuß ganz leicht auf den Boden, ungefähr so, wie wenn man über

Nacht gefrorenes Eis prüft. Man weiß, dass es bricht, aber nicht genau, wann.

»Danke, dank dir«, sagte er. »Aber ich glaube, dass ich es bis nach Hause schaffe, ich wohne da hinten an der Esplanade, es ist überhaupt nicht weit.«

Er wollte sich nicht erheben, bevor der Junge gegangen war, also lehnte er sich zurück und sagte, er wolle eine Weile sitzen bleiben und sich ausruhen, aber der Junge solle zusehen, dass er rasch nach Hause käme und die Hosen wechselte, bevor er sich richtig erkältete. Dann fragte er den Jungen, warum er nicht in der Schule war.

»Ich war unterwegs zur Schule«, sagte der Junge, »aber dann ... traf ich, ja, die da.«

Die da. Thomasson war im Begriff, weiterzugehen und zu fragen, wie sie hießen, beschloss aber, sich nicht einzumischen. Er war von der Routine abgewichen und saß jetzt mit einem Fuß, der ihn kaum trug, auf einer Parkbank, und alles, was er wollte, war, seinen Morgenspaziergang fortzusetzen, unten um die Kirche herumzugehen und dann nach Hause und mit dem Seinen weiterzumachen.

Das, und nichts anderes.

Aber ein Spaziergang um die Kirche herum würde es nicht werden. Worauf es ankam, war, nach Hause zu gelangen. Also erhob er sich. Es kam plötzlich, auch für ihn selbst. Und für den Fuß, der deutlich zu verstehen gab, dass er so schnelle Entscheidungen nicht bewältigen konnte. Er schaffte es auch nicht, Thomassons Gewicht zu tragen, obwohl das Gewicht nicht einmal annähernd so war wie früher. Der Schmerz schoss durch das Bein hinauf, die Welt begann sich zu neigen, und dass der Junge ihn noch einmal unter dem Arm fasste, bewahrte ihn davor, abermals zu fallen.

»Wenn Sie es schaffen, bis dahin zu gehen«, sagte der Junge und zeigte auf das graublaue Haus, »dann kann ich Mama oder Kevin anrufen.«

Thomasson antwortete nicht. Er schaute in die Richtung, in die der Junge gedeutet hatte. Wie weit mochte es sein? Zweihundert Meter? Es war über zwanzig Jahre her, seit sie umgezogen waren. Kein einziges Mal war er seitdem in dem Haus gewesen.

»Oder wollen Sie lieber auf der Bank warten?«

4 Die Küche lag, wenn man hereinkam, linkerhand. Thomasson setzte sich schwer auf einen Stuhl, während der Junge hinausging, um sich trockene Sachen anzuziehen.

Die Türen der Küchenschränke waren neu, und einer der Schränke war gegen einen Abzug mit schwarzer Haube ausgetauscht worden. Sonst war alles genauso, frisch gestrichen, aber genauso. Sogar die Kellerluke konnte man unter einem gestreiften Flickenteppich erahnen. Den kleinen Keller, in den man nicht hinuntergehen konnte, der vielmehr nur dazu bestimmt war, das Notwendigste zu beherbergen, hatte Siri jeden Herbst in all den Jahren mit Saft, Kompott und eigenem Gemüse gefüllt.

Thomasson hätte gern gewusst, was sich jetzt in dem Keller befand. Vielleicht überhaupt nichts? Steinstaub, Dunkelheit und Kies, Glasgefäße mit abblätternden Deckeln.

Ein großer Kühlschrank brummte an der einen Wand vor sich hin. Er reichte vielleicht für den Bedarf der Familie. Wie viele es nun sein mochten? Der Zweijährige, den sie gehabt hatten, als sie das Haus kauften, war wohl mittlerweile etwas über zwanzig, und der Junge, der Thomasson geholfen hatte, oder dem Thomasson geholfen hatte, wie man die Sache nun sehen will, mochte im Alter von elf bis zwölf sein. Also gab es vermutlich eine Anzahl von Kindern dazwischen. Und zwei Erwachsene. Wie viele mochten es sein? Fünf, sechs Personen? Das Haus war größer, als es von außen aussah, da es an einem Hang lag, und was Siri und Thomasson Partykeller und Hobbyraum genannt hatten, konnte durchaus zu Schlafzimmern umgebaut worden sein.

Er bekam Lust, ins Wohnzimmer zu gehen und auf die Rückseite hinauszuschauen, um zu sehen, ob noch etwas vom Gemüsegarten übriggeblieben war. Siris Anpflanzungen. Vier Quadrate mit Kohl, Mohrrüben und Spinat, umgeben von kleineren Beeten mit Kräutern und Beerensträuchern als Einrahmung und Windschutz. Der Kartoffelacker befand sich außerhalb des eigentlichen Gartens, weiter unten zum Fluss hin, wo das Grundstück sich ein wenig neigte, ehe es steil zum Wasser hin abfiel. Siri hatte oft darüber geklagt, dass der Platz zu sonnig und für Kartoffeln nicht geeignet sei. Außerdem war die Erde schwer und lehmig. Aber statt den Anbau bleiben zu lassen, bestellte sie massenhaft Stroh, das sie in die schwere Erde hineinarbeitete. Es gab Jahr für Jahr gute Ernten.

Aber er verzichtete darauf, hinzugehen und nachzusehen, ob die Pflanzungen noch da waren, oder ob jetzt alles ein Rasen oder Parkplatz war. Vielleicht, weil er den Fuß nicht anstrengen wollte. Oder weil er sich nicht neugierig zeigen wollte. Obwohl, hätte er sich neugierig gezeigt, hätte niemand außer dem Jungen es bemerkt. Die Tür war verschlossen gewesen, als sie kamen, und es war kein Laut zu hören bis auf das Gemurmel, als der Junge ins Telefon sprach. Es klang, als würde er Finnisch reden. Thomasson kam zur Ruhe und versuchte der Satzmelodie zu lauschen. Finnisch. An seinem Gehör war nichts auszusetzen. Jedenfalls nichts Ernstes. Menschenansammlungen waren schwierig, und Räume voller Lärm. Aber solche mied er, soweit es nur möglich war. Das Problem war eigentlich nicht, dass er Schwierigkeiten hatte zu hören, was gesagt wurde, sondern dass alle Stimmen und Geräusche sich im Kopf versammelten. Es war, als würden die Geräusche dicht unter der Haut eine neue Hülle bilden, als befände man sich in einer Blase. Es war ermüdend und nichts, dem er sich gern aussetzte.

Der Hörer wurde aufgelegt, und gleich darauf kam der Junge in die Küche. Er sagte, seine Mutter würde in Kürze kommen, und dann würde sie sich Thomassons Fuß ansehen und ihn anschließend nach Hause oder hinauf ins Krankenhaus bringen. Er fragte, ob Thomasson etwas haben wollte, und sagte, er glaube, es gäbe Kaffee. Thomasson sagte, ein Glas Wasser wäre gut.

Thomasson bekam sein Wasser, und dann wurde es still. Der Junge setzte sich nicht, sondern lief etwas planlos in der Küche herum, als würde er nach etwas suchen. Aber das tat er wohl nicht, vermutlich wusste er einfach nicht, wohin mit sich. Schließlich lehnte er sich gegen den Spülstein. Thomassons Fuß schmerzte, nicht sehr, aber doch so, dass es zu spüren war. Wenn er ihn ganz still hielt, war es vor allem wie eine pochende Hitze. Er trank sein Wasser und wartete. Er fragte sich, wie lange er würde warten müssen. Die Mutter des Jungen arbeitete vielleicht weit von zu Hause entfernt. Hatte ein Zwölfjähriger eine Vorstellung davon, wie lange man beispielsweise braucht, um dreißig Kilometer zu fahren? Sie würden vielleicht eine halbe Stunde oder mehr warten müssen.

»Wo arbeitet deine Mutter?«

Im Moment fiel ihm nicht ein, wie sie hieß, obwohl es im Vertrag gestanden haben musste. Der Junge hatte am Telefon Finnisch gesprochen, aber Thomasson konnte sich nicht daran erinnern, dass die Käufer finnischsprachig gewesen wären. Er selbst konnte Finnisch, wenigstens einigermaßen. Das Fundament dazu war wohl in den Jahren im Wald gelegt worden, und später in seiner Zeit als Kaufmann. Als Lagerverwalter auf einer Fähre ließ sich das Finnische auch nicht vermeiden. Es wäre natürlich gegangen, wäre er Åländer oder Schwede gewesen. Aber für einen Finnlandschweden hätte es gekünstelt gewirkt, und er hätte sich rasch unbeliebt gemacht. Und ein unbeliebter Lagerverwalter zu sein hieß, sich Schwierigkeiten einzuhandeln.

Und Kevin? Hatte der Mann wirklich so geheißen? Soweit sich Thomasson auf Anhieb erinnern konnte, war ihm nie ein Kevin begegnet. Er erinnerte sich an das Aussehen sowohl des Mannes wie der Frau. So, wie sie ausgesehen hatten, als sie das Haus kauften. Sie groß und feingliedrig, er ziemlich kräftig, blond, fast ein wenig rötlich. Es ist möglich, dass Thomasson auch später auf diesen Mann gestoßen war, ihn in einem Lastwagen hatte vorbeifahren oder zusammen mit anderen Stadtbewohnern im Café hatte sitzen sehen. Aber nichts davon konnte er sich ins Gedächtnis rufen.

»Abeko.«

»Aha, aha, Abeko, ja, das ist ja nicht weit.«

Was würde er schätzen? Höchstens einen Kilometer. Vermutlich ging sie zu Fuß zur Arbeit. Oder sie fuhr mit dem Rad. Wie auch immer, er hoffte, dass sie Zugang zu einem Auto hatte, wie sie auch hieß und wer sie auch war. Auf einem Gepäckträger wollte er nicht transportiert werden.

Thomasson hatte in letzter Zeit einiges über Abeko gelesen, über die Stillegung. Die Fabrik sollte ins Ausland verlegt werden. Nach China. Oder war es etwas Näheres gewesen? Rumänien, oder vielleicht Estland? Das ganze Werk sollte offenbar in Billiglohnländer umziehen. In den frühen Siebzigern hatte das schwedische Abeko eine Fabrik in Finnland gegründet, oder vielleicht sogar mehrere. Aber jetzt schien sich die Geschichte zu wenden. Jetzt etablierten sich stattdessen finnische Unternehmen in Schweden. Obwohl das vielleicht vor allem für die Großunternehmen galt. Wenn man Berg Glauben schenkte, würde man in nur wenigen Jahren, oder höchstens einem Jahrzehnt, reichsschwedische Gastarbeiter in Finnland sehen. Er behauptete, bereits zwei preiswerte Mansarden zum Vermieten bereit zu haben. Zimmer, die er wegen der steilen Treppen ohnehin nicht nutzen konnte.

»Abeko, ja. Wollten sie nicht dichtmachen? Die Fabrik verlegen?«

»Nach Polen.«

»Polen, ach ja, genau, Polen war es.«

Thomasson hatte Regenzeug von Abeko zu Hause in der Kleiderkammer hängen. Eine Jacke und Hosen, die Siri ausgewählt und direkt von der Fabrik gekauft hatte. Sie hatte außerdem einen Südwester gekauft, aber den hatte er nie benutzt, kaum dass er ihn anprobiert hatte, fühlte er sich wie eine Figur aus Astrid Lindgrens Saltkrokan. Thomasson bevorzugte Sportmütze und Regenhaube. Die Sachen hatte Siri gekauft, weil sie so gern spazieren ging. Sie pflegte immer zu sagen, dass Spaziergänge das Leben verlängerten, und nicht nur das, Spaziergänge machten den Tag auch in jeder Hinsicht inhaltsreicher. Thomasson war froh, dass das Nordic Walking zu der Zeit, als sie ihre Spaziergänge in der Gegend machten, noch nicht erfunden war. Siri wäre eine selbstverständliche Anhängerin gewesen, und Thomasson hätte an dem Tag, an dem sie mit einem Paar Stöcken unter dem Arm die Wohnung betreten hätte, dem nicht viel entgegenzusetzen gehabt. Er konnte verstehen, dass es in jeder Hinsicht gut war, und dennoch fiel es ihm schwer, sich mit dem Gedanken anzufreunden, freiwillig damit anzufangen, mit dem Stock zu gehen. Das wäre, wie vorzeitig aufzugeben. Siri hätte ihm nicht zugestimmt. Sie hätte gesagt, das wäre genau das, was er täte, vorzeitig aufgeben, indem er nicht mit Stöcken gehe. Dann hätte sie etwas über Hochmut gesagt, aber was genau, konnte er nicht mehr formulieren, weil in diesem Moment ein Auto vor dem Haus vorfuhr. Thomasson sah es nicht, hörte aber ein Motorgeräusch und dann eine Autotür, die geöffnet und geschlossen wurde. Er drehte sich auf dem Stuhl so weit er nur konnte, um zu sehen, wer es war. Der Körper war steif, als hätte er vom Rücken bis hinauf zum Schädel eine Nackenstarre. Jemand ging rasch am Küchenfenster vorbei.

»Mama ist gekommen.«

Der Junge ging in die Diele hinaus, ihr entgegen, als hätte er lange und ungeduldig gewartet. Thomasson hörte, wie sie sich die Schuhe auszog und dann den Jungen auf Finnisch fragte, ob er ihm Kaffee angeboten hätte. Er hörte sie auch den Namen des Jungen sagen: Mika.

Thomasson erkannte sie sofort. Sehr hatte sie sich nicht verändert in den zwanzig Jahren, vielleicht ein bisschen breiter um die Hüften, etwas markantere Falten um die Augen und vielleicht ein wenig rundere Wangen. Aber sie war noch jung, um die Vierzig. Vielleicht fünfundvierzig. In seinen späteren Jahren hatte Thomasson bemerkt, dass es ihm immer schwerer fiel, das Alter von Menschen zu schätzen. Besonders bei jungen Menschen. Vielleicht war das etwas, das allen geschah. Kleine Kinder sahen keinen Unterschied zwischen einem Zwanzigjährigen und einem Fünfzigjährigen, und vielleicht kehrte dieses Unvermögen, wie so vieles andere, zurück, wenn man älter wurde.

Und vielleicht war es gar nicht zwanzig Jahre her, dass er sie zuletzt gesehen hatte. Wenn er nachdachte, müsste er sie ja im Laden, auf dem Marktplatz oder sonst wo gesehen haben. Die Stadt war klein, und es war unmöglich, Begegnungen zu vermeiden. Früher oder später stieß man aufeinander.

Also hatten sie sich vermutlich bei der einen oder anderen Gelegenheit gesehen. Aber ganz sicher war er nicht. Durch Thomassons Leben verlief im Herbst 1994 eine Unsicherheitsgrenze. Es war, als hätte sich das Gedächtnis mit einem Schlag verändert. An die Zeit kurz danach hatte er wenig Erinnerungen, und das war auch nicht weiter verwunderlich. Aber es war mehr als das. Es war, als sei auch viel von seinem Leben davor verschwunden. Wie nach einer Explosion, oder dem, was man manchmal im Fernsehen zu sehen bekam: ein Gebäude, das in sich selbst zusammenstürzte und eine Leere hinterließ, die sich in alle Richtungen ausbreitete. Das einzige, was blieb, waren kleine Inseln von Grün; eine Distel, ein Halm, etwas, das zwischen den Massen atmete. Darauf musste man versuchen aufzubauen.

Aber sie erinnerte sich.

»Na so was«, sagte sie, »hallo, Sie waren das also!«

Sie trat vor und streckte die Hand aus. Thomasson machte Anstalten, sich zu erheben, aber sie sagte: »Bleiben Sie sitzen, Mika hat gesagt, Sie haben sich am Fuß verletzt.«

Und so gab sie ihm die Hand, wie er da auf dem Küchenstuhl saß. »Riitta.«

Und mit seiner Hand in der ihren erinnerte sich Thomasson plötzlich. Genau! So war es. Riitta. Und er erinnerte sich auch, dass ihr Mann nicht den Namen Kevin trug, sondern einen anderen, näherliegenden. Isländisch? Altnordisch? Siri und er hatten über diesen Namen geredet, da er etwas ungewöhnlich war, und da hatte Siri von dem älteren Bruder des Schriftstellers Mikael Lybeck erzählt, Paul Werner, der nicht viel schrieb, aber sich bei dem Wenigen, was er schrieb, solcher Namen wie Torbjörn, Ravnkel oder Ejnar bediente. Und gerade Paul Werner Lybeck, sagte sie, hätte seine Hauptperson auf einen Namen wie Balder taufen können.

Denn so hieß der Mann. Balder. Und jetzt erinnerte sich Thomasson auch, dass er erst vor ein paar Jahren, um die Jahrhundertwende herum, an diesen Namen gedacht hatte, als er sah, dass Schweden einen neuen Eisbrecher bekommen hatte, der auf Balder getauft wurde. Balder Viking. Was ihn auf einen weiteren Namen gebracht hatte, Viking Sally. Aber darauf wollte er nicht gebracht werden, nicht gerade zu dieser Zeit, und so hatte er sich entschieden zu vergessen. Wenigstens für eine Weile. Aber er wusste, dass alles früher oder später zurückkommen würde, denn das, was man vergessen will, holt einen immer ein und sucht sich seinen Weg an den unerwartetsten Stellen. Es ist, als würden die Schmerzpunkte überall versteckt liegen, wie Tretminen nach einem durchlittenen Krieg. Alles ist zur Ruhe gekommen, die Dörfer werden wieder aufgebaut, die Kinder spielen, und verliebte junge Paare gehen dicht nebeneinander über die offenen Felder. Und dann liegt sie da, die Mine, unsichtbar unter der dünnen Außenschicht.

Sie hatten unterschiedliche Nachnamen. Er hieß Andersson und sie ... Thomasson wäre fast darauf gekommen, wie er da auf einem blauen Sprossenstuhl in der Küche saß, die mittlerweile die ihre war. Es hatte etwas mit einem Krieg zu tun. Er hatte ihren Nachnamen mit einem Krieg assoziiert. Aber es war nicht der Krieg, den Siri und er selbst als verirrte junge Menschen in einem Land mit großen Träumen durchlebt hatten, sondern etwas anderes, eine literarische Kriegsschilderung. Es ging nicht um Dufva, für Runeberg hatte er nie viel übriggehabt. Nein, dies war ein Buch, das er mochte. Es musste also Linnas Kätnertrilogie gewesen sein, die Siri ihm auf seinen Wunsch hin tatsächlich zweimal vorgelesen hatte. Das erste Mal, als sie in den sechziger Jahren in schwedischer Übersetzung herauskam, und dann ein zweites Mal direkt nachdem Maja gestorben war. Die Kätnertrilogie ist ein Buch zum Lachen und zum Weinen. Und er brauchte beides.

Sie hieß nicht Koskela, und auch nicht Kivivuori. Es war eher eine Randfigur. Hellberg! So war es, der kantige Sozialist, der von Schneidermeister Halme überholt wird. Halme, der eigentlich eine der spannenderen Personen des Buchs ist. Manchmal hatte Thomasson über Halmes Emporkömmlingseitelkeit gelacht, zugleich aber seine innere Größe und zähe Kraft bewundert. Halme war einer, dem man erst dann gerecht wird, wenn man sein ganzes Leben ins Blickfeld nimmt. In kleinen Portionen provoziert er eher zum Lächeln. Aber es war ja nicht Halme, an den er denken musste, um den Nachnamen zu finden, sondern Halmes aufrührerischer Genosse und Gegenspieler Hellberg.

Denn so hieß sie. Riitta Hellberg. Und die Jungen unten am Fluss hatten von Balderson gesprochen. Er war natürlich Balders Sohn. Balderson.

Es war, als sei alles an seinen Platz gefallen, als sei das Gedächtnis von dem Sturz durchgeschüttelt und als wären neue Verbindungen geschaffen worden. Vielleicht war es das, was nötig war, ein Einfluss von außen.

»O ja«, sagte Thomasson, »o ja, ich erinnere mich.«

Riitta Hellberg erwies sich als sehr gut darin, alte Menschen mit Fußproblemen zu versorgen. Sie erzählte, sie sei viele Jahre lang als häusliche Pflegerin tätig gewesen, dann aber zu Abeko übergewechselt, wo sie Regenzeug nähte. Behutsam zog sie Thomasson den Schuh und die Socke aus und strich mit einer kühlen Hand prüfend den Unterschenkel hinab bis zu den Zehen. Dann begann sie langsam den Fuß hin- und her- und vor- und zurückzubewegen, während sie ihm immerzu in die Augen blickte und sagte, er solle sich melden, wenn es weh tat.

Thomasson fand, dass es die ganze Zeit weh tat, aber nicht auf die gleiche Weise wie am Anfang. Was er empfand, als Riitta Hellberg seinen Fuß behutsam vor- und zurück-, nach rechts und links bog, war ein anderer, heilender Schmerz. Also ließ er sie gewähren und versuchte unterdessen, nachzuspüren, wo es am meisten weh tat, um wenigstens etwas zu sagen zu haben.

»Wenn Sie ihn so drehen, zur Seite«, sagte er, »dann sticht es.«

Das tat es auch, ordentlich, und er zweifelte daran, ob er ohne Hilfe würde nach Hause gehen können.

Der Junge, Mika, hatte die ganze Zeit danebengestanden und zugesehen. Er lehnte sich nicht gegen den Türpfosten, wie man es hätte erwarten können, sondern stand gerade aufgerichtet, mit hängenden Armen und seinem bekümmerten Ausdruck im Gesicht. Nach einer Weile murmelte er etwas, vermutlich über die Schule, sagte tschüss und ging hinaus. Riitta Hellberg rief ihm nach, als er schon in der Tür stand, er solle dem Lehrer erklären, warum er zu spät kam, der Lehrer könne sie anrufen, falls es nötig war, und er solle nach der Schule direkt nach Hause gehen und zusehen, dass er seine Hausaufgaben erledigt hätte, bevor er sich in die Stadt aufmachte. Die Tür knallte zu. Riitta seufzte ein wenig, lächelte Thomasson zu, um zu sagen, ja ja, Sie wissen, wie es sein kann, und schaute dann auf den Fuß.

»Jaa«, sagte sie, »ich muss Sie zum Krankenhaus hinauffahren, damit die sich das ansehen. Etwas geschwollen ist er ja.«

Thomasson beugte sich vor, um die Socke aufzuheben, die am Boden lag. Es war im Rücken zu spüren. Aber er beugte sich ganz hinunter, und dann wieder hoch, mit der Socke in der Hand. Er konnte sie sogar über den Fuß ziehen.

Riitta ging hinaus in die Diele. »Ich rufe nur an, und dann fahren wir.«

5 Es kam jetzt nicht mehr so oft vor, dass Thomasson in einem Auto saß. Er selbst war seit zwanzig Jahren nicht mehr gefahren. In der Stadt war alles zu Fuß zu erreichen. Die Bequemlichkeit, ein Auto zu haben, wog die Kosten und Mühen nicht auf. Diese Worte stammten eigentlich von Siri, aber Thomasson stimmte zu. Ob aus alter Gewohnheit oder echter Überzeugung, ist schwer zu sagen. Überzeugungen haben einen Hang, mit den Jahren an den Kanten auszufransen.

Riitta Hellberg fuhr einen Volvo. Was für eine Art Volvo, wusste Thomasson nicht. Er wusste auch nicht, wie alt er war, aber für seine Begriffe schien er neu. Der Geruch war noch da. Der Fabrikgeruch. Leder und Plastik, vielleicht etwas Leimartiges? Oder konnte es ein Geruch von Abeko sein? Er versuchte den Kopf zu drehen, um zu sehen, ob auf dem Rücksitz Stapel von Regenzeug lagen, konnte aber keine entdecken. Also dachte er, dass das Auto vielleicht neu wäre. Oder wenigstens so gut wie neu.

Riitta glitt auf den Fahrersitz und zog die Tür hinter sich zu. Der Schlüssel steckte, aber sie drehte ihn nicht um. Es war still im Wagen, so still wie es nur werden kann in einem Auto, das mit abgestelltem Motor stillsteht. Bei solchen Gelegenheiten wurde Thomasson immer müde. Es ist nicht sicher, ob das etwas mit dem Alter zu tun hatte, denn bereits zu der Zeit, als er und Siri ein Auto hatten, war das vorgekommen. Sie konnten irgendwo hinfahren, dabei plaudern und die Landschaft anschauen, durch die sie fuhren, und wenn sie am Ziel waren, parkte Thomasson und stellte den Motor ab. In dem Moment, in dem er die Handbremse zog, überfiel ihn die Müdigkeit. Es war, als sei die Bewegungsenergie an seinen eigenen Körper gekoppelt. Er wollte einfach nur sitzen bleiben, in die Stille hinausschauen, ohne sich zu bewegen. Siri pflegte das zu irritieren. Oft war sie schon aus dem Auto gestiegen, bevor Thomasson überhaupt den Gurt gelöst hatte. Sie klopfte ans Fenster oder ging weg, manchmal musste er sich in Trab setzen, um sie einzuholen. Und das Gleiche konnte im Aufzug passieren, damals, zu jener Zeit, an Bord. Der schwere Lastenaufzug, der langsam durch das Schiff sank und schließlich mit einem leichten Schaukeln im Lagerdeck zum Stehen kam. Im selben Moment, in dem der Aufzug stehenblieb, war es, als sei auch Thomasson stehengeblieben. Er stand da in der Stille. Draußen ging alles im üblichen Takt weiter. Für eine kleine Weile war der Aufzug wie eine geschützte Zone.

Im Nachhinein hatte er überlegt, ob es wohl daran lag, dass es so vieles außerhalb gegeben hatte, das immerzu verlangte, dass er eingreifen, Stellung beziehen sollte. Oder er war ganz einfach für die Arbeit nicht geeignet. Manchmal stand er da und dachte, er hätte durchhalten, einen weiteren Kredit aufnehmen und den Laden modernisieren sollen, statt einfach aufzugeben. Dachte, die großen Kaufhäuser nehmen mehr und mehr Platz ein, aber das bedeutet ja nicht, dass alle kleinen Geschäfte verschwinden müssen. Es kommt nur darauf an, besser in dem zu werden, in dem man gut ist. Aber es ist leicht, das im Nachhinein zu sagen, damals, als es geschah, als Stunden vergehen konnten, ohne dass die

Türglocke bimmelte, war es nicht so leicht zu sehen, worin man besser werden sollte. Das Gemüse wurde schlaff und die Milch wurde alt. Es war wohl so, wie es war, es wäre nicht gegangen.

Oder er befand sich noch weiter weg, in der Zeit vor Maja und dem Laden, als sowohl er wie Siri es sich leisten konnten zu träumen.

Es war, als hätte er die Zeit hier im Aufzug anhalten wollen, als hätte er gedacht, solange er hier stand, konnte nichts geschehen, und wenn nichts geschah, ging auch nichts schief. Aber das währte in dem Fall nur eine kurze Weile, denn nachdem er mit der Schulter die schwere Aufzugstür aufgedrückt und den Lagergang betreten hatte, mit dem Alkohol und den Zigaretten links und den Süßigkeiten rechts, alles eingebettet in die Geräusche der Maschinen, die fast immer in Betrieb waren und die man eigentlich erst dann bemerkte, wenn sie stehenblieben, gab es keinen, der das geringste Zögern bei dem bemerkte, was er tat. Vom Autodeck her hörte man das Geräusch der Gabelstapler und das metallische Klappern, wenn sie über die geriffelte Achterrampe und hinaus auf den Kai fuhren. Ein Geruch nach Öl, Abgasen und warmen Reifen sickerte ins Lager herunter, trotz aller Ventilatoren und aller Lüftung. Thomasson bog nach links ab, sah, dass die Lieferwagen ausgeladen hatten und alles schon im Lager unten war. Er zog den Zettel aus der Gesäßtasche und warf einen Blick darauf. Mikkos schlampige Schrift, er würde es später ordentlich machen.

Allan! Eine Kiste mit rotem Johnny Walker, zwei mit Marlboro und fünf mit Carlsberg für die Bar.

Und Allan begann, eine halbleere Palette umzuräumen, die Kästen mit Carlsberg zuunterst, und dann ging er los, den Schlüsselbund am Gürtel klappernd, um den Whisky zu holen. Da konnte Thomasson sagen: »Moment mal. Du nimmst gleich Servietten, Plastikbecher und Teller mit in die Cafeteria. Und! Schau nach, ob noch genügend Limonade da ist.«

»Aber der Proviant ...«

»Jetzt!«

Und es wurde gemacht. Keiner war erstaunt. Es war, wie es sein sollte. Er spielte den Lagerverwalter auf überzeugende Weise. Trotzdem ging es so schief.

Riitta wandte sich ihm im Auto zu.

»Wie geht es Ihnen jetzt, wo Sie allein sind? Sie wohnen doch noch hier?«

Und Thomasson war gezwungen, sich aus dem Lastenaufzug zurückzuziehen, aus dem Lager heraus, weg von dem Geruch und den metallischen Geräuschen, aus dem Schiff heraus und hinein in das Auto da auf dem Hof vor ihrem alten Haus, bevor er antworten konnte. Er fühlte, wie ungelenk er war, oder geworden war, immer gewesen war? Die Erinnerung an Siri, die ungeduldig trampelnd einen Häuserblock weiter weg stand, während er sich langsam aus dem Auto hangelte, die Fahrertür zusperrte und dann zur anderen Seite hinüberging, um zu kontrollieren, ob auch sie verschlossen war.

O ja, er wohnte noch hier. Zwei Treppen ohne Aufzug. Es geht so lange, wie es geht. Hartes Holz. Wenn man sich nur auf den Beinen halten kann. Wird es schon gehen.

Er räusperte sich und brummte, es wirkte ungewohnt. Dass es so hatte werden können. Immerhin hatte er sein ganzes Leben lang unter Menschen gearbeitet, in Berufen, die ihm abverlangt hatten, bei der richtigen Gelegenheit das richtige Wort zu finden. Der Mensch, vor dem er gestanden hatte, wollte entweder etwas kaufen oder sollte das ausführen, was auszuführen war. Vielleicht ging es ganz einfach darum, sich in einer Rolle zu befinden. Ist man ein Händler, wird von einem erwartet, dass man die Leute zum Kaufen bringt, und ist man ein Chef, wird von einem erwartet, dass man Entscheidungen trifft und den Leuten sagt, was getan werden muss. Aber was wird von einem pensionierten Witwer erwartet?

Ihm kam in den Sinn, wie lange es her war, seit er mit jemand anderem als Berg geredet hatte. Und die Frage war wohl, ob Berg eigentlich zählte. Berg war eher wie ein Teil von dem, was man gemeinhin den Medienfluss nannte.

»Wir sprechen noch manchmal von Siri«, sagte Riitta, »in der Turnstunde. Sie war sehr beliebt, immer so voller Leben.«

Die Turnstunde. Jeden Mittwoch Abend. Jahraus und jahrein. Der neue Kurs hatte gerade in jenem Herbst angefangen. Was Siri vor der Reise am meisten beunruhigt hatte, war, dass sie am Mittwoch die Turnstunde versäumen würde.

Riitta startete den Wagen immer noch nicht. Offenbar hatte sie noch mehr zu sagen. Eigentlich wollte Thomasson ihr weiterhelfen, konnte es aber nicht. Er war wieder in sich selbst zusammengesunken. Saß da. Sonst nichts.

»Ich las in der Zeitung«, sagte Riitta schließlich, »von der Gedenkzeremonie.«

»Ja«, versuchte er zu sagen, aber es wurde eher ein Krächzen. Er hustete. »Ja«, sagte er.

Er wollte nicht daran denken. Die Erinnerung an diesen Tag auf der Ostsee war etwas, was er gewöhnlich nur in der Einsamkeit, zu Hause hervorholte. Es war, wie Stück für Stück einen zerbrochenen Spiegel zusammenzufügen, um sein Gesicht wiedersehen zu können. Und das einzige, was er sah, waren die Risse.

Sie hatten sich an Deck versammelt. Die Welt war so grau, wie sie es nur werden kann. Das Meer, der Himmel, die Wellen. Trotzdem war es ein gutes Gefühl, an diesem Ort zu sein. Die Bewegungen des Schiffs unter den Füßen fühlten sich beruhigend an, wie immer, als hätte sich nichts verändert.

Seit der Katastrophe waren zwei Monate vergangen. Angehörige, vor allem aus Estland und Finnland, hatten Tallinn erst vor ein paar Stunden verlassen. Jetzt waren sie dort angelangt, wo die Position des Wracks vermutet wurde.

Hier, sagte der Pfarrer, genau hier sind sie umgekommen.

Die Musikkapelle des Militärs spielte Frédéric Chopins Trauermarsch, so schwer, dass einem das Herz in der Brust sank.

Thomasson streute seine Blumen aus. Er lauschte allem, was gesagt wurde, er sang Choral um Choral mit, seine ganze Aufmerksamkeit auf die Tiefe gerichtet. Das war der Ort, an dem sie sich befand.

Das war der Ort, an dem sie sich befand, bis er einige Zeit später erfuhr, dass die gesamte Gedenkzeremonie an der falschen Stelle abgehalten worden war. Das Wrack hatte sich nicht dort befunden, wo sie gestanden und mit ihren Toten gesprochen hatten, das Wrack befand sich woanders.

Sie alle waren getäuscht worden.

Die gesamte Zeremonie, das, was ein Abschluss hätte sein sollen, wurde zu einem Verrat. Und auf den ersten Verrat folgte bald ein weiterer. Noch immer, nach mehr als einem Jahrzehnt, kann er diesen Druck auf der Brust spüren, wenn er daran denkt, wie die Umgekommenen aufgegeben und zurückgelassen worden waren, obwohl es möglich gewesen wäre, sie nach Hause zu holen. Nicht alle, aber viele. Die Körper in Obhut nehmen. So nannte man es damals.

Die Körper sollten in Obhut genommen werden. Und das Schiff geborgen.

Es war ein Versprechen, eine Verpflichtung, eine Selbstverständlichkeit.

Aber schon einen Monat später, nach dem Gottesdienst an einem Wrackplatz, der kein Wrackplatz war, hatte sich alles verändert. Etwas war geschehen, und Thomasson hatte nie richtig verstanden, was. Es verging eine kurze Zeit, und dann hieß es: Die Körper sollen nicht in Obhut genommen werden. Es soll Grabesruhe herrschen. Das Schiff soll am Meeresboden bleiben. Und nach einer weiteren Zeit: Sie sollen in Zement eingebettet werden.

Ein für immer verschlossenes Mausoleum.

Sie wurden nicht nach Hause geholt. Eine zivilisierte Gesellschaft kümmert sich um ihre Toten. Noch immer, gut sechzig Jahre nach Kriegsende, gab es Veteranen, die nach Karelien fuhren, um die Überreste ihrer gefallenen Kameraden und Verwandten zu finden.

Im Sommer 1944 lag Thomassons Bruder mit den Händen unter dem Nacken da und schaute hinauf zu einem grauen und zerschlissenen Zelttuch. Eine Granate kam über den Bäumen angepfiffen und schlug ein. Diejenigen, die wach waren, hörten das Geräusch, die andern merkten überhaupt nichts, es war nur ein Schlaf, der fortgesetzt wurde. Bald darauf kam der Bruder in einem hellen Sarg nach Hause, der am ehesten einem zugedeckten Kahn glich. Als der Pfarrer die Trauerbotschaft überbrachte, befand sich der Körper schon neben der Kirche, zu Fuß unter Beschuss transportiert, mit Pferd und Wagen auf holprigen Straßen, auf Ladeflächen und schließlich in einem Zug quer durchs Land.

Aber diejenigen, die in jener Septembernacht 1994 in der Tiefe verschwanden, wurden nie nach Hause geholt.

Und dennoch war es keine wirkliche Tiefe. Hätte man das Schiff aufgerichtet und auf den Meeresboden gestellt, hätte der halbe Rumpf über der Wasseroberfläche aufgeragt. Tiefer war es nicht.

Trotzdem war es unmöglich, Siri nach Hause zu holen.

Die Gedenkzeremonie wurde der Anfang eines langen Schweigens. Thomasson empfand es so, als hätte Siri an jenem Tag ihr Gesicht von ihm abgewendet.

Sie fuhren die Esplanade entlang und dann den Hang hoch, wo er früher am Morgen spazieren gegangen war. Er schaute auf die Uhr. Es war ziemlich genau eine Stunde vergangen, seit er seine Wohnung verlassen hatte.

Riitta Hellberg fuhr schweigend und konzentriert. Thomasson fragte sich, was man bei ihrer Arbeit dazu sagen würde, dass sie einfach so wegblieb. Obwohl sie wahrscheinlich dort angerufen hatte, ehe sie losgefahren waren. Und vielleicht hatten die Regeln sich gelockert, da alle wussten, dass die Fabrik stillgelegt werden sollte. Er wollte fragen, was sie dann tun würde, aber die Worte steckten so tief drinnen, er kam nicht an sie heran. Und warum sollte er fragen? Was hatte er mit ihrer Anstellung zu tun?

Sie parkte und ging dann ums Auto herum, um ihm herauszuhelfen.

»Soll ich Krücken holen? Oder vielleicht einen Rollstuhl?«

»Nein nein, das ist nicht nötig.«

Er drehte die Beine heraus und griff nach der offenen Tür und dem Türrahmen. Sich aufzurichten schaffte er ohne Probleme. Er war immer stark gewesen, und obwohl das

Alter sich bemerkbar zu machen begann, fiel es ihm schwer, sich an den Gedanken zu gewöhnen, dass der Körper eines Tages nicht mehr gehorchen würde. Die Erinnerung an alles, was er einmal gekonnt hatte, war ja noch vorhanden, sie hatte sich nicht abgeschwächt. Er wusste, was für ein Gefühl es war, zu laufen, das Tempo zu steigern und mit einem kräftigen Absprung über einen breiten Graben zu setzen. Er wusste, wie es ging, aber er konnte es nicht mehr tun.

Und als Riitta Hellberg sich an diesem Tag erbot, ihm aus dem Auto zu helfen, sah er plötzlich ein, dass dasselbe eines Tages für dieses Einfache gelten würde: zu gehen.

Als er da stand und sich an der Autotür festhielt, bog ein anderes Auto auf den Parkplatz ein. Ein Mann stieg aus. Der Mann hielt ein Telefon ans Ohr gedrückt und stand trampelnd da und sprach, während er darauf wartete, dass auf der anderen Seite jemand aussteigen würde. Als die Beifahrertür zuschlug, betätigte der Mann die Verriegelung und machte sich auf Richtung Eingang. Er beendete das Gespräch und drehte sich ungeduldig um.

»Jetzt beeil dich ein bisschen!«

Der, den er angesprochen hatte, umrundete das Auto und ging dem Mann nach. Thomasson erkannte ihn. Es war der Junge, der früher am Morgen unten am Fluss gewesen war. Der mit dem Kapuzenpulli und den herunterhängenden Hosen. Er machte kurze Schritte und schaute nicht in Thomassons Richtung.

Plötzlich hörte er Riitta Hellberg rufen.

»Gustav, warte mal!«

Der Mann drehte sich um, weil er sehen wollte, wer ihn gerufen hatte. Als er Riitta erblickte, lächelte er und begann, ihr entgegenzugehen. Thomasson tat ein paar vorsichtige

Schritte, so dass er es schaffte, die Autotür zu schließen. Riitta schaute rasch in seine Richtung, als sie die Tür zuschlagen hörte.

»Warten Sie bitte einen Moment«, sagte sie.

Sie ging zu dem Mann hin und begann mit ihm zu reden. Thomasson konnte nicht hören, was sie sprachen, aber mit der Zeit verschwand das Lächeln des Mannes. Es war offensichtlich kein ganz freundschaftliches Gespräch, das sie führten.

Der Junge war ein Stück weiter entfernt stehengeblieben. Thomasson sah, dass er herschaute und dass er ihn von früher am Morgen wiedererkannt hatte. Vielleicht war es gerade das, worüber Riitta mit dem Vater sprach, dass sein Sohn mit Mika Streit gehabt hatte. Vielleicht war es auch nicht das erste Mal. Sie fuchtelte mit den Armen, es war offensichtlich, dass sie wütend war. Der Mann versuchte sie zu unterbrechen, die Situation zu beruhigen.

Nach einer Weile hatte sie offenbar gesagt, was sie zu sagen hatte, und begann, sich in Thomassons Richtung zu bewegen.

»Es muss jetzt geschehen«, sagte sie, »wir haben weder Zeit, noch können wir es uns leisten zu warten.«

»Jaja«, sagte der Mann. Er wirkte resigniert. »Ich werde tun, was ich kann, ich werde tun, was ich kann.«

Er wandte sich dem Jungen zu, der da stand und nach einem Rosenbusch trat. »Jetzt gehen wir«, sagte er.

»Nun?« sagte Thomasson, als Riitta zu ihm kam.

»Broman«, sagte sie. »Sie kennen ihn vielleicht? Er sitzt in der Stadtverordnetenversammlung.« Sie seufzte. »Es ging um die Firma, wir haben vor langer Zeit eine Baugenehmigung beantragt, bekommen aber keine Antwort und keinerlei Auskünfte.«

Thomasson sah Broman und seinen Sohn durch die Tür hinein in das Sprechzimmer des Zahnarztes verschwinden.

»Ach so«, sagte er.

Es war also nicht um den Jungen gegangen. Er überlegte, ob er erzählen sollte, was früher am Morgen mit dem Jungen passiert war. Aber er ließ es sein. Der Junge würde es vielleicht später selbst seiner Mutter erzählen wollen. Wenn es nun etwas zu erzählen gab. Vielleicht war es vor allem ein Spiel gewesen, trotz allem.

Riitta Hellberg nahm Thomassons Arm und half ihm den gepflasterten Weg hinauf und durch die breiten Glastüren hinein. Er kannte das Krankenhaus, wie man das so tut, egal ob man gesund oder krank ist. Glücklicherweise hatte er das Krankenhaus als Gesunder kennengelernt; im Laufe der Jahre hatte er die üblichen Untersuchungen absolviert, ohne ein einziges Mal eingewiesen zu werden, und die kleinen Zipperlein, die er gehabt hatte, ließ er meist von den Krankenschwestern an Bord behandeln.

Jetzt musste er sich auf ein Sofa setzen, während Riitta zum Glasschalter vorging und die Sache erklärte. Er konnte sehen, wie die Frau auf der anderen Seite sich vorbeugte und ihn musterte. Er hob den Arm in ihre Richtung, drehte den lehmverschmierten Ärmel zum Schalter hin, wie um zu sagen, hier bin ich, und ich bin wirklich gestürzt, kein Simulant, kein eingebildeter Kranker. Dann ließ er den Arm sinken. Kein einziges Papier hatte er bei sich. Aber vielleicht war das nicht nötig. Er wusste schließlich, wie er hieß und wann er geboren war. Er wusste sogar, wo er wohnte, und das war vielleicht nicht ganz selbstverständlich für einen Patienten in seinem Alter.

Thomasson fühlte sich unbehaglich, wie er da auf dem Sofa saß. Vielleicht war er deshalb das ganze Leben hindurch so gesund geblieben, er hatte nie, vielleicht aus Angst, irgendwelche Krankheiten an sich herangelassen. Und das wollte er auch jetzt nicht. Ein geschwollener Fuß, was ist das schon! Es war kaum mehr zu spüren. Ein paar Tage Ruhe, und alles wäre wieder wie zuvor.

6 Er schleppte sich vorwärts. Mehr als das war es nicht. Er schleppte sich auf der Bankgatan in Richtung Marktplatz mit einer Krücke vorwärts, nicht mit zwei, und schon gar nicht mit dem geborgten Rollator, den der Arzt ihm hatte aufschwatzen wollen.

Nachdem Riitta Hellberg wieder zu ihrer Arbeit zurückgefahren war, hatte er selbst das Reden übernommen, und da war die ganze Prozedur ins Stocken geraten.

Er war widerborstig. Er sah es selbst, und ihm gefiel nicht, was er sah; ein bald achtzigjähriger Mann, der zögernd Schuh und Socke auszog, der sich dann weigerte zuzugeben, dass es sehr weh tat, der Krücken, Beförderung und Rollator ablehnte und der schließlich, unter eigensinnigem Gemurmel, einer Krankenschwester erlaubte, den geschwollenen Fuß zu verbinden.

Schließlich erklärte er sich einverstanden, eine Krücke auszuprobieren. Eine einzige.

Diese Krücke hatte er jetzt in die rechte Achselhöhle geklemmt. Er versuchte den Takt zu finden. Vermutlich, dachte er, galt es, die Krücke als eins mit dem rechten Bein zu betrachten und sich dann vorwärtszuschwingen, wenn das linke Bein festen Kontakt mit dem Boden hatte. Es gelang nicht besonders gut, und er pendelte wie ein Zinnsoldat die leichte Neigung zum Marktplatz hinunter.

Er fühlte sich wie Molloy in Becketts Roman, der Vagabund, der sich mit Hilfe von Krücken und einem defekten Fahrrad durchs Leben schleppt, suchend und unsicher, als hätte die Wirklichkeit, Satz für Satz, direkt vor seinen Füßen Form angenommen. Siri hatte überhaupt nicht erwartet, dass Thomasson Beckett mögen würde, aber trotzdem brachte sie *Molloy* mit nach Hause, machte es sich zwischen den Kissen bequem, las laut, und da sie merkte, dass er das, was er zu hören bekam, mochte, fuhr sie fort mit *Malone stirbt* und schließlich auch mit dem abschließenden endlosen Monolog, wo Figuren aus den vorhergehenden Büchern einfließen und wieder herausfließen. Man weiß nicht wer, man weiß nicht wann, man weiß nicht wie und man weiß nicht wohin. Trotzdem ist es gut.

Und vielleicht gelang es Thomasson erst in diesem Moment, flügellahm und mit einer Krücke unterwegs in eine unsichere Zukunft, wirklich zu verstehen, wie gut. Die Bücher handelten nicht nur von ihm, von ihr, von Malone und Molloy. Sie handelten von dem, was für uns alle zutrifft, sich in einer Welt zu befinden, von deren Grenzen man keine Ahnung hat. Vermutungen anzustellen. Einzusehen, dass man der Wahrheit nur so näherkommen kann.

Thomasson hatte mehrmals in seinem Leben Anlass gehabt, an den ersten Satz in *Malone stirbt* zu denken. Siri und er lasen das Buch in demselben Jahr, in dem Beckett den Nobelpreis bekam. Das war 1969, und sie waren beide um die Vierzig. Sie waren stark. Maja war auf dem Weg, zu einer jungen Frau heranzuwachsen. Siri und Thomasson lasen und lachten herzlich über den einleitenden Satz des Buches: »Ich werde endlich doch bald ganz tot sein.«

Und sie lachten noch mehr, als sie zum Folgenden kamen: »Vielleicht nächsten Monat.«

So ging es ein paar Jahre, und plötzlich trug sich das Geschäft nicht mehr, die Leute wollten Läden mit großem Angebot und großen Flächen. Thomasson musste umdenken, er verkaufte unter Preis, um die Schulden zu decken, und entschloss sich irgendwann, auf den Fähren anzufangen. Viel Zeit fern von der Familie, aber das Geld musste irgendwo herkommen, und so hatte es zu gehen, und das nächste Mal, dass ihm diese beiden Sätze einfielen, war in den achtziger Jahren, als Maja gegen die Krankheit ankämpfte, von der sie wussten, sie würde sie ihnen nehmen. Da war es nicht mehr lustig, aber Beckett war noch genauso gut. Die Sätze waren dieselben, aber die Bedeutung hatte sich verändert, der Schwerpunkt hatte sich verschoben.

Und dieselben Sätze, mit einer weiteren Verschiebung, würden in den neunziger Jahren wiederkehren, nach der Katastrophe. Vom ersten Tag an wusste Thomasson, dass Siri sich nicht unter den Lebenden befand. Worauf er gewartet hatte, das war, ihren Körper nach Hause zu bekommen, sie beerdigen zu können, damit sie wirklich und wahrhaftig würde sterben können, so wie Maja es getan hatte und wie er selbst es bald würde tun können.

Der Tag, an dem Thomasson mit Hilfe einer Krücke vom Krankenhaus hinunterging, war ein Mittwoch. Es ging auf die Mittagszeit zu. Die Trottoirs waren leer, aber auf den Straßen fuhren die Autos im üblichen Takt vorbei. Er vermied es, sie anzusehen, während er sich vorwärtsschleppte, und versuchte, die Pendelbewegung zu verringern, indem er sich nach vorn konzentrierte, nur nach vorn. Es half ein wenig, und nach langer Zeit und vielen Pausen kam er dann an seiner eigenen Straßenecke an.

Berg saß noch immer auf demselben Platz, an dem er früher am Morgen gesessen hatte. Der Unterschied war, dass er nicht mehr schwieg. Jedenfalls nicht, nachdem er Thomasson erblickt hatte, der um die Ecke gependelt kam, um im Abstand von wenigen Metern vorbeizugehen.

Berg begann nicht sofort zu sprechen. Trotzdem hing das, was er sagen wollte, in der Luft. Die Stille um ihn herum war fast greifbar. Während seines gesamten Berufslebens war Berg als Taxifahrer tätig gewesen, aber die meiste Zeit hatte er dem Laienschauspiel gewidmet. Viele, vermutlich die allermeisten Menschen waren der Ansicht, dass ihm jedes Talent dazu fehlte, dass aber dieser Mangel zum großen Teil durch Beharrlichkeit und Engagement aufgewogen wurde. Berg hatte in fast jedem Stück, das die örtliche Theatergruppe von den frühen siebziger Jahren bis heute aufgeführt hatte, kleinere Rollen gehabt.

Schon am Beginn seiner Karriere hatte er als derjenige Bekanntheit erlangt, der seine Repliken vergaß. Bergs Eigenheit aber war, dass er nie versuchte, die Situationen mit Hilfe von Souffleur, Mitspielern oder aus dem Moment entstandenen Improvisationen zu bewältigen. Stattdessen wartete er, stand da in der Stille, bis ihm die verlorene Replik wieder einfiel. Und das tat sie meistens. Mit den Jahren hatte Berg sich auf diese Weise zu einem Meister der Kunstpausen entwickelt.

Und das war der Grund, warum die Stille ihn jetzt so dicht umgab. Thomasson spürte sie und verlangsamte seinen Schritt, obwohl er nicht die geringste Lust hatte zu reden. Der Kies knirschte unter der Krücke. Das Trottoir hätte gekehrt werden müssen.

»So so«, sagte Berg zögernd.

»Nur eine leichte Verstauchung«, sagte Thomasson.

Er räusperte sich die Kehle frei. Irgendwie fühlte er sich ertappt. Er verlagerte das Gewicht ein wenig auf den rechten Fuß und hob die Krücke, wie um zu zeigen, dass es nichts Ernstes war.

»Hast du gehört, Thomasson, dass Putin abtreten wird?«

Berg schaute abwechselnd auf Thomasson und an ihm vorbei, in Richtung auf den Marktplatz. Es war, als erwartete er, dass sich jemand aus dieser Richtung nähern würde. Er trug eine gelbe Sportmütze, hatte buschige Augenbrauen und eine Brille mit einer dicken, braunen Fassung. Der Blick dahinter war kaum zu erkennen. Die Brille mit der braunen Fassung trug er schon so lange, wie sich überhaupt jemand erinnern konnte.

»Er wird wieder ins Glied zurücktreten. Putin.«

»Ach ja?«

Thomasson versuchte mit Hilfe seiner einen Krücke ungezwungen vor Berg zu stehen. Eine Unruhe kribbelte in seinem Körper. Er wollte nicht, dass jemand vorbeikäme. Er wusste nicht recht, warum. Es war ja nichts Merkwürdiges daran, dass man sich am Fuß verletzte und gezwungen war, für kürzere Zeit eine Krücke zu benutzen. Jeder verletzte sich mal. Ihm kam der Gedanke, dass er Berg noch nie gefragt hatte, was seinen Beinen fehlte, so dass er einen Rollator benutzen musste. Berg hatte den Rollator noch nicht sehr lange. Vielleicht ein Jahr. Zuvor hatte er sich mit der Hilfe von zwei Krücken fortbewegt. Ähnlich der, die Thomasson jetzt geborgt hatte.

»Eine dritte Präsidentenperiode wird es anscheinend nicht geben. Wir werden ja sehen …«

Berg schaute zum Marktplatz hin, schien hinter Brauen und Brillenfassung die Augen zusammenzukneifen, änderte seine Stellung und stützte im Sitzen den einen Ellenbogen auf den Schenkel.

»... was für einen Platz er nach seinem Rücktritt einnehmen wird.«

»Jaa.«

»Vermutlich ziemlich weit vorn«, sagte Berg, »auf der rechten Seite ...«

Er schaute auf seine Füße, bewegte den einen auf dem Asphalt ein wenig vor und zurück, als versuche er, Sand und Kies zur Seite zu fegen, um darunter etwas Wertvolles aufzudecken.

»... damit es für ihn leichter ist, wieder vorzutreten.«

Berg lehnte sich zurück, streckte sich. Der Oberkörper wirkte plötzlich sehr lang im Verhältnis zu den Beinen, die vom Sitz des Rollators herabhingen.

»Zweitausendacht.«

Thomasson war ein wenig übel. Vielleicht war es der Spaziergang vom Krankenhaus hierher, der anstrengender gewesen war, als er erwartet hatte. Er war das Spazierengehen gewöhnt, aber jetzt war es ein bisschen was Besonderes. Außerdem schmerzte der Fuß. Er hatte vom Arzt schmerzstillende Mittel bekommen und konnte sich in der Apotheke Nachschub holen, wenn es nötig war. In dem Fall konnte er das später am Nachmittag machen. Jetzt wollte er nur etwas essen und sich dann ausruhen.

»Im März«, sagte Berg. »In knapp zwei Jahren.«

»Hhmm«, sagte Thomasson.

»Anderthalb, genauer gesagt.«

»Da kann ja noch viel passieren ...«

»Wenn wir dann noch leben«, sagte Berg. »In anderthalb Jahren.«

Thomasson wollte die Diskussion beenden, und er sagte,

er wolle hinaufgehen und die Nachrichten hören. Er versuchte ein wenig zu scherzen: »Falls was passiert ist, während ich unterwegs war.«

Berg schaute ihn direkt an. Und jetzt waren tatsächlich die Augen hinter all dem Braun zu sehen.

»Es war was mit Tschetschenien«, sagte Berg. »Im Radio.«

Thomasson hatte schon einiges über Tschetschenien gehört, aber in letzter Zeit nicht mehr so viel. Vor einigen Jahren wurde viel über die Krise berichtet, als eine Terrorgruppe in Beslan Kinder als Geiseln nahm. Das Resultat waren Hunderte von Toten. Seitdem war es ziemlich still geworden. Wenn man den Russen glaubte, war der Krieg zu Ende.

»So«, sagte er, »ich habe die Morgennachrichten gehört, aber ich kann mich nicht erinnern, dass etwas über Tschetschenien dabei war.«

»Während des letzten Krieges haben sie Geschäfte gemacht«, sagte Berg. »Die Russen. Sie verstehen etwas von Geschäften.«

Thomasson fragte sich, ob er ans Öl dachte, das Öl, das für das kaukasische Bergland der reinste Fluch zu sein schien. Oder es war etwas ganz anderes. Vielleicht die Korruption, falls sich nun diese Dinge, Öl und Korruption, auf einfache Art voneinander trennen ließen. Es irritierte ihn, dass er es nicht genau wusste. Er hatte das Gefühl, er müsste mehr über Berg wissen. Berg las keine Bücher. Auch keine Zeitungen, und dass er keine Zeitungen und Bücher las, lag daran, wie er zumindest selbst sagte, dass Buchstaben und sogar ganze Zeilen den Platz tauschten, wenn er es versuchte. Statt zu lesen, hörte er also Radio und guckte Fernsehen, und außerdem schnappte er das eine und andere auf, indem er mit

Leuten sprach, die vorübergingen. Vieles schien er auch zu erfinden. Aber erstaunlich oft hatte er doch recht.

»Du, der du so viel gelesen hast«, sagte Berg, »du hast bestimmt von Achilles gehört. Der mit der Ferse.«

Die Achillesferse. Hier befand sich Thomasson auf etwas festerem Boden. Schon in den fünfziger Jahren hatte Siri begonnen, ihn in die Klassiker hineinzulotsen. In der kleinen Mansardenwohnung, wo sie zur Miete wohnten, hatte sie ihm sowohl die Odyssee als auch die Ilias vorgelesen. Aber was Achilles mit Russlands Geschäften in Tschetschenien zu tun hatte, konnte er nicht so ohne weiteres verstehen. Vielleicht, dass das Russlands schwacher Punkt war?

»Du denkst an die *Ilias*?«

Berg schaute ihn eine ganze Weile an. Jetzt glitt sein Blick nicht mehr zum Marktplatz hin. Er saß stumm und schwer auf dem mit Kunststoff bezogenen Sitz des Rollators, die Augen blinzelten langsam hinter den dicken Gläsern. Seine gelbe Sportmütze mit grünem Plastikschirm, auf der seitlich schwarz aufgedruckt MIRKA stand, war zu klein und gleichsam oben auf dem Kopf plaziert. Es sah aus, als könnte der kleinste Windhauch sie wegpusten. Thomasson begann sich zu fragen, ob Berg überhaupt schon mal etwas von der Ilias gehört hatte. Die Achillesferse war ja etwas, das alle kannten. Genau wie der Judaskuss. Oder das Jantegesetz: Du bist nicht besser als alle anderen. Man musste nicht die Bibel und Sandemose gelesen haben, um diese Ausdrücke zu verwenden. Oder der Pyrrhussieg, von dem Thomasson wusste, dass es sich dabei um einen teuer erkauften Sieg handelte und um jemanden, der gesagt hatte: Noch ein solcher Sieg und ich bin verloren. Aber wer das gesagt hatte und wann, davon hatte er nicht die leiseste Ahnung.

»Ich habe den Film gesehen«, sagte Berg, »es muss an

Weihnachten gewesen sein, lass mal überlegen, einundachtzig, vielleicht zweiundachtzig. An Heiligabend. Er lief ziemlich spät, nachdem ich den Weihnachtsmann gemacht hatte. Jedenfalls handelte der Film davon, wie die Griechen zehn Jahre lang Troja belagerten, und zum Schluss tötete Achilles einen Gegner, der Hektor hieß, und schleppte ihn an den Fersensehnen in sein Lager. Ich erinnere mich daran, weil er denselben Namen hatte wie der, der ›Ake, Make, Pera ja mä‹ gesungen hat. Ich habe dieses Lied immer gemocht. Obwohl ich noch lieber Takataan Roos mochte. Erinnerst du dich an Takataan Roos?«

»Jaa«, sagte Thomasson etwas zögernd, »ich habe es vielleicht einmal gehört, es kommt mir bekannt vor.«

Berg begann zu singen. Der Ton war die ganze Zeit derselbe, aber er hielt einen deutlichen Takt und schaukelte unterdessen auf seinem Rollator hin und her, so dass die Räder an beiden Seiten im Takt mit dem Lied »Takataan roos, rokataan taas« zu federn begannen.

Thomasson meinte das Lied wiederzuerkennen. Zumindest das, was er vom Refrain verstehen konnte. Entweder hatte er es im Radio gehört, oder Hector persönlich hatte es einmal auf einer der Fähren gesungen, auf der Thomasson arbeitete. Es war nicht ganz ungewöhnlich, dass die einheimischen Stars irgendwann während ihrer Laufbahn ein Gastspiel auf den Schiffen gaben.

Jetzt fürchtete Thomasson, dass der Rollator umkippen und Berg auf dem Trottoir liegen bleiben könnte. Allein würde er es nicht schaffen, ihm wieder aufzuhelfen.

»Das Lied«, sagte er. »Natürlich kenne ich das.«

»Hektor«, sagte Berg, »also der im Film, blieb mehrere Tage lang dort im Lager der Griechen liegen. Tot. So tot, wie ein Mensch nur sein kann.«

»Die Sagen der Griechen sind oft grausam«, meinte Thomasson.

»Das kann man wohl sagen«, fuhr Berg fort. »Hektors Eltern mussten ein Lösegeld bezahlen, um den Körper nach Hause zu bringen. Das war das Ende. Als sie bezahlt und den Körper zur Beerdigung nach Hause gebracht hatten, konnte der Film enden. Es war lange nach Mitternacht. Genau genommen schon der erste Weihnachtstag.«

Vielleicht hatte Berg recht, Thomasson konnte sich nicht mehr genau erinnern. Er war nicht einmal sicher, ob er und Siri jemals ganz bis zum Ende gelangt waren. Irgendwie fühlte es sich an, als hätte man das Ganze schon nach wenigen Seiten im Griff. Dann rollte es auf sicheren Füßen weiter, Trochäen und Daktylen, wenn er sich nicht täuschte.

»Und die Russen haben es genauso gemacht«, sagte Berg. »Sie haben Tschetschenen gefangengenommen, weil sie Rebellen waren, und haben Lösegeld von der Familie des Opfers verlangt. Gezahlt werden sollte gern in Dollar, so um die zwanzigtausend, und dann stand es dem Mann frei zu gehen und dann abermals gefangen zu werden. Konnte die Familie nicht bezahlen, wurde er erschossen. Wenn es so schlimm kam, musste die Familie die Leiche freikaufen, wenn sie etwas zum Beerdigen haben wollte. Und wenn du in Tschetschenien den russischen Soldaten Leichen abkaufen willst, ist das viel teurer, als einen lebenden Menschen zu kaufen. Weißt du, warum?«

Thomasson wusste nicht, was er sagen sollte. Er brauchte auch nichts zu sagen, weil die Antwort schon unterwegs war.

»Man könnte ja annehmen«, sagte Berg, »dass es so ist, weil die Einkommensquelle endgültig versiegt ist. Wie wenn das Huhn aufhört, Eier zu legen. Aber es ist nicht nur das, die Russen wissen auch, dass die Verwandten in Tschetschenien alles tun, um ihre Toten heimzubringen. Sie können also in Ruhe abwarten. Wie sie es auch machen, das Geld rollt herein.«

Er verstummte und folgte mit dem Blick einem vorüberfahrenden Lastwagen. Der Fahrer schaltete herunter und gab Gas. Thomasson spürte, wie die Abgaswolke herankroch, über die Trottoirkante und weiter die Beine hoch. Es roch angebrannt. Der Lastwagen entfernte sich immer weiter, am Park und an seinem und Siris altem Haus vorbei. Der Fahrer saß vielleicht da und lauschte einem Hörbuch. So machte man es offenbar. Hören statt lesen. Thomasson war seiner Zeit voraus gewesen. Auf einem einzigen Gebiet.

»Das ist mir eingefallen, als ich Radio hörte«, sagte Berg.

»Ach so«, sagte Thomasson.

Er versuchte, die Stellung zu ändern. Es schmerzte in der rechten Schulter, und er wollte sich, so gut er konnte, auf den Fuß stützen, um sie zu entlasten. Es tat weh. Er ließ es weh tun.

»Aber gerade mit diesen Geschäften soll jetzt offenbar Schluss sein«, sagte Berg. »Die Ordnung soll wiederhergestellt sein. Das sagt er. Putin.«

Thomasson begann, auf seine Haustür zuzugehen. Es ging jetzt langsamer. Als wäre der Fuß erstarrt, während er da gestanden und Berg zugehört hatte.

»Er ist ja ein Militär. Putin«, sagte Berg. »Also muss er wohl wissen, wovon er redet.«

Thomasson nickte, ohne sich umzudrehen.

»Weißt du, Thomasson«, sagte Berg, »wer der erste Staatschef war, der nach dem 11. September mit Bush gesprochen hat?«

Thomasson wusste es nicht, nahm aber an, es sei Putin gewesen. Das meiste, was Berg sagte, hatte auf die eine oder andere Weise mit Putin oder Bush zu tun. Es war, als sei er da hängengeblieben.

»Sie sind sich ziemlich ähnlich«, hörte er Bergs immer fernere Stimme sagen, »Putin und Bush. Dieselbe Art zu gehen. Als hätten sie gerade den Rasen gemäht und seien unterwegs zu Papa, um die Bezahlung zu kassieren.«

Die Knie

7 Die Post war gekommen. Mit der Krückenspitze schob er ein paar Umschläge und eine Reklamezeitung in die Wohnung, hievte sich über die Schwelle und zog die Tür zu. Es roch muffig. Wieder hatte er vergessen, das Lüftungsfenster zu öffnen. Ganz zu schweigen davon, das Bettzeug über das Balkongeländer zu hängen. Obwohl er das nicht vergessen, sondern sich dagegen entschieden hatte. Er wollte seine Bettdecke nicht der allgemeinen Begutachtung preisgeben. Außerdem zweifelte er daran, dass man überhaupt etwas davon hatte, über einer Straße mit Durchgangsverkehr Bettzeug zum Lüften aufzuhängen. Die Traktoren und Lastwagen, die von der Bankgatan her kamen und nach Norden abbogen, bliesen all ihre Abgase direkt auf Thomassons Balkon. Möglich, dass die Milben starben, aber in dem Fall an Kohlendioxidvergiftung. Siri und er hatten sich darüber gestritten. Sie hatte den Sieg davongetragen. Damals.

Er setzte sich auf den Stuhl, den er früher am Morgen vor dem Bücherregal hatte stehen lassen. Die Krücke, grau und abgenutzt, lehnte er an die Bücher. Sie war alt. Sie hatten versucht, ihm eine neue aufzuschwatzen, eine mit einer Stütze am Unterarm, aber er hatte sich standhaft geweigert, und schließlich hatte sich die Krankenschwester demonstrativ seufzend ins Lager begeben und diese hier tief aus einem Versteck hervorgekramt. Er fragte sich, wie lange er wohl gezwungen sein würde, sie zu benützen. Nichts war gebrochen, nur eine leichte Verstauchung. Obwohl der Fuß blau und geschwollen war. Konserven standen im Küchenschrank in Reih und Glied, und in der Tiefkühltruhe gab es Fertiggerichte. Das einzige, was er möglicherweise brauchen würde, waren schmerzstillende Mittel.

Manchmal, nicht oft, kam es vor, dass er den Whisky vermisste. Gerade dieser Tag war ein solcher. Er hätte sich mit dem Glas auf dem Tisch ins Wohnzimmer setzen können, einen Schluck trinken, sich zurücklehnen, noch einen Schluck trinken und spüren, wie die Wärme sich in der Brust ausbreitete und der Schmerz im Fuß langsam nachließ und schließlich gänzlich verschwand. Aber das war nur ein Gedanke. Es würde nicht so werden. Seit dem 26. Mai 1986 hatte er keinen Whisky und auch keinen anderen Alkohol im Schrank gehabt.

In diesem Sommer waren drei Jungen seiner Aufsicht unterstellt worden. Nur zwei hatten überlebt, und dass der dritte sich nicht retten konnte, sondern mit neunzehn Jahren starb, war Thomassons Schuld.

An dem Abend, an dem es passierte, saß Thomasson in seiner Kabine und trank, und das einzige, woran er dachte, war eine Kaltmamsell, die weder bei ihrer Arbeit noch in ihrer Kajüte war. Thomasson wusste das, denn er hatte den größten Teil des Tages damit verbracht, sie zu suchen. Er ahnte, wo sie sich aufhielt. In der Kabine des Barkeepers. Dorthin hatte Thomasson sich nicht zu gehen getraut, da er nicht wusste, was er sagen oder tun sollte, wenn sie wirklich dort war. Plötzlich war er wieder ein Teenager. Er kann immer noch nicht verstehen, wie es so kommen konnte; ein bald sechzigjähriger Mann mit einer über dreißigjährigen Ehe hinter sich. Aber so war es. Die Kaltmamsell beschäftigte ihn so sehr, dass er nicht einmal Zeit hatte, sich um seine neuen Angestellten zu kümmern.

Er zog die Post mit dem gesunden Fuß zu sich her, beugte sich vorsichtig vor und hob die beiden Umschläge auf. Den einen ließ er sofort wieder zu Boden fallen, als er sah, dass darauf in Rot etwas über Großgewinne und Auslandsreisen stand. Thomasson hatte seine Reisen gemacht, mehr sollten es nicht werden, auch wenn er sie bezahlt bekäme.

Der zweite Brief kam von einem Schreiner, der in seinem Wohnzimmer eine Pfeifenorgel gebaut hatte. Thomasson hatte an einem Nachmittag im März von diesem Bauwerk gehört, als er dasaß und einem Wunschprogramm im Radio lauschte. Der Mann, der anrief, hatte einen ungewöhnlichen Wunsch gehabt, er wollte etwas von Dietrich Buxtehude, dem Komponisten aus dem siebzehnten Jahrhundert, hören.

Kaum dass der Name Buxtehude fiel, war Thomasson von seinem Sofa aufgestanden und hatte die Lautstärke seines alten Grundig aufgedreht, eine der ersten luxuriösen Anschaffungen, die Siri und er getätigt hatten, als das Leben in Finnland nach den Kriegsjahren begonnen hatte, in normalere Bahnen zurückzukehren. Er hatte zwar den Titel des gewünschten Stücks verpasst, meinte aber, es sei etwas mit »seel«, vielleicht »Mein Seel«?

Er setzte sich wieder aufs Sofa, um zu lauschen. Der Mann, der anrief, klang ziemlich jung. Unter dem Hochschwedischen lag ein deutlicher Dialekt. Thomasson konnte hören, dass er aus der Küstengegend ein Stück weiter nördlich kam.

Spielen Sie selber?

Na ja, ein bisschen.

Aha, welches Instrument, Orgel oder …?

Ja, ich spiele manchmal ein bisschen Orgel, wenn ich von der Arbeit nach Hause komme.

Und was machen Sie beruflich?

Ich bin Schreiner, sozusagen.

Sie haben vielleicht eine eigene Firma?

Nee, ich arbeite in einer Möbelfabrik, vor allem für Küche und Diele.

Ja, das ist bestimmt ruhiger, als Angestellter kann man vielleicht mal eine oder zwei Stunden freibekommen. So, Sie haben also eine Orgel zu Hause.

Jo.

Nun, ist es eine elektrische Orgel oder …?

Nee, es ist schon eine Barockorgel …

Also … mit Pfeifen und allem Drum und Dran, zu Hause?

Ja, ich habe schon in den Neunzigern angefangen, sie zu bauen, eher als Hobby …

Sie haben die Orgel selber gebaut?

Ja. Das meiste habe ich schon selber gebaut. Aber vier Metallstimmen habe ich gekauft, und dann das Gebläse, über einen Orgelbauer in Kotka bin ich an ein gebrauchtes Gebläse gekommen, so dass …

Also, wenn Sie von der Arbeit in der Möbelfabrik nach Hause kommen, setzen Sie sich an Ihre eigenhändig gebaute Pfeifenorgel und spielen Dietrich Buxtehude!

Nur komme ich nicht so oft dazu, wie ich es gern hätte, eigentlich. Ich habe ja eine Familie und … Kinder und so.

Aber was sagt die Familie dazu, eine zu haben, übrigens, wo haben Sie die Orgel? Haben Sie auch ein Musikzimmer gebaut?

Nee, sie steht im Wohnzimmer, an der einen Wand.

Und sie ist … wie groß?

Mal sehen … sie ist knapp vier Meter breit, und zweieinhalb hoch. Ich konnte sie nicht höher bauen, weil die Decke im Weg war.

Und Ihre Frau ist einverstanden?

Nun, was soll ich sagen. Dass sie größer wird, will sie nun nicht gerade.

Das bedeutet also, dass Sie jetzt fertig sind mit dem Bauen.

Nun, beinahe, ich plane noch, das Pedal mit zwei Stimmen zu erweitern, Fagott 16 und Flöte 4.

Aha, sieh an, aber … jetzt habe ich fast den Faden verloren, es war, ja genau, Buxtehude, den Sie hören wollten. Ein ziemlich ungewöhnlicher Wunsch, muss ich sagen! Ist das Ihr Lieblingskomponist?

Eigentlich ziehe ich wohl Bach vor, aber gerade dieses Stück finde ich fein.

Na also, dann hören wir es uns an!

Thomasson hatte dagesessen und gelauscht und daran gedacht, wie Siri in den fünfziger Jahren, wenn die Kirche leer war, oft vor der alten Telin-Orgel im nördlichen Querschiff saß und gleichsam spielerisch Stücke von Bach und Buxtehude hervorholte. Die Orgel, die immer noch da steht, ist nach ihrem Erbauer benannt, Anders Telin, der sich in den 1760er Jahren in der Stadt niedergelassen hatte, eigens um sie zu bauen. Eigentlich war er Schiffsbauer, dieser Telin, aber Orgeln waren sein großes Hobby, und als er sich der Pensionierung näherte und den Schiffsbau ein wenig eingeschränkt hatte, konnte er sich eine große und umfassende Arbeit an der Orgel der Stadt leisten. Und das Ergebnis, muss man ja sagen, war gut. In den fünfziger Jahren, nahezu zweihundert Jahre alt, war sie immer noch spielbar.

Finnlands einzige komplette Orgel aus dem achtzehnten Jahrhundert.

Vielleicht, dachte Thomasson, wie er da saß, hatte Siri in den fünfziger Jahren sogar das Stück gespielt, das der Möbelschreiner sich gewünscht hatte und das ein halbes Jahrhundert später aus dem Radio erklang. Aber er hatte die Musik nicht erkannt. Tastende Töne, wie auf einer Flöte gespielt. Auf ganz selbstverständliche Art fügten sie sich ineinander. Die Musik schuf eine vollständige Ruhe im Raum. Eine Ruhe, wie er sie lange nicht mehr empfunden hatte.

Nachdem die Musik verklungen war, ging er zu seiner Plattensammlung und begann zu blättern. Er hatte nicht alles, aber doch sehr viel. Siri hänselte ihn manchmal wegen seiner vielen Aufnahmen von *Membra Jesu nostri*, Buxtehudes Betrachtung von Jesu Leiden am Kreuz. Und es ist wirklich eine Betrachtung. In sieben Teilen richtet sich die ganze Aufmerksamkeit auf den Körper Jesu: Füße, Knie, Hände, Seite, Brust, Herz und schließlich Gesicht. Die Passionskantaten wurden von dem schwedischen Hofkapellmeister Gustav Düben im Jahr 1680 in Auftrag gegeben und zum allerersten Mal in der Deutschen Kirche in Stockholm aufgeführt.

Thomassons Interesse, oder man könnte sogar sagen Besessenheit von dem Werk, nahm genau dreihundert Jahre später ihren Ursprung. In diesem Sommer, 1980, wurde *Membra Jesu nostri* abermals in der Deutschen Kirche in Stockholm aufgeführt. Der Chor kam aus Lübeck, Buxtehudes letzter Wohnstatt, und machte seit Ostern desselben Jahres eine Tournee durch ganz Europa. Stockholm war eine der letzten Stationen. Siri und Thomasson waren anwesend. Das Konzert wurde an einem Nachmittag gegeben, und Thomasson kann sich immer noch ganz deutlich daran erinnern, wie der Chor langsam und unter vollständiger Stille von der Seite her eintrat und sich hinter den wenigen Musikern aufstellte; zwei Geigen, ein Violoncello, ein Cembalo. Und natürlich die Orgel.

So fing es an. Erst die Streicher, dann ganz kurz der Chor, und dann der Sopran, der ihm unvergesslich blieb. Es war der Sopran, der ihn in das Werk hineintrug, und er war seitdem nicht wieder herausgekommen. Erst einmal drinnen, fand er dann all das andere, aber es war der Sopran, der ihm den Eintritt gewährt hatte.

Anschließend spazierten Siri und Thomasson einige Häuserblocks weit zum Restaurant Mårten Trotzig in der Västerlånggatan und nahmen ein frühes Abendessen zu sich. Siri begann mit Käse und Hering, fuhr mit einer ganzen Scholle fort und beendete das Mahl mit Trotzigs Schokoladentrüffel und einem Glas süßem italienischen Wein. Thomasson selbst hatte nach mehreren Wochen im Ausland ein bisschen Heimweh und versuchte dem mit seinen alten Lieblingsspeisen Abhilfe zu verschaffen: Västerbottenkäse, Kalbsrücken und Hummerbéarnaise. Sie blieben noch bis gegen sieben sitzen, als es an der Zeit war, hinunter zur Skeppsbron und weiter zum Hafen zu spazieren. Der Abend war warm, und Siri ging mit bloßen Armen und mit nackten Füßen in Sandalen. Maja war noch mit ihrem Verlobten in Österbotten. Später am Abend würde sie schwanger werden und Siri und Thomasson würden damit ihre Reise von Eltern zu Großeltern antreten.

Aber davon wussten sie nichts, als sie Arm in Arm über die Skeppsbron und weiter hinunter zum Tegelsvikshamnen gingen, wo die Fähre lag.

Es war Samstag, der 5. Juli 1980, und in nur einer Stunde

wäre es Zeit für die erste Reise der Viking Sally von Stockholm nach Turku. Thomasson hatte Mitte Juni als Lagervorsteher angeheuert und war mit zwanzig anderen Mitgliedern der Besatzung nach Deutschland gefahren, um zu bunkern und das Schiff instand zu setzen. Sie waren über Kopenhagen nach Hamburg geflogen und hatten dann einen gecharterten Bus nach Papenburg und zur Meyerwerft genommen. Als sie ankamen, merkten sie, dass man mit allen Arbeiten im Verzug war. Die Toiletten funktionierten nur gelegentlich, die Restaurants und Bars sahen aus wie Baustellen und ein großer Teil der Passagierkabinen war nicht einmal annähernd fertig. Ziemlich bald sahen sie ein, dass es unmöglich wäre, die Viking Sally zum Monatsanfang in einen einwandfreien Zustand zu bringen. Aber für die Reederei war es wichtig, den Verkehr in der Hauptsaison aufzunehmen, also sollte sie hinaus. Die Anordnungen waren ganz klar und standen nicht zur Diskussion. Also schufteten sie. Aber das Schlimmste war, dass die Aufzüge nicht funktionierten. Alles, was hinauf sollte – Alkohol, Zigaretten, Süßigkeiten, Bettwäsche, Geschirr, Waschmittel, alles –, musste über die schmalen Treppen hinaufgetragen werden. Es war, als würde man sich von früh bis spät in einem zehnstöckigen Haus ohne Aufzug auf und ab bewegen. Eigentlich war das Schleppen nicht Thomassons Aufgabe, aber die beiden Lagerburschen, Tomppa und Allan, waren im Begriff, sich völlig zu verausgaben, und er entschloss sich, einzuspringen, soweit es ihm möglich war.

Siri hatte Urlaub. Sie hatten beschlossen, dass sie für ein paar Tage herunterkommen sollte, bevor es an der Zeit war, Deutschland zu verlassen. Auf diese Weise würden sie zusammen etwas von Papenburg und Emden sehen, und außerdem konnten sie in einem glänzend neuen Schiff den

Nord-Ostsee-Kanal hinauffahren. Aber Siris Reise wurde nicht ganz so, wie sie es sich vorgestellt hatten, und das meiste musste sie auf eigene Faust unternehmen, während Thomasson arbeitete. So war der Abend in Stockholm ihr erster richtiger Abend zusammen, seit sie an Bord gekommen war.

Als das Schiff den Hafen verließ, saßen sie in Thomassons Kabine auf dem siebten Deck und betrachteten durch das Kabinenfenster die abendlichen Spaziergänger auf dem Djurgården, die prächtigen Villen entlang des Wassers und Motorboote, die mit hoher Geschwindigkeit die Bugwellen durchschnitten. Es war, als könnten sie endlich aufatmen. An Bord befanden sich annähernd zweihundert Besatzungsmitglieder, gut tausend Passagiere und etwa hundert deutsche Werftarbeiter, die bis zur letzten Minute Barhocker und Leisten festschraubten.

Aber in Thomassons Kabine war alles still und friedlich. Füße, Knie, Hände, Seite, Brust, Herz, Gesicht. Er kannte ihren Körper wie seinen eigenen. Trotzdem war er immer neu. Sie lachte, als er das sagte. Aber es war die Wahrheit, die ganze Wahrheit.

Die Viking Sally war das größte Schiff, das jemals im Linienverkehr zwischen Finnland und Schweden gefahren war. Ein schwimmendes Hotel. Alle, die sie sahen, sagten, größer ginge es nicht.

Aber es ging. Nur zehn Jahre später war die Sally ein abgenutztes Schiff, das unter dem Namen Wasa King zwischen Vasa und Umeå kreuzte. Nach einigen weiteren Jahren war es Zeit für eine neue Route. Damals nahm sie unter dem Namen Estonia den Linienverkehr zwischen Stockholm und Tallinn auf.

Aber auch davon wussten Siri und Thomasson nichts auf dieser Jungfernfahrt. Sie genossen die Reise. Später am Abend gingen sie unter den Passagieren umher, ließen sich von Mikko einen Drink in der Bar servieren, und als die Ålandssee sich öffnete, standen sie im siebten Deck an die Reling gelehnt und hörten die Wellen spielerisch gegen den Bug schlagen.

8 Das Wunschprogramm, in dem der Möbeltischler aus dem nördlichen Österbotten Buxtehude hören wollte, wurde im März 2006 gesendet. Da war Siri seit elfeinhalb Jahren tot, und seit elf Jahren hatte Thomasson an seiner eigenen Orgel gebaut. Sie stand im Wohnzimmer an der Nordwand und war so weit wie möglich eine Kopie der Telin-Orgel, die Siri geliebt hatte. Ein Manual und Pedal, zwei Bälge und acht Stimmen.

Der Orgelbau war sein eigener, seine Erfindung und sein Projekt. Aber er war nicht der erste in der Stadt, der zu Hause eine Orgel in voller Größe gebaut hatte. Das war schon einmal gemacht worden, auch diesmal von einem Witwer. Krempelmacher Granholm hatte Anfang des neunzehnten Jahrhunderts eine Orgel mit fünfhundert Pfeifen in seinem Haus in der Östragatan gebaut. Hätte Thomasson an einem stillen Sonntagnachmittag bei seinem eigenen Bau eine Pause gemacht und hätte sich draußen auf seinen Balkon gestellt und genau gelauscht, hätte er den Krempelmacher durch die Jahrhunderte hindurch spielen hören können.

Bei Granholm hatte es mit einer Flöte begonnen. Eines Abends hörte er seinen Nachbarn spielen. Granholm fand, dass es gut klang, und wollte es lernen. Aber es zeigte sich, dass er zu alt und kurzatmig, zu knochendürr und steif war. Trotzdem gab er nicht auf, sondern löste das Problem, indem er einen Blasebalg mit der Flöte verband. Mit der Zeit wuchsen sowohl Kenntnisse wie Forderungen, und er fing an, Balg und Flöte mit einer Klaviatur zu lenken, um seine Choräle spielen zu können. Neue und immer größere Pfeifen stellte er her, indem er Kerzen und Zinnteller einschmolz. Einige der Pfeifen, die Granholm baute, waren so lang, dass er ein Loch in die Decke schlagen und sie über die Stadt hinausragen lassen musste wie klingende Schornsteine. Eine Ausbildung zum Orgelbauer hatte er nicht, vielmehr lernte er durch eigene Versuche und indem er genau wie Thomasson gründlich die Telin-Orgel der Kirche studierte.

Granholm baute aus Liebe zur Musik und einem seit der Kindheit entwickelten Interesse für Technik. Thomasson hatte andere Antriebskräfte. Auch sein Ausgangspunkt war ein anderer.

Nach der Katastrophe, als eine Zeit vergangen war und die Trauer sich zu legen begann, wollte er wissen, was geschehen war. Wie es sich abgespielt hatte. Und es war nicht so, dass er nur wissen wollte, warum es passiert war, ob es wirklich stimmte, dass das Bugvisier abgefallen war, die Rampe mit sich gezogen hatte und Wasser ins Autodeck eingeströmt war, ob eine Stabilisierungsflosse abgerissen oder Bomben unter der Wasserlinie gezündet worden waren, ob sie mit einem U-Boot kollidiert waren oder ob die schwedischen Streitkräfte auch in der Unglücksnacht militärisches Schmuggelgut transportiert hatten.

Er wollte wissen, wie es passiert war. Wie war es genau zugegangen? Er wollte es vor sich sehen. Und eins der ersten Dinge, die er sah, in die er sich wirklich einlebte, war, wie das Schiff, das er so gut kannte, sich spät im Verlauf des Geschehens mit schwerem Heck auf die Seite legte und wie die Schornsteinrohre mittschiffs sich mit einem Zischen ins Wasser senkten.

Denn da war es zu Ende. Erst in diesem Augenblick sah man ein, dass das Schiff wirklich untergehen würde. In dem Moment, in dem die Schornsteinrohre das Wasser erreichten, ließ die Kommandobrücke das Schiff ein letztes, langgezogenes Signal ausstoßen. Die Sirene, die Thomasson selbst so viele Male gehört hatte, im Schärenmeer von Stockholm, wenn sie sich Åland näherten oder dicht an einem schaukelnden Fischerboot vor Turku vorbeikamen.

Er hat auch ein Bild von diesem Schornstein in seinem Album. Das Bild ist im Kieler Kanal aufgenommen. Das Schiff ist nagelneu, und die Rohre sind noch immer blank. Es herrscht ein schönes Sommerwetter, und Siri sitzt auf dem Achterdeck, die Hand wie zum Schutz gegen die Sonne erhoben. Man sieht, dass es ein wenig stürmt, und sie lacht in die Kamera, als Thomasson das Bild knipst. Rechts von ihr ist der Strand mit grünen Bäumen und Büschen zu sehen, so nahe, dass das Schiff auf dem Land zu fahren scheint, und direkt darüber und dahinter der weiß-rote Schornstein mit den langsam schwarz werdenden Rohren.

Als Siri an jenem Abend am 27. September von Tallinn aus die Estonia nahm, war sie in Lettland gewesen, um sich Orgeln anzusehen. Besonders hatte sie sich darauf gefreut, endlich die große Orgel in der Dreifaltigkeitskirche in Liepaja zu sehen und zu hören. Als Thomasson an diese Reise dachte und versuchte, die Orgeln und Siris Freude zu sehen, hörte er nur den Laut der Sirene und sah die Rohre mit einem Zischen im Meer versinken. Und er dachte daran, wie sie ihm von Krempelmacher Granholms langen Orgelpfeifen erzählt hatte und wie man sie sonntags über der Stadt klingen hören konnte.

Kurz darauf begann er zu bauen.

9 Thomasson las den Brief nicht sofort, sondern nahm ihn mit hinaus in die Küche. Im Haus war die Krücke noch mehr im Weg. Allein schon sich über eine Schwelle und durch eine Türöffnung zu hieven war mutig. Sogar Haferbrei zu kochen erschien schwierig. Aber er schaffte es immerhin, den Topf aus dem Schrank zu holen. Die Tüte mit den Haferflocken stand auf der Arbeitsfläche neben dem Herd. Er maß zwei Portionen mit dem Auge ab, ließ Wasser hineinlaufen, bis es die Flocken bedeckte, gab eine Prise Salz dazu und stellte die Platte an. Er brauchte sich nur umzudrehen, um den Kühlschrank zu öffnen und Butter und eine Milchpackung herauszuholen. Der Zucker stand bereits auf dem Tisch.

Während der Brei kochte, schlitzte er mit dem Löffelstiel den Umschlag auf. Der Brief war kurz und mit der Hand geschrieben. Der Möbeltischler aus dem nördlichen Österbotten berichtete vom Fortgang seiner Arbeit. Das Fagott und die Flöte waren jetzt an ihrem Platz und der nächste Schritt bereits geplant: ein Schwellwerk für Crescendoeffekte, mit aufklappbaren Luken aus geölter Buche.

Außerdem schrieb er, dass das Stück, welches er sich in der Radiosendung gewünscht hatte, »Mensch, willst du leben seliglich« war. Und er hatte eine CD beigelegt und schrieb, dass er ein paar seiner Lieblingsstücke von Buxtehude darauf gebrannt hatte.

Thomasson drehte und wendete die Scheibe. Er hatte sich nie dazu aufraffen können, einen CD-Spieler zu kaufen. Es hatte auch kein Bedarf bestanden. Quer über die blanke Oberfläche stand in schwarzer Tusche »Buxtehude, Vermischtes« geschrieben. Seliglich. Er hatte das Wort noch nie gehört, aber mit Hilfe seines holprigen Deutsch konnte er es doch erraten. Selig. Glückselig.

Mensch, willst du glückselig leben.

Er legte die Scheibe auf den Tisch und schaute hinaus. Der Himmel befand sich auf der Höhe seines Küchenfensters.

Grau, feucht, kalt.

Der 27. September, der in den 28. überging. Auf den Tag genau vor zwölf Jahren. Ein Tag, an dem man nicht zwischen Himmel und Meer unterscheiden konnte. Er wusste es. Ohne dort gewesen zu sein, wusste er es. Grau wie Roheisen. Dann sich verdichtende Dunkelheit und eine Kälte, die alles durchdrang. Obwohl sie von der Kälte vielleicht nicht sehr viel gemerkt hatten. Jedenfalls nicht am Anfang. Nicht, als sie sich draußen an Deck befanden, und der Gedanke, der alles übertönte, sogar den Sturm und die peitschende Nässe, war, die Schwimmweste anzulegen. Vielleicht überhaupt eine Schwimmweste zu ergattern.

Er fragte sich, ob es die gleichen Westen waren, wie man sie in den achtziger Jahren auf der Sally gehabt hatte? Ob Siri, auf die gleiche Art wie er selbst, da gestanden und mit den Gurten gekämpft hatte, die nirgendwo zu passen schienen, um sie schließlich irgendwo festzuknoten, wie es sich ergab. Für Thomasson war das Ganze eine Übung gewesen, und er hatte nur gehofft, dass es schnell vorüber wäre, damit er wieder in die Wärme hineingehen und mit seinen Pflichten fortfahren konnte.

Für Siri hatte es keine Wärme gegeben, in die sie hätte hineingehen können. Als sie erst einmal an Deck gelangt war, gab es von dort nur einen Weg, hinaus auf die Schiffsseite und hinunter ins Meer.

Falls sie je so weit gekommen war. Siris Kabine lag auf dem vierten Deck. Als sie in dieser Nacht aus der Kabine trat, hatte sie zwei Möglichkeiten; nach rechts und in die große Empfangshalle zu gehen, oder nach links und die Treppen zum Vorschiff zu nehmen.

Thomasson hat sich das Schiff Mal für Mal vergegenwärtigt, jede Treppe, jeden Korridor, die gebogenen Geländer, die Plazierung der Kabinentüren, die Spielautomaten, die sich rappelvoll von ihren Plätzen bewegten und alles, was ihnen in die Quere kam, zerschmetterten, die Glaswände des Selbstbedienungsladens, der rote Teppichboden, der sich vom Boden gelöst hatte, alles hat er mit Siris Augen auf ihrem Weg hinauf zum siebten Deck gesehen.

Falls sie überhaupt so weit gekommen war.

Vielleicht hatte sie geschlafen, als der erste, richtig kräftige Knall zu hören war. Sie war den ganzen Tag gefahren und erst in den letzten Stunden vor Ablegen des Schiffs nach Tallinn gekommen. Vermutlich war sie müde gewesen und wollte wohl auch ausgeruht sein, wenn sie nach Stockholm kam, um die Enkelkinder zu treffen. Also hatte sie ein leichtes Abendbrot gegessen und dann ein wenig zerstreut das Angebot im Selbstbedienungsladen und den Boutiquen gemustert. Vielleicht hatte sie eine Kleinigkeit gekauft, aber die meisten Geschenke waren vermutlich schon in Lettland besorgt worden; kleine Figuren aus Holz, eine bestimmte Art von Kleidungsstücken, die es zu Hause nicht gab. Siri mochte solche Sachen gern; ein Schal, wie ihn noch nie jemand gesehen hatte, Fäustlinge mit Stickereien, eine Wolljacke.

Schon da, gegen halb zehn, hatte sich das Wetter bemerkbar gemacht. Der Seegang war noch nicht besonders stark, und die Bewegungen des Schiffs ließen sich leicht parieren, aber sie wusste, dass es schlimmer werden würde, wenn sie auf das offene Meer hinauskamen und die Küste keinen Schutz mehr bot. Man hatte vor starkem Wind während der Nacht und in den Morgenstunden gewarnt. Siri wurde in der Regel nicht richtig seekrank, aber sie wurde oft bleich, verlor den Appetit und wollte am liebsten die Übelkeit wegschlafen.

Vielleicht hatte sie es auch diesmal so gemacht, sich entschieden, ins Bett zu gehen und zu versuchen, den Sturm mit Schlaf zu überbrücken.

Bei der Abfahrt wehte es mit einer Stärke von zehn Sekundenkilometern, und der Wind nahm mit jeder Stunde zu. Gegen Mitternacht hatte er sich bis auf fast zwanzig Sekundenmeter gesteigert, und das Schiff stampfte mit gut vierzehn Knoten durch die Wellen. Bei solchem Wetter zittert der Rumpf, und der Bug gräbt sich so tief hinunter, dass das Wasser bis zum siebten Deck gegen die Fenster schlägt.

Thomasson selbst hatte die Angewohnheit, im Herbst im Vorschiff zu stehen, von dickem Glas geschützt, und den Sturm zu betrachten, wie er über die Ålandssee zog. Es war ein mächtiges Schauspiel. Für eine Weile verschwanden alle seine Sorgen; Majas Krankheit, die Verliebtheit und später die Eifersucht, die ihn nachts wachhielt, Siris stumme Vorwürfe während der freien Wochen, das Leben, das ihm entglitt. Das einzige, worauf er wartete, während er im Vorschiff stand, war die nächste Welle, die das Wasser mit noch größerer Kraft emporschlagen lassen würde. Da zu stehen und zu sehen, wie sich das Schiff durch meterhohe Wellen arbeitete, und zu spüren, wie sich Tausende Tonnen unter den Füßen hoben und senkten, schuf eine Ruhe im Körper. Er bekam ein Gefühl von Kontrolle, es waren enorme Kräfte am Werk, und zugleich war er außer aller Gefahr.

Aber es war nur die Ålandssee. Die Ålandssee bedeutete zwei Stunden auf offenem Wasser. Die Reise der Estonia von Tallinn nach Stockholm war etwas ganz anderes. In der Stunde nach Mitternacht begegneten ihr Wellen von über vier Metern, gelegentlich bis zum Doppelten. Sie stampfte voran, und vermutlich lag Siri in ihrer Kabine und lauschte auf das dumpfe Geräusch der Wellen, die gegen den Bug schlugen. Das Geräusch, und dann die Erschütterungen, die sich fortpflanzten und sachte abnahmen wie die Vibrationen in einer Stimmgabel. Sie hörte es und wusste, dass es ganz normal war, Thomasson hatte ihr oftmals vom Körper des Schiffs erzählt, der bei schwerer See plötzlich ein Eigenleben zu entwickeln schien. Die Sally war ein bemerkenswertes Bauwerk, viele waren der Meinung, sie sei nicht einmal ein Schiff, sondern etwas anderes, ein Hotel, ein schwimmender Vergnügungspalast. Etwas, das vorgab, etwas zu sein, das es nicht war. Unecht wie die Messingstangen rings um die Bartheke. Dennoch war es, als sei der klobige Körper in schwerer See zum Leben erwacht, sie rollte, stampfte und lavierte sich durch die Wellen voran. Bei Dunkelheit und Sturm wurde sie das, was sie eigentlich hätte sein sollen, ein Schiff.

All das hatte Thomasson Siri erzählt, und so war es erst in der Stunde nach Mitternacht, als sie die metallischen Geräusche hörte, dass sie ernstlich Angst bekam. Denn davon hatte er noch nie etwas erzählt. Davon hatte er auch nichts erzählen können, weil es Geräusche waren, die da nicht hingehörten. Eine Welle, das Schiff wurde emporgehoben und fiel der nächsten entgegen. Dann kam es: ein metallischer Knall und eine Erschütterung. Gefolgt von einem weiteren metallischen Knall und einer Erschütterung.

Bis hin zum lautesten Knall von allen. Da war es ein Uhr nachts, und wenn sie nicht wach war, so erwachte sie von dem Geräusch und dem Stoß, der durch den Schiffskörper lief. Ein Krachen, wie eine Kollision. Oder als sei das Schiff auf Grund gelaufen und abrupt stehengeblieben. Nur wenige Minuten später ging die Estonia bei einer Schlagseite nach Steuerbord in die Knie. Die Leute fielen aus ihren Betten. Das Schiff begann sich langsam wieder zu erheben. Da hatten die Passagiere, obwohl niemand das wusste, noch zehn Minuten Zeit, um aus ihren Kabinen über die Treppen zum siebten Deck zu gelangen.

Aber bevor diese zehn Minuten vergangen waren, legte sich das Schiff abermals in eine tiefe Schlagseite, diesmal etwas tiefer, und erhob sich noch einmal. Aber diesmal erhob die Estonia sich nicht ganz so weit. Es war, als hätte ein Teil der Schlagseite die Macht über sie bekommen. Und bekäme mit jeder Welle, die heranrollte, immer mehr Macht über sie. In dem Augenblick, in dem sie sich nicht mehr erhob, in dem Augenblick, in dem die Schlagseite bestehen blieb, war es nicht mehr möglich, hinauf und hinaus zu gelangen.

Siri war nicht schüchtern, durchaus nicht, aber sie achtete sehr auf ihr Aussehen und den Eindruck, den sie auf andere machte. Deshalb riss sie nicht gleich nach dem Krachen und der Schlagseite die Kabinentür auf, um im bloßen Nachthemd auf den Korridor zu rennen. Sie kleidete sich an, streckte sich nach den Hosen, die sie am Abend zuvor über den Stuhl gehängt hatte, die aber jetzt auf dem Boden lagen, schnappte sich den Pullover von dem an der Wand befestigten Sofa, setzte sich dann hin und rutschte zur Tür, wo die Schuhe unter einem umgefallenen Stuhl lagen, der weggeglitten war, als die erste Schlagseite kam. Auf dem borstigen Teppichboden sitzend, zog sie die Schuhe an. Auf dem Korridor waren Stimmen zu hören. Leute schrien.

Mitunter stellt es sich Thomasson so vor: Sie schafft es, die Tür zu öffnen und sich durch den stark geneigten Korridor zu tasten, in dem die gegenüberliegenden Türen wie Fallluken waren; würde eine sich öffnen, wenn sie vorbeikam, würde sie nicht standhalten können, sondern durch die Kabine und gegen die Wand fallen, in der die Fenster jetzt zur Tiefe hin lagen.

Aber sie tastete sich weiter, vorbei an allen Kabinen und den Schreien, die hinter geschlossenen Türen ertönten, vor bis zur Empfangshalle, die sich jede Minute mit weiteren Passagieren füllte. Die meisten kamen von unten, vom Autodeck über die schmalen Treppen, die keinen Teppichbelag hatten, wie gemacht für ölverschmierte Sohlen. Über diese Treppen tasteten sich die Menschen auf Händen und Knien voran, die Füße teils gegen die gegenüberliegende Wand, teils gegen die nachfolgende Person gestemmt. In der Empfangshalle angekommen, blieben viele dort, hier waren sie ja erst vor wenigen Stunden an Bord gekommen, und vielleicht war hier die Rettung, hinter den geschlossenen Doppeltüren. Aber die Doppeltüren blieben geschlossen, und jetzt war die Schlagseite schon so stark, dass alle, die nichts hatten, um sich daran festzuhalten, auf dem Rücken über den Boden schlitterten und gegen die Wand an Steuerbord schlugen. Andere hielten sich an Geländern und Türpfosten fest, einige schleppten und schlugen sich zur Treppe durch, wo die bereits Erschöpften stehengeblieben waren und sich weder hinauf- noch hinunterbewegten, sich nur krampfhaft festklammerten.

Aber Siri blieb nicht stehen, sie hatte sich noch keine Treppe hinaufgeschleppt, sie hatte noch Kraft und wartete auf das letzte Rollen des Schiffs, denn jetzt stampfte es nicht mehr, sondern hatte sich nur immer tiefer mit der Seite gegen den Wind gelegt. Mitten im Chaos konnte sie spüren, dass die Motoren nicht mehr arbeiteten. Unter den Schreien war es still. Das Schiff hob und senkte sich, schien sich aber nicht mehr aus der Schlagseite zu erheben. Siri stützte sich an der Wand ab, beugte sich vor, schaffte es, das Geländer zu erreichen, und begann dann sich hochzuziehen. Sie versuchte, über die Verletzten hinwegzusehen, die auf dem Treppenabsatz lagen und saßen. Sie zog sich weiter hoch, zielstrebig wie ein Turner, der eine Sprossenwand erklimmt, und als sie schließlich das fünfte Deck erreichte, war das erste, was sie sah, der Informationsschalter und eine junge Frau, die in den weiß gewordenen Händen ein Mikrophon hielt und rief: Häire! Häire! Laeval on häire! Alarm! Alarm! Alarm an Bord! – Unter dem Schalter saß ein Mann, die Hände und Füße gegen den Teppichboden gedrückt. Er stemmte sich gegen die Schwerkraft wie ein Skispringer, der beim Start zögert. Menschen flogen durch den Raum. Aus den Schränken hagelten Akten auf die Frau, die mit immer schwächerer Stimme warnte, die hochgezogenen Schultern als einzigem Schutz.

Siri machte auch hier nicht halt, sondern bewegte sich weiter wie an einem immer steiler werdenden Hang, vorbei an den zerschlagenen Glastüren des Selbstbedienungsladens, durch den immer stärkeren Geruch von ausgelaufenem Alkohol weiter zum nächsten Treppenabsatz. Mit beiden Händen am Geländer, mal mit Hilfe von anderen, mal in Gegenwehr, schaffte sie es, sich zum nächsten Deck hochzuziehen, und zum nächsten.

Aber es kommt auch vor, dass er es sich so denkt: Alles Lose, Tische, Stühle, Koffer und Tüten mit Kleidern, war bei der kräftigen Schlagseite vor die Tür gerutscht, die sich nach innen öffnete. Die Kabine war klein, und das Gerümpel verschloss den einzigen Weg hinaus.

Oder so: Sie wurde haltlos aus dem Bett geworfen.

10

Das Butterauge schmolz im Brei. Thomasson goss Milch an den Tellerrand und wartete, bis sie ganz herumgelaufen war. Dann zuckerte er den Brei und aß.

Er war fast fertig, als das Telefon klingelte. Der Laut ließ ihn zusammenzucken, so dass er Milch auf dem Tisch verschüttete. Es irritierte ihn, dass eine solche Kleinigkeit ihn derart aus der Fassung bringen konnte. Sollte das zunehmende Alter nicht bedeuten, dass allen übertriebenen Gefühlen die Spitze genommen wurde? Erhabene Ruhe. Er war nicht sicher, ob er jetzt erhabener war als früher. Langsamer, das wusste er hingegen mit Sicherheit.

Er wischte die Milch mit der Handfläche auf und strich sie dann auf eine Art am Hosenbein ab, die Siri dazu gebracht hätte, ihn anzuzischen und mit abgehackten Bewegungen eine Serviette aus der Schublade zu ziehen und sie vor ihn auf den Tisch zu werfen. Aber noch schlimmer wäre es gewesen, wenn er sich zufällig am Socken abgetrocknet hätte. Aus irgendeinem Grund war sie der Meinung, der Mittelfinger wäre am schlimmsten. Der rechte Mittelfinger am Sockenbund, das hätte bedeuten können, dass sie an diesem Tag nicht mehr mit ihm gesprochen hätte.

Er brauchte viele Jahre, um sich das abzugewöhnen. Aber auch das ging, wie so vieles andere.

Es war nicht ganz ungewöhnlich, dass das Telefon klingelte. Es war auch nicht gewöhnlich. Er nahm die Krücke und ging hinaus in die Diele, wo das Telefon neben dem Bücherregal an der Wand hing. Früher hatten sie auch im Schlafzimmer eins, aber das schenkte er dem Flohmarkt schräg gegenüber an der Straße. Er hatte es sich angewöhnt, Dinge zu verschenken, die er nicht brauchte. Er fand, es fühle sich gut an, das Gerümpel loszuwerden, die Luft war viel leichter zu atmen. Außerdem war der Mann, der den Flohmarkt betrieb, auch Vertreter einer Firma in dieser Gegend, die Grabsteine herstellte, und man konnte ja nie wissen, welche Rabatte der Vertreter eines Tages würde aushandeln können, wenn er sich nun von dieser Seite zeigte.

Thomasson meldete sich mit seinem Nachnamen. Eine Zeitlang nachdem sie sich gerade das Telefon angeschafft hatten, hatte er sich mit Telefonnummer und Namen gemeldet. Er wusste nicht mehr, warum. Vielleicht machte man das damals so. Auf die gleiche Art, wie die jungen Leute sich heutzutage nur mit dem Vornamen melden, als hätten sie nichts als einen Vornamen. Fredrik, sagt jemand und streckt die Hand aus. Und kaum ist der Name ausgesprochen, ist er auch schon vergessen. Vielleicht ist das sogar der Sinn.

Es war Riitta Hellberg, die anrief. Sie erkundigte sich nach seinem Fuß und fragte, ob sie nach der Arbeit vorbeikommen und ihn sich ansehen sollte. Sie hatte eine tiefe Stimme. Einen Alt. Möglicherweise auch Mezzosopran. Thomasson sagte, es sei ganz unnötig, eigens wegen einer solchen Sache vorbeizukommen, aber es sei lieb, dass sie anrief und nachfragte.

Sie protestierte nicht. Vielleicht war es für sie eine Erleichterung, dass er abgelehnt hatte. Bestimmt hatte sie jede Menge anderes zu tun.

»Mika wird Ihnen beim Einkaufen helfen«, sagte sie. »Sie brauchen bestimmt etwas, schreiben Sie eine Liste, dann kommt er nachher vorbei. Steht der Name an der Tür?«

Ja, das tat er. J. Thomasson. Lange hatte auch Siris Name danebengestanden, aber dann tauchte plötzlich ein Mann in Latzhosen und kariertem Hemd auf und fing an, alle Briefkastenklappen auszutauschen. Offenbar waren die alten zu klein. Häufig hatte der Briefträger klingeln müssen, um Päckchen abzugeben, die nicht durch den Schlitz passten. Und das war zeitraubend. Zeit ist Geld. Also wurden alle Briefkastenklappen ausgetauscht. Und als neue angebracht wurden, stand nur noch J. Thomasson an der Tür.

Was brauchte er denn? Vielleicht Samstagswurst. Kartoffeln. Einen Liter Milch. Er setzte sich, hob den Werbebrief vom Boden auf und schrieb eine Liste, ohne groß nachzudenken. Er hatte genug, um damit auszukommen, aber freilich, wenn der Junge sich nun bedanken wollte, indem er einkaufen ging, war es gut so. Thomasson hatte tatsächlich keine größere Lust, sich mit der Krücke in der Stadt zu zeigen. Die Leute redeten so viel. Bestimmt würden sie anfangen, darüber zu spekulieren, wie lange er überhaupt noch in der Wohnung bleiben könnte. Er hat es wohl an den Beinen, der Thomasson, würden sie sagen. Der Mann vom Flohmarkt würde erwartungsvoll anfangen, in seinen Grabsteinbroschüren zu kramen.

Er strich mit den Händen über die Knie und das Schienbein hinunter. Irgendwo hatte er gehört, dass man von unten her zu sterben beginnt, dass die Füße das erste sind, das erkaltet.

Er ging ins Wohnzimmer und setzte sich an die Orgel. Die Hände hatte er auf die Schenkel gelegt, als hätte er sie nur eine Weile ruhen lassen, sie vielleicht an den Hosenbeinen abgewischt, bevor es Zeit war zu spielen. Aber er fing nicht an zu spielen. Er schaute auf die Kerzen, die in ihren Haltern neben den Registertafeln standen. Die Flammen spiegelten sich im Holz. Die Kerzen standen etwas schief. Hätte Siri das gesehen, hätte sie ihn gebeten, sie aufzurichten. Also beugte er sich vorsichtig vor und richtete sie auf.

Zufrieden?

Er hatte sich an die Stille gewöhnt. Am Anfang war es am schlimmsten gewesen. Da war es, als verschwänden seine Worte hinunter in ein schwarzes Loch. Jetzt war es anders, und es fühlte sich, zumindest manchmal, so an, als würden sie tatsächlich ankommen.

Aber eine Antwort bekam er nie. Nicht von Siri. Aber von Maja, die angefangen hatte, immer mehr ihrer Mutter zu gleichen, die Antworten auf das meiste zu haben schien, oder es wenigstens glaubte. Plötzlich konnte es ihr einfallen, Dinge zu sagen wie:

Vielleicht hast du immer noch ein allzu schlechtes Gewissen.

Und gegen seinen Willen verstand er genau, was sie meinte. Denn es war ja tatsächlich so, dass er es nicht über sich gebracht hatte, seinen Fuß noch einmal in dieses Schiff zu setzen. Nicht nach allem, was geschehen war, nachdem er erst einmal von da weggekommen war. Vor allem konnte er sich nicht vorstellen, mit Siri an Bord zu gehen. Aber das war kein Gedanke, den er mit Maja diskutieren wollte.

Du bist nicht mitgefahren, obwohl sie dich gefragt hat.

Das hat nichts mit der Sache zu tun!

Er hinkte ohne Krücke zum Fenster hin, ohne sich um den Schmerz im Fuß zu kümmern. Es war noch immer gleichbleibend grau. Die Abenddämmerung schien schon hereinzubrechen. Die gelbe Kirche begann dunkler zu werden, das Dach wechselte die Farbe von grün zu schwarz. Das schöne Kupferbraun war nur noch eine Erinnerung.

Maja war genauso eigensinnig wie ihre Mutter. Es hatte überhaupt keinen Sinn, mit ihnen zu diskutieren. Sie taten so, als hörten sie zu, machten aber dann doch, was sie wollten. Siri war von Anfang an so gewesen, und eigentlich war es nur folgerichtig, dass sie auch bei diesem letzten Mal nicht auf ihn gehört hatte. Und wäre er mitgegangen, wären sie jetzt beide tot.

Was ihn auch wütend machte, war, dass er nicht begreifen konnte, warum sie sich nicht gerettet hatte. Siri war in ihrem ganzen Leben aktiv gewesen, war spazieren gegangen, hatte getanzt und geturnt. Und sie war immer diejenige, die die Initiative ergriff, die voranging und die besten Lösungen parat hatte. Sie war außerordentlich gesund und außergewöhnlich rührig.

Außerdem kannte sie das Schiff. Sie waren dort zusammen gegangen, er und sie, dieselben Korridore entlang, dieselben Treppen hinauf, sie hatten neben den Rettungsbooten gestanden und nebeneinander auf den Bänken gesessen, wo die Schwimmwesten verwahrt waren.

Trotzdem war sie nicht nach Hause gekommen.

Eigentlich war es nicht so, dass er es nicht verstand. Es gab keine Überlebensgarantie für einen einzigen Menschen an Bord dieses Schiffs. Es gab Besatzungsmitglieder, die sich in ihren Kabinen auf dem siebten Deck befanden, als die Schlagseite kam, wach, für die Rettungsboote trainiert und mit den Evakuierungsplänen vertraut. Nur wenige von ihnen überlebten. Andere befanden sich unter dem Autodeck, dösend, unbekleidet und unvertraut mit Passagierfähren. Mehreren von ihnen war es dennoch gelungen, hinauf und hinaus zu gelangen und außerdem in der Kälte und in den mit Wasser gefüllten Rettungsbooten zu überleben.

Jedes Mal, wenn er sich gefragt hatte, warum Siri nicht zu den Überlebenden zählte, landete er schließlich bei der Statistik. Die meisten, die sich gerettet hatten, waren Männer zwischen zwanzig und fünfundvierzig Jahren. Von all den annähernd tausend Menschen an Bord waren es nur sechsundzwanzig Frauen, die der Katastrophe lebend entrannen. Keine von ihnen war über sechzig.

Siri war gerade pensioniert worden, mit fünfundsechzig Jahren.

Wäre Thomasson mitgefahren, wären er und Siri zwei ältere Menschen gewesen, eingesperrt in eine Kabine auf dem vierten Deck. Sie wären von dem Knall durchgeschüttelt worden, wären umgefallen, als die Schlagseite entstand, und in einer Welt, die plötzlich auf den Kopf gestellt worden war, aneinandergeklammert liegen geblieben.

Aber vielleicht hätte er ja auch am Geräusch gehört und an den Bewegungen des Schiffs erkannt, dass etwas nicht stimmte. Vielleicht hätte er in einem frühen Stadium die Zeichen erkannt und zu Siri gesagt, jetzt müssen wir hinaus, hinauf, um zu sehen, was geschieht.

Aber hätte das geholfen? Hätte es ihnen geholfen, früh an Deck zu kommen und sich mit Schwimmwesten auszustatten? Hätten sie zusammenbleiben können? Die Kälte überstanden? Hätte er Siri helfen können, wenn sie ausgerutscht, gegen die Wand geknallt wäre und ein Bein gebrochen hätte? Und hätte sie ihm helfen können, wenn er nicht die Kraft gehabt hätte, sich die Treppe zum Rettungsbootsdeck hinaufzuziehen? Vielleicht wäre sie mit ihm auf einem der Treppenabsätze sitzen geblieben und hätte erfolglos versucht, die Aufmerksamkeit der vorbeikommenden Passagiere auf sich zu lenken.

Auf dem Treppenabsatz wären sie nicht von fallenden Gegenständen getroffen worden, sondern unverletzt und bis in die Seele hinein erschöpft dort sitzen geblieben, den Rücken gegen eine Wand gelehnt, die schließlich zum Fußboden geworden war. Eine Schlagseite in einem Winkel von neunzig Grad, Wassermassen, die mit einem Zischen die Luft aus dem Schiffskörper pressten, die Dunkelheit, nachdem die Lampen erloschen waren, und dann die Sirene mit ihrer Botschaft, dass jetzt alle allein zurechtkommen mussten. Dass keine Hilfe mehr zu erwarten war.

Er ging zur Orgel und blies die Kerzen aus. Eine nach der anderen, die Hand schützend über dem blanken Holz gewölbt.

11

Kaum hatte er es geschafft, sich auf dem Sofa auszustrecken, als es auch schon an der Tür klingelte. Ein kurzer Druck auf den Knopf, und dann nichts mehr. Er hatte vorsorglich aufgeschlossen, und jetzt rief er, es ist offen, nur herein. Nichts geschah. Für eine Weile war es still, und dann klingelte es erneut. Er blieb liegen.

Er hatte die Tür aufgeschlossen, er hatte gerufen, es sei offen.

Es war still in der Wohnung. Auch im Treppenhaus war es still. Trotzdem wusste er, dass der schmaläugige kleine Junge im Treppenhaus stand und auf Geräusche von drinnen lauschte. Thomasson hatte es nie gemocht, in der Mittagsruhe gestört zu werden. Die Mittagsruhe und die Osterwoche, das waren seine zwei Atempausen im Leben. Sogar Siri hatte das respektiert.

Er setzte sich auf. Er hatte es nicht einmal geschafft, richtig müde zu werden. Gewöhnlich schlummerte er ein, kaum dass er sich hingelegt hatte. Aber heute war es anders. Es war ja nicht so, dass er gewartet hätte, aber offenbar war er doch irgendwie aus dem Rhythmus gekommen. Er erhob sich und ging zur Tür, langsam und mit demonstrativ über den Boden klappernder Krücke.

Da stand der Junge. Thomasson wurde nicht recht schlau aus ihm. Er wirkte nicht schüchtern, sagte aber auch nicht viel. Er war nur still, als erwarte er, dass etwas gesagt werden müsse. Oder als plane er das, was gesagt werden sollte. Vielleicht war er einfach nur langsam. Zurück, wie man zu sagen pflegte. Oder hieß es hinterher? Hinnert, sagte man jedenfalls hier in der Stadt. Er is a bissl hinnert. Es kam wohl von hinterher. Hinter dem Wagen her? Oder sagte man: hinter dem Wagen verloren?

Im Treppenhaus erklang Musik. Vermutlich einer von den Halbtauben, der Radio hörte. Zwei von ihnen wohnten auf derselben Etage wie Thomasson. Manchmal beschlich ihn das Gefühl, es würde gar nicht notwendig sein, in ein Altersheim umzuziehen, sondern das Altersheim sei schon bei ihm eingezogen. Und für diesen Umzug waren weder Lastwagen noch Umzugskartons nötig gewesen. Nur Zeit. Die Zeit sorgte für alles.

»Mama hat gesagt, ich soll für Sie einkaufen gehen.«

Die Stimme eines Kindes. So sollte es auch sein, der Junge war kaum älter als zehn, elf, höchstens zwölf Jahre. Trotzdem fuhr Thomasson zusammen, als hätte er etwas anderes erwartet. Vielleicht war es der Ernst des Jungen, der ihn aus dem Konzept gebracht hatte.

»Genau«, sagte Thomasson, »genau. Es war nett von ihr, an mich zu denken.«

Er schaute nach dem Zettel, den er auf den Stuhl neben dem Bücherregal gelegt hatte. Er lag nicht da. Er setzte sich. Er merkte, dass er das rechte Bein gerade hielt, als sei es gebrochen und in Gips. Er fühlte sich auch etwas schwindlig. Vielleicht war er zu schnell aufgestanden.

»Ich glaube, ich habe einen Zettel in der Küche, auf dem Küchentisch. Könntest du ihn holen?«

Der Junge trat ein und zog die Schuhe aus. Es ging so schnell, dass Thomasson nicht einmal dazu kam, zu sagen, es sei nicht nötig. Vielleicht war es gut so, mit dem Putzen war es so eine Sache. Maja hatte gemeint, er solle eine Haushaltshilfe anstellen, aber er selbst war der Ansicht, wenn er nun sein Leben lang zurechtgekommen war, bräuchte er nicht in den letzten Jahren unbekannte Menschen nur zum Putzen in sein Heim zu lassen. Da sagte Maja, er sei überhaupt nicht zurechtgekommen, Siri hätte das meiste an Wäsche und Putzen erledigt.

Er konnte es nicht begreifen! Der kleinste Kommentar, und sofort fand sie etwas, um sich darauf zu stürzen. Hätte er ihr erzählt, dass er eine Haushaltshilfe engagieren wolle, hätte sie gesagt, ja, was hätte man sonst erwarten können, du hast ja nie geputzt, warum solltest du also jetzt damit anfangen.

»Ist es der?«

Der Junge stand mit dem Brief des Möbelschreiners in der Türöffnung.

»Nein. Ein länglicher Umschlag von einer Reklamesendung. Die Liste steht auf der Rückseite.«

Der Junge ging wieder in die Küche und kam nach einer Weile mit der Einkaufsliste in der Hand heraus. Er schlüpfte in die Schuhe und blieb dann stehen.

»Ja?«

Der Junge trat ein wenig auf der Stelle und ließ den Blick umherschweifen. Thomasson dachte zuerst, er müsste vielleicht aufs Klo gehen, kam aber dann darauf, dass es wohl ums Geld ging. Er hatte dem Jungen kein Geld gegeben. Die Brieftasche war in der Manteltasche. Der Mantel hing hinter dem Jungen. Thomasson wusste nicht, was er tun sollte. In der Zeitung hatte er oft von Jugendlichen gelesen, oder waren es sogar Erwachsene, die bei Leuten klingelten und um ein Glas Wasser, Papier und Bleistift baten, das Telefon benutzen wollten oder etwas in der Art, und dann schnell die Wohnung durchsuchten und Geld und Wertsachen stahlen. Immer bei älteren Menschen. Wahrscheinlich, weil es ungefährlich schien. Und es war ungefährlich. Ältere Menschen sind selten gefährlich. Was können sie schon tun? Eine unerwartete Bewegung, und sie gehen von selber kaputt.

»Die Brieftasche steckt in der Manteltasche hinter dir.«

Der Junge holte die Brieftasche hervor und reichte sie ihm. Thomasson nahm sie entgegen und hielt sie dann so, dass der Junge nicht sehen konnte, was sich darin befand. Es waren Geldscheine darin, die kleinsten waren fünf und zwanzig Euro. Er zögerte eine Weile und gab dem Jungen dann einen Zwanziger.

»Das müsste reichen.«

Der Junge nahm den Schein entgegen, ging aber nicht, sondern blieb stehen und las den Zettel, als ob er zusammenzählte, was es kosten würde. Was weiß ein Zehnjähriger von solchen Dingen?

»Was für eine Sorte Milch soll ich kaufen?«

»Normale.«

»Magermilch?«

»Normale rote Milch.«

Der Junge las weiter den Zettel. Die Lippen bewegten sich, während er sich der Reihe nach durch die Wörter buchstabierte. Schließlich hatte er offenbar fertig gelesen und legte den Schein auf die Einkaufsliste, faltete sie zusammen und steckte sie in die Jackentasche. Dann zog er den Reißverschluss hoch und ging. Er machte die Tür leise hinter sich zu.

Thomasson blieb sitzen und bewegte den Fuß langsam vor und zurück, hin und her. Es tat nicht besonders weh. Aber es war bestimmt besser, ihn ruhen zu lassen. Die

Schwellung schien ein wenig nachgelassen zu haben. Oder er hatte sich nur daran gewöhnt.

Er ging zurück zum Sofa, einem alten Schlafsofa, das er und Siri gekauft hatten, gleich nachdem sie in die Stadt gekommen waren. Anfangs war es grau gewesen, jetzt war es grün mit gelben und roten Blumen. Das Schlafsofa hatten sie für ihre erste Wohnung gekauft, eine Mansarde in der Bankgatan. Oder eigentlich war es eine kleine Wohnung; ein Zimmer mit Schlafalkoven und Küche. Das Sofa hatte genau in den Alkoven gepasst, und Siri hatte Vorhänge genäht, die sie nachts zuzogen. Dann war der Alkoven wie ein eigenes Schlafzimmer. Es war in den Fünfzigern. Ein ganzes Leben hatte sich in dieser Mansarde aufgetan.

Er streckte sich auf dem Sofa aus. Die Füße waren gegen die hintere Armlehne gedrückt. Das Sofa war 180 cm lang. Er selbst war 181 cm groß. Er hatte es nie über sich gebracht, Siri zu sagen, dass das Sofa zu kurz für ihn war, um bequem darauf zu liegen. Bequem zu liegen war in diesen ersten Jahren auch nicht das Wichtigste gewesen.

Thomasson wuchs, im buchstäblichen Sinn, während des Krieges auf. Als der nächste Krieg begann, war er dreizehn Jahre alt, aber immer noch klein und schmächtig wie ein Zehnjähriger. Während der Zeit, in der sich seine Mutter Sorgen machte, wie sein älterer Bruder an der Front zurechtkam, wuchs Thomasson sowohl in die Länge wie in die Breite, und an einem Tag kurz vor dem Endstadium des Krieges, kurz vor der Trauerbotschaft, erblickte sie ihn plötzlich, wie er in der Türöffnung stand, mit einer Jacke, die über den Schultern spannte, und Hosen, welche die Fußgelenke bloß ließen.

Aber Herrjesses, Bub!

Sagte sie. Und näher hatte er sie einem Fluch nie kommen hören.

Körperlich war er in diesem Sommer vierundvierzig ein Mann geworden. Seelisch wurde er das erst Anfang der fünfziger Jahre, als er sich auf dem Schlafsofa im Schlafalkoven ausstreckte und die Lehne an den Fußsohlen spürte und Siris warme Atemzüge an seinem Hals.

12

Er war nicht ganz sicher, ob er das erste Klingeln gehört hatte. Es schlich sich in seinen Schlummer ein. Er träumte nicht, aber er brauchte trotzdem eine Weile, um sich zurechtzufinden und zu verstehen, dass er auf dem Sofa lag und dass es seine Tür war, an der es geklingelt hatte. Beim zweiten Klingeln war er hingegen ganz sicher. Er setzte sich auf und wischte sich mit dem Handrücken über den Mund. Diesmal rief er nicht, sondern ging sofort zur Tür und machte sie auf. Der Junge stand da mit einer Tüte, die im Verhältnis zu seinem schmächtigen Körper viel zu groß wirkte. Thomasson trat zur Seite, und der Junge ging an ihm vorbei in die Diele.

»Ich wusste nicht, ob Sie die Samstagswurst geschnitten oder am Stück haben wollten. Ich habe sie geschnitten genommen.«

Thomasson kaufte sie immer am Stück. Das war billiger, und so konnte er etwas dickere Scheiben schneiden, die er briet und mit Eiern und Kartoffeln aß. Aber das konnte der Junge ja nicht wissen, und Thomasson hatte nicht aufgeschrieben, wie er die Wurst haben wollte.

»Es ist gut so«, sagte er. »Du kannst die Tüte dahin stellen, ich räume später alles in den Kühlschrank.«

»Mama hat gesagt, ich soll Ihnen helfen, die Sachen in den Kühlschrank zu räumen.«

Der Junge stand immer noch mit der Tüte in der Hand da.

»Das hat sie gesagt?«

Der Junge stellte die Tüte auf den Dielenboden und schlüpfte aus den Schuhen. Er schnürte sie nicht auf, sondern schlüpfte einfach heraus, wie man aus einem Paar Pantoffeln schlüpft. Deshalb war es letztes Mal so schnell gegangen. Nachdem er aus den Schuhen geschlüpft war, nahm er die Tüte und ging in die Küche. Thomasson folgte ihm und fühlte sich ein wenig überflüssig. Die Mutter, Riitta Hellberg, war eine tatkräftige Frau. Und offenbar war es ihr irgendwie gelungen, dies auf den Jungen zu übertragen, der eigentlich ganz und gar nicht tatkräftig wirkte. Eher das Gegenteil. Wenn er still stand und schwieg, war es fast, als würde er verschwinden. Dann, wenn er etwas tat oder sagte, war er plötzlich wieder da. Als wäre ein Motor angesprungen.

Der Junge stellte die Tüte mit den Lebensmitteln auf den Küchentisch und fing an, die Sachen herauszunehmen. Als die Tüte leer war, faltete er sie zusammen und zog die Quittung und das Wechselgeld aus der Tasche, als hätte er erst jetzt bemerkt, dass Thomasson da stand.

»Bei der Wurst gab es den Mitgliederpreis«, sagte er, »der Rabatt steht auf der Quittung.«

Thomasson nahm die Quittung und schaute nach. Achtzig Cent betrug der Rabatt.

»Ich bin kein Mitglied.«

»Ich hatte die Karte von Mama.«

Der Junge fing an, die gekühlten Lebensmittel einzuräumen. Als das getan war, fuhr er fort mit den Sachen, die in den Küchenschrank sollten. Er fand sich sofort zurecht. Es war, als kenne er die Küche in- und auswendig. Als er die Packung mit Haferflocken aus der Tüte nahm, öffnete er ohne Zögern den richtigen Küchenschrank, hob mit der einen

Hand die geöffnete Packung hoch und stellte die ungeöffnete dahinter, bevor er die Schranktür wieder schloss und eine Tüte mit Backpflaumen herausnahm. Er stellte sich auf die Zehenspitzen, um den oberen Schrank zu erreichen, wo die Pflaumen liegen sollten.

Thomasson überlegte, ob er ihm etwas anbieten sollte. Aber ein Zehnjähriger trank doch wohl kaum Kaffee? Und Saft hatte er nicht. Semmelspeis. So hieß es doch? Er hatte lange nicht mehr daran gedacht. Semmelspeis, das bekamen sie manchmal, als sie klein waren. Man bröselte Stücke eines Brötchens in etwas Kaffee, gab Sahne und Zucker dazu und aß es dann mit dem Löffel. Er erinnerte sich, dass es sehr gut geschmeckt hatte, und wollte den Jungen fragen, aber dann fiel ihm ein, dass er kein anderes Wort dafür kannte. Semmelspeis war Dialekt. Er konnte kein hochschwedisches Wort dafür finden. Brötchenspeise? Brötchenkaffee? Möchtest du einen Kaffee mit Brötchenstücken darin?

Bevor ihm eine geeignete Art der Erklärung eingefallen war, hatte der Junge alle Lebensmittel in den Schränken verstaut.

»Brauchen Sie noch bei etwas anderem Hilfe?«

Thomasson dachte nach. Eigentlich brauchte er überhaupt keine Hilfe. Er hätte auch beim Einkaufen keine Hilfe gebraucht, und er fragte sich, wie es kam, dass der Junge so bereitwillig war zu helfen. Vielleicht erwartete er keinen Saft, sondern Geld. Thomasson schaute ein bisschen vorsichtig zu dem Wechselgeld auf dem Tisch hin. Zwischen den Scheinen lagen ein paar Münzen, aber er konnte nicht sehen, was für Münzen. Zwanzig Cent waren zu wenig, zwei Euro vermutlich zu viel. Er hätte gern in aller Ruhe geschaut und gerechnet. Zwar hatte er sich schon an die neue Währung gewöhnt, aber noch fehlte ihm das Gefühl dafür. Solange sie Mark und Penni gehabt hatten, war alles wie von selbst gegangen, und er hatte gewusst, was teuer war und was billig. Mit dem Euro verschwand diese Selbstverständlichkeit. Alles wurde mechanisch. Sein ganzes Leben lang würde er jetzt gezwungen sein, in Mark und Penni umzurechnen, um zu wissen, ob es teuer oder billig war. Andererseits, und das war wohl ein Trost, würde er es nicht mehr so lange machen müssen.

Fang nicht wieder damit an, sagte Maja.

Der Junge stand da. Saft oder Geld. Oder weitere Aufgaben.

»Danke der Nachfrage«, sagte Thomasson. »Aber jetzt glaube ich, dass ich klarkomme. Sag deiner Mutter einen schönen Gruß und Dank.«

In dem Moment, in dem er es gesagt hatte, fiel ihm ein, dass es im Tiefkühlfach Eis gab. Vor ein paar Wochen hatte er Halsweh gehabt und eine Packung gekauft. Eis linderte immer. Er kaufte meistens das mit dem Multbeerengeschmack. Vermutlich war noch genug davon da, dass es wenigstens für den Jungen reichte. Er selbst konnte sagen, dass er nichts haben wollte. Das war ja etwas, womit Kinder rechnen, dass Erwachsene selten das haben wollen, was gut ist.

Der Junge wollte es tatsächlich. Man musste es ihm nicht einmal aufdrängen. Danke, sagte er nur und setzte sich an den Küchentisch, um auf das Eis zu warten.

Thomasson dachte, dass es so vieles gab, was sich verändert hatte. Das meiste zum Besseren, aber die Gewohnheit, dankend abzulehnen, fehlte ihm doch manchmal. Heutzutage schienen die Leute frei heraus zu sagen, was sie haben wollten. Es war so einfach; ja, nein. Es gab keinen Raum für ein Spiel. Es war, als wäre auch das Spiel mechanisiert worden. Die Kunst des Aufdrängens schien vergessen.

Also: Es kommt Besuch, und die Hausfrau sagt überzeugend, natürlich trinkst du einen Kaffee! Und der Gast antwortet genauso überzeugend, neinneinnein! Ich möchte nichts, ich bin nur auf einen Sprung vorbeigekommen! Und wehrt mit beiden Händen ab. Während sie schwatzen, gießt die Hausfrau Wasser in die Kaffeemaschine. Der Gast setzt sich an den Tisch und sagt, na ja, vielleicht eine kleine Tasse. Die Hausfrau misst den Kaffee ab, und während die Maschine brodelt und keucht, holt sie Plätzchen, Kuchen und Semmeln aus dem Schrank, und der Gast ruft, genauso überzeugend, wie er vor einer Weile den Kaffee abgelehnt hat, dass er kein Gebäck haben möchte. Absolut nicht! Nur eine Tasse Kaffee, mehr nicht!

Und wenn sie dann getrunken und das Gebäck eingetaucht haben und die Hausfrau nachgießen will, hält er die Hand über die Tasse und ruft wieder neineinnein!

Der Junge tat das nicht, und plötzlich war es Thomasson, der ihn bedienen sollte. Sicherheitshalber holte er die Eispackung vor den Untertassen heraus. Er wusste nicht, wie viel noch da war. Es zeigte sich, dass es ungefähr die Hälfte einer Halbliterpackung war. Wie viel mochte der Junge wohl essen? Klein war er und mager. Aber Eis konnten sie ja gewöhnlich jede Menge in sich hineinstopfen.

»Ich selbst will nichts davon«, sagte Thomasson. »Aber iss du nur.«

Er holte eine Untertasse und einen Löffel und setzte sich dem Jungen gegenüber an den Tisch. Der Junge zog die Packung näher an die Untertasse heran und beförderte das Eis mit einer schnellen Bewegung zu sich herüber. Dann nahm er den Löffel in die rechte Hand und zerteilte das Eis in kleine Stücke, die er zermanschte, wie ältere Menschen manchmal

Kartoffeln in brauner Soße zermanschen. Als das Eis die richtige Konsistenz hatte, begann er zu essen. Der Löffel hob und senkte sich. Während er schluckte, senkte sich der Löffel, um eine neue Ladung zu holen. Alles in einem ruhigen und effektiven Takt. Thomasson wollte ihn davor warnen, dass er Kopfschmerzen bekommen würde, wenn er so schnell aß, ließ es aber bleiben. Der Junge hatte offenbar Übung. Er hatte fast die Hälfte des Eises verputzt, bevor er eine Pause machte und aufschaute.

»Agnes sagt, der ganze Boden zittert, wenn Sie spielen«, sagte er.

Agnes? Konnte das die unter ihm sein? Thomasson bildete sich ein, dass sie ganz anders hieß. Eine Frau mittleren Alters, sie war mit einem Taxifahrer verheiratet gewesen, Sund, der plötzlich Probleme mit dem Herzen bekommen hatte und jung gestorben war, er war wohl nicht einmal fünfzig geworden. Jetzt wohnte sie allein da unten, die Kinder waren ausgeflogen. Aber sie hieß wie gesagt anders. Vielleicht Mona? Er meinte, den Namen bei irgendeiner Gelegenheit gehört zu haben.

»Wer ist Agnes?«

»Die, die über Ihnen wohnt.«

Das Mädchen. Thomasson sah sie manchmal, wenn sie auf der Esplanade Richtung Norden radelte. Erst hatte er gedacht, sie würde zu Abeko radeln, aber dann hatte er bemerkt, dass ihre Zeiten zu unregelmäßig waren. Keine Fabrik der Welt erlaubte ihren Angestellten, auf diese Weise zu kommen und zu gehen. Manchmal hörte er sie um acht Uhr morgens die Treppe herunterwirbeln, manchmal um zehn. Oft schien sie den ganzen Tag zu Hause zu sein, er konnte sie in der Wohnung umhergehen hören. Mitunter hörte sie Musik. Möglicherweise war sie arbeitslos, oder vielleicht arbeitete sie im Supermarkt gleich außerhalb der Stadt. Thomasson konnte sich nie merken, wie er hieß. Er schien dauernd den Namen zu wechseln. Er hatte erst einmal da eingekauft, es brauchte allzu viel Zeit, sich an einen neuen Lebensmittelladen zu gewöhnen. Man fand nie etwas. Außerdem war es ein langer Weg zu Fuß.

»So«, sagte er.

»Sie möchte wissen, was Sie spielen.«

Die Pause des Jungen war zu Ende, und er fing wieder an zu essen. Thomasson schaute auf den vorgebeugten Kopf über einem dünnen Nacken. Spielen! Er konnte kaum spielen. Siri hatte versucht, es ihm beizubringen, aber er hatte nie das richtige Interesse aufgebracht. Oder vielleicht fehlte ihm auch die Begabung, wenn es denn möglich ist, diese beiden Dinge auseinanderzuhalten. Also pflegte er jetzt nur manchmal dazusitzen und an der Orgel herumzufingern, das Pedal durchzudrücken, die Register zu ziehen und zu prüfen, ob alles so funktionierte, wie es sollte. Die Orgel war fertig, in tadellosem Zustand, aber noch ungespielt. Nahezu ungesehen.

»Ich spiele eigentlich nicht«, sagt er. »Ich versuche nur, die Orgel in Betrieb zu halten, damit sie nicht verkommt.«

Er wollte nicht, dass es so ginge wie mit der Telin-Orgel der Kirche, die vermutlich nicht mehr zu gebrauchen war. Die Bälge waren vertrocknet. Aber sie war auch ein paar Jahrhunderte älter als die, welche in Thomassons Wohnzimmer stand.

Siris Orgel. Die er gebaut hatte, damit sie da stehen und auf sie warten sollte, bis sie zurückkehrte.

Er wusste, dass sie nicht zurückkehren würde. Trotzdem baute er die Orgel. Damit sie da war. Wenn sie von ihrer Reise zurückkäme.

Der Junge hatte sein Eis jetzt aufgegessen und kratzte mit energischen, schwungvollen Bewegungen den Teller leer. Thomasson fragte sich, ob er die Orgel gesehen hatte. Sie stand an der nördlichen Wand, wenn man auf dem Weg in die Küche ins Wohnzimmer schaute. Er schien jedenfalls nicht erstaunt darüber zu sein, dass Thomasson eine hatte. Vielleicht wusste er nicht, was für eine Orgel es war, nur, dass es sie gab.

»Fühlt sie sich gestört?«

»Glaube nicht«, sagte der Junge. »Jedenfalls hat sie nichts gesagt.«

Er stand auf und stellte den Teller auf die Spüle. Dann ging er zurück zum Tisch, legte den Kopf schief und las mühsam den Text auf der CD, die noch immer da lag. Seine Lippen bewegten sich auf die gleiche Weise wie beim Lesen der Einkaufsliste. Es verging eine Weile, dann sagte er: Buxtehude.

Er nahm die Scheibe und schaute sie an. Dann sah er sich um, wo er sie auflegen konnte. Thomasson fragte sich, ob der Junge Buxtehude kannte, oder ob er einfach eine CD gesehen hatte und hören wollte, was es war. Vielleicht war er an Musik interessiert. Das waren ja viele in dem Alter.

»Ich habe keinen CD-Spieler«, sagte Thomasson.

Wieder schaute der Junge die Scheibe an, ohne etwas zu sagen. Thomasson konnte nicht erkennen, ob er enttäuscht war oder ob es ihm nichts ausmachte. Vielleicht hatte er nur gefragt, um etwas zu sagen.

»Die habe ich heute mit der Post bekommen«, sagte er. »Von einem ... Kollegen. Er wusste sicher nicht, dass ich sie nicht abspielen kann.«

Der Junge legte die Scheibe auf den Tisch. Er tat es mit Vorsicht. Vielleicht waren CDs genauso empfindlich wie gewöhnliche Platten. Thomasson war noch nicht dazu gekommen, darüber nachzudenken, sie hatte nur in einer dünnen Plastikhülle gesteckt, als er sie bekam.

»Kennst du Dietrich Buxtehude?«

Der Junge schüttelte den Kopf.

»Ein Däne. Ein Komponist und Organist, im siebzehnten Jahrhundert geboren. Einer der Größten.«

Thomasson ging zu ihm hin und nahm die Scheibe. Buxtehude, Vermischtes. Irgendwo da drinnen gab es: *Mensch, willst du leben seliglich*. Woran er sich erinnern konnte, das waren die Ruhe und die Töne, die sich so selbstverständlich aneinanderreihten, und dann der lang hingezogene Schluss. Er fragte sich, was sich sonst noch auf der Scheibe befinden mochte. Vermutlich vor allem Stücke, die er schon gehört hatte und die auch in seiner eigenen Sammlung vorhanden waren.

»Oder ein Schwede, wenn man so will«, sagte er. »Er wurde in Helsingborg geboren. Aber das war damals dänisch, also weiß ich nicht recht. Vielleicht ist es falsch zu sagen, dass er Schwede war. Eher Däne. Aber das spielt vielleicht keine Rolle. Den wichtigsten Teil seiner Arbeit hat er jedenfalls in Deutschland vollbracht, in Lübeck. Er war Organist an der Marienkirche.«

Der Junge schaute Thomasson an. Es war schwer zu erkennen, ob er lauschte oder ob er nur wartete.

»Sie können sie bei Agnes anhören«, sagte er nach einer Weile. »Sie hat einen CD-Spieler, und ich glaube, sie ist jetzt zu Hause. Ihr Fahrrad ist jedenfalls da.«

»Nein«, sagte Thomasson. »So wichtig ist es nicht.«

Draußen war es immer noch grau. Und jetzt hatte es tatsächlich zu dämmern begonnen. Der Junge sollte nach Hause gehen und Hausaufgaben machen. Falls es das überhaupt noch gab. Thomasson legte die Scheibe auf den Tisch. Das Geld war noch da. Er nahm zwei Münzen, zwei Euro und zwanzig Cent, und gab sie dem Jungen.

»Vielen Dank für die Hilfe«, sagte er. »Und grüß deine Mutter.«

Der Junge nahm das Geld entgegen, ließ es in die Hosentasche gleiten und ging hinaus in die Diele. Thomasson blieb am Küchentisch stehen. Er sah, wie der Junge sich da draußen bewegte, wie er die Füße in die Schuhe steckte und sie genauso schnell anzog, wie er sie abgestreift hatte. Er schaute zur Küche und zu Thomasson hin. Er tat es rasch und nur, indem er den Kopf drehte. Thomasson musste an eine Eidechse in menschlicher Gestalt denken. Aber der Junge war ganz in Ordnung. Ein bisschen eigen vielleicht, aber nicht mehr. Vielleicht lag es an den schnellen und unerwarteten Bewegungen. Wie ein Tier. Ein Beutetier. Thomasson hob die Hand, um ein letztes Mal zu grüßen. Der Junge bewegte die Lippen. Vielleicht sagte er etwas, aber in dem Fall so leise, dass es nicht bis in die Küche hinein zu hören war. Dann drehte er sich zur Tür hin. Im nächsten Augenblick klickte das Schloss und er war weg.

Die Hände

13 Als Thomasson am nächsten Morgen aufwachte, lag er in einer Fötusstellung. Die Beine waren zur Brust hochgezogen, wie er es sich im wachen Zustand nie getraut hätte. Er blieb noch ein wenig liegen und fühlte erst einmal nach, bevor er anfing, die Knie zu strecken. Der Knorpel knackte. Die Decke hatte sich quer gelegt, und als er sich eine Weile gestreckt hatte, ragten die Füße in die freie Luft. Es war kühl. Mit der linken Hand griff er nach einem Zipfel der Decke und versuchte, ihn auf seine nackten Füße zu schleudern. Von der Schwellung merkte er nichts mehr, aber sie war bestimmt noch da. Worauf er hoffen konnte, war, dass sie sich nicht verschlimmert hatte. Wie sollte er sonst die Treppen hinunter und in den Laden gelangen? Er konnte wohl kaum damit rechnen, dass der Junge wiederkommen würde. Trotz der Münzen. Er würde im Krankenhaus anrufen und um Hilfe bitten müssen.

Oder wo musste man nun anrufen? Im Sozialamt? In der Beratungsstelle? In der Wiederverwertungsstation?

Er rollte sich vorsichtig auf den Rücken. Er hatte nicht nur in der Fötusstellung und mit der Decke quer über dem Körper gelegen. Er selbst lag schräg, als wäre er im Bett herumgewandert wie die Zeiger einer Uhr. Er wusste nicht, warum es so gekommen war. In all den Jahren, in denen er mit Siri zusammengelebt hatte, hatte er nahezu bewegungslos geschlafen. Sie scherzte gern darüber, dass sie zusammenfuhr und Angst bekam, wenn er sich mal bewegte. Als wäre ein Baum im Wald plötzlich darauf gekommen, die Stellung zu ändern. Aber seit sie verschwunden war, änderte sich das. Es war, als hätte er begonnen, Platz zu beanspruchen, nur weil es Platz gab. Er rutschte herum wie ein Fuß in einem allzu großen Schuh.

Er ließ die Beine über die Bettkante gleiten und stemmte sich hoch. Es war immer noch grau. Der Vorhang war nicht zugezogen. Sonne hatte er nicht erwartet. Ohnehin war es zu früh, die Sonne würde erst kurz nach halb acht aufgehen. Drei Minuten später als gestern. Die Tage zogen sich von beiden Enden her zusammen, wie wenn man einen Sack zuknotet. Und unten am Boden des Sacks lag Johannes Thomasson mit einem Körper, der im Begriff war, nachzugeben.

Siri war weder die Dunkelheit des Winters noch das Licht des Sommers gewöhnt. Als sie in den fünfziger Jahren hierher kamen, war es das erste Mal, dass sie sich so weit nördlich befand. Für sie war es, wie in ein anderes Land zu kommen. Er erinnert sich noch immer an ihren ersten Spaziergang über die Brücke. April und Schneesturm. Sie gingen an einem Werktagnachmittag in die Kirche, um sich allein mit Siris neuem Arbeitsplatz vertraut zu machen. Es war, als hätte sich der Wind der gesamten Ebene von Österbotten versammelt, um sie zu empfangen, als sie da Arm in Arm ankamen. Die Kirche auf der anderen Seite des Widerlagers der Brücke war im Schneetreiben kaum zu sehen. Siri hatte das Gesicht zu Boden gebeugt und hielt mit der rechten Hand den Hut fest, damit er nicht vom Wind mitgezogen würde. Sie hatte ihn von ihrer Tante bekommen, mit einer weiten, leicht gebogenen Krempe und einer Art Feder an der Seite. Die einsame Feder kämpfte nun hart, um nicht mitgezogen zu werden und hinunter zum Meer zu wirbeln.

Eigentlich war es ein Frühlingshut. Die Tante hatte gemeint, Siri bräuchte einen guten Hut, wenn sie im Frühjahr umziehen wollte.

Als sie sich der Kirche näherten, schaute Siri auf, und im selben Moment packte der Wind den Frühlingshut und fegte ihn über das Brückengeländer. Er verschwand in einem weiten Kreis und landete schließlich ein paar hundert Meter weiter auf dem Abhang zum Fluss. Sie ließen ihn liegen und eilten in die Kirche. Den Hut würden sie auf dem Heimweg holen können, oder am nächsten Tag. Bei diesem Wetter würde sich niemand in den tiefen Schnee hinunterbegeben.

Die Kirche war kalt, aber jedenfalls blieben sie vom Wind verschont. Sie wirkte überraschend groß, beinahe geräumig und leuchtete in warmen Farben. Aber die Luft, die Bänke, die Fußböden, alles war eisig kalt. Es zeigte sich, dass die Kirche mit alten und schlecht funktionierenden Öfen geheizt wurde, und als eins der ersten Dinge, die Siri als neue Kantorin der Stadt durchsetzte, wurden acht Termolux-Ölöfen angeschafft. Man kann predigen, auch wenn es kalt ist, sagte sie, und man kann in der Kälte still sitzen, wenn man entsprechend angezogen ist. Aber Orgel spielen kann man nicht in Fäustlingen.

Thomasson schämte sich und war zugleich stolz. Die Einwohner von Österbotten stellen sich gern als rührig und tüchtig dar, und dann kommt ein feingliedriges Mädchen aus dem Süden Finnlands und erzählt ihnen, wie ihre Kirche ausgerüstet sein soll. Und alle stimmen zu.

Sie gingen die Treppe hinauf zur Empore. Siri voran, barhäuptig, in einem langen Mantel und Lederstiefeln. Sie sah nicht aus wie eine Kantorin. Sie sah aus wie die junge Frau, die sie war. Oben angelangt, schwenkte sie den Mantel weg, wie ein Matador seine *capa* unter dem Stier wegschwenkt, und setzte sich auf den Hocker vor den Spieltisch. Die Orgel war eine deutsche Walcker vom Anfang des Jahrhunderts, das eigentliche Orgelgehäuse hinter dem Rücken des Organisten plaziert. Das hatte zur Folge, dass Siri mit dem Gesicht zum Altar hin sitzen musste. Thomasson wusste, dass sie das nicht mochte. Sie wollte so weit wie möglich mit ihrem Instrument eins sein und nicht davor sitzen wie ein Heerführer. Sie konnte sich damit trösten, dass sie von ihrem Platz auf der Empore aus die Romantik im Rücken und den Barock im Blickfeld hatte; sie konnte die pensionierte Telin-Orgel im nördlichen Querschiff sehen.

Sie ließ die Finger über die Tasten gleiten, als wische sie Staub oder fege vielleicht die Spuren des Vorgängers weg. Es war ganz still in der Kirche. Die Evangelisten betrachteten die beiden jungen Leute auf der Empore mit prüfenden Blicken. Dass Siri diese Stellung bekommen hatte, war für alle überraschend. Diese Möglichkeit hatte sich wie ein kleiner Spalt in einem sonst alles bedeckenden Tuch geöffnet, und durch diesen Spalt war Siri ohne zu zögern hineingeglitten. Sie tat das mit einer Selbstverständlichkeit, die sich über Generationen hinweg vererbt hatte, und obwohl es für die ganze Gemeinde schlichtweg verwunderlich war, dass jemand so Junges, und noch dazu eine Frau, einen so wichtigen Posten bekam, war es für ihre eigene Familie doch eine Enttäuschung. Von Siri hatte man so viel mehr erwartet, als dass sie eine Kantoreistelle in einer abgelegenen Provinzstadt erobern würde.

Thomasson schaute hinunter in den Chor und zu den Glasmalereien. Linkerhand Hiob mit halb ausgebreiteten Armen. Verzweifelt, aber auch mit einem starken Gottvertrauen. Was aber am deutlichsten ins Auge fällt, ist das Erstaunen: Warum muss das alles mich treffen? Warum bin ich in dieses Leben hineingeboren worden? Der Trost in alledem ist die Frau mit dem neugeborenen Kind. Man möchte gern glauben, dass das Kind in Liebe gezeugt ist.

Als Thomasson viele Jahre später zurückdachte, erkannte er, dass das ganze Leben in den Glasmalereien dieser Kirche abgebildet war. Das neugeborene Kind, der Weg der Prüfungen, die Liebe, das Glück, der Schmerz und die Erfahrung. Aber damit endete es nicht, sondern setzte sich auf der anderen Seite des Altars fort, wo noch eine weitere Gestalt mit ausgebreiteten Armen stand. Diese Gestalt hielt im Gegensatz zu Hiob die Arme vollständig ausgebreitet, die Hände zum Licht erhoben. Eine Kreuzesgestalt, welche die Träume und den Glauben der Menschen am Leben hielt. Der Traum von einem Leben nach dem Schmerz und den Prüfungen. Unter der Gestalt, die ihre Hände zum Licht erhob, im Mittelteil des Gemäldes, lag das Meer. Menschen, nackt und halb bekleidet, wurden in den Wellen herumgeworfen, und die zentrale Gestalt mitten im Bild sah aus, als wäre sie dabei, zum Licht darüber hinaufgehoben zu werden. Man sieht das Gemälde an, und wenn man genau hinschaut, versteht man, dass das, was abgebildet ist, ein Meer ist, das die Toten dem Leben zurückgibt.

Von alledem wusste Thomasson nichts an dem Tag, an dem er da oben auf der Empore stand und über Siris Schulter in den Chor hinunterblickte. Was er sah, waren Gemälde in der Ferne, der Altar, das Altargitter und das Taufbecken. Kurz gesagt den Ort, an dem ihr Erstgeborenes, hoffentlich bald, getauft werden würde.

Es dauerte etwas länger als erwartet. Aber dann kam sie. Maja Maria Eleonora Thomasson, 24.3.1956–3.9.1988.

14

Der Verband am Fußgelenk war noch da, vielleicht ein bisschen grauer als am Tag zuvor, etwas runder. Er fragte sich, ob das daran lag, dass er loser saß, oder ob das Fußgelenk noch stärker angeschwollen war? Er hielt den Fuß ganz still, vielleicht, um die Antwort nicht auf einmal zu bekommen. Solange er nicht versuchte, den Fuß zu bewegen, gab es ja die Möglichkeit, dass er sich während der Nacht gebessert hatte.

Das Geräusch der Autos auf der Esplanade drang herein. Er musste an Riitta Hellberg in ihrem Volvo denken. Es war halb sieben, sieben. Das war wohl die Zeit, in der sie anfingen. Vielleicht sogar halb acht. Wohl kaum früher. Vermutlich sorgte sie dafür, dass der Junge ein Frühstück bekam, bevor sie sich auf den Weg machte. Oder es gab ältere Geschwister, die sich darum kümmerten. Oder der Vater. Balder Andersson. Der Schrotthändler. Sie hatte nichts von ihm gesagt, und Thomasson hatte nicht gefragt. Der Ehemann war vielleicht irgendwo mit dem Lastwagen unterwegs. Oder mit dem Lastzug. Thomasson wusste nicht, wohin er fuhr oder was er eigentlich genau machte. Nur dass er Schrott besaß und damit handelte. Er sammelte Schrott, das war wohl der eigentliche Kern des Unternehmens. Und dann verkaufte er ihn. Schmolz er ihn ein? Wohl kaum. Vermutlich sammelte er ihn nur, sortierte ihn und verkaufte ihn dann weiter. Thomasson konnte sich vage daran erinnern, dass Berg erzählt hatte, Anderssons Schrottlager hätte Probleme mit Dieben. Der Preis des Kupfers war so hoch, dass es sich allmählich lohnte, zusammenzutragen, was man kriegen konnte. Man grub sogar Kabel aus dem Boden, um an das Kupfer zu kommen. Aber am leichtesten war es doch, es denen wegzunehmen, die es schon gesammelt und die gröbste Arbeit getan hatten, die Schrotthändler. Berg meinte, es sei nur eine Frage der Zeit, bis die Kupferdiebe mit dem neuen Kirchendach der Stadt davonfuhren, das dummerweise, und aus reinem Hochmut, aus keinem billigeren und weniger begehrenswerten Material gemacht war.

Er hätte Riitta Hellberg nach Abeko, nach ihrem Mann und ihren Kindern fragen können, als er mit ihr im Auto saß, oder später im Wartezimmer des Krankenhauses. Aber das hatte er nicht getan. Stattdessen saß er jetzt in seiner Wohnung, auf der Kante eines zerwühlten Bettes zwischen zerknüllten Laken und stellte sich alles Mögliche vor.

Es war wie üblich. Er fragte zu wenig und stellte sich zu viel vor. Als Siri noch am Leben war, war sie es, die das Fragen übernahm. Er selbst konnte uninteressiert wirken und halb widerwillig zuhören, wenn sie erzählte, wer sich von wem getrennt hatte und warum, von dem Geschenkladen, der Konkurs gemacht hatte, weil der neue Besitzer die Buchführung vernachlässigt hatte, oder von Auseinandersetzungen im Kirchenchor. Damals hatte er die Informationen ohne Anstrengung bekommen und nicht einmal sich selbst gegenüber zugeben müssen, dass er gern zuhörte und entgegennahm, was zu bekommen war. Jetzt musste er mit einer tickenden Neugier im Körper herumlaufen, ohne die Möglichkeit, etwas zu erfahren. Berg wusste es bestimmt, aber ihn wollte er nicht fragen. Berg hatte auf alles eine Antwort, und das, worauf er keine Antwort hatte, beantwortete er trotzdem. Über Andersson und die Hellberg wusste er bestimmt alles, was wissenswert war, und noch eine ganze Menge darüber hinaus.

Thomasson nahm die Krücke und stand vorsichtig auf. Der Fuß fühlte sich dumpf an, fast wie betäubt. Er beschloss, sich nicht darum zu kümmern, und tat ein paar stolpernde Schritte zu der Wand hin, wo der Morgenmantel an seinem Haken hing. Er fröstelte und dachte, er sollte sich eigentlich gleich richtig anziehen. Aber er ließ es sein. Irgendeinen Vorteil sollte es doch haben, dass er alt und krank war.

Die Zeitung war im Briefkastenschlitz hängengeblieben, so dass er sich nicht bücken musste. Wie gewöhnlich schaute er zuerst auf den Wetterbericht. Wechselnd bewölkt und überwiegend trocken. Tagsüber etwa vierzehn Grad. Mit den Todesanzeigen wartete er. Oft verzichtete er ganz darauf, sie zu lesen. Es war nicht leicht, aber es ging. Es waren gewöhnlich wenige, und sie waren vorhersagbar. Es war, als würden sämtliche Einwohner unter geordneten Verhältnissen vor dem Tor Schlange stehen; ach, jetzt ist dieser Jahrgang dran. Manchmal kam es vor, dass einer aus der Schlange ausbrach und zu einer ganz falschen Zeit starb.

Wie Siri. Und Maja. Und eine ganze Menge andere.

Unabhängig vom Wetter liebte er den Morgen. Das hatte er immer schon getan. Auch diesen frühen Herbstmorgen, an dem er sich mit der Krücke unter dem einen Arm und der Zeitung unter dem anderen zur Küche schleppte, um seinen Morgenbrei zu kochen.

Siri war eher ein Abendmensch. Obwohl sie das nie richtig zugeben wollte. Sie sah sowohl wie ein Abend- als auch wie ein Morgenmensch aus, und dass sie während ihrer vierzig gemeinsamen Jahre so oft spät aufstand, lag ihr zufolge immer daran, dass am Abend zuvor etwas Besonderes geschehen war, das dazu geführt hatte, dass sie nicht wie geplant um zehn, elf Uhr ins Bett gekommen war, sondern dass sich das bis zwölf oder eins oder zwei hingezogen hatte.

Thomasson widersprach ihr nie, und nachdem er Rentner und Hausmann geworden war, begann er aufzustehen und Frühstück zu machen und die Zeitung zu lesen, in der Erwartung, dass seine Frau aufwachen würde. Wenn sie endlich kam, war alles gedeckt, und sie konnte sich eilig ein Butterbrot und eine Tasse Kaffee nehmen. Während sie ihre Schuhe und ihre Papiere zusammensuchte, den Mantel anzog, in die Küche lief und einen Schluck Kaffee trank, gab er die wichtigsten Stücke aus der Zeitung des Tages bekannt. Geburten. Todesfälle. Namenstage. Initiativen in der Kommunalpolitik. Die Rose des Tages. Familientragödien, Zusammenstöße mit Elchen und gewöhnliche Unfälle im Straßengraben.

Er überlegte, was er aus der Zeitung dieses Tages zur Wiedergabe ausgewählt hätte. Sie lag vor ihm auf dem Küchentisch, ein wenig links, um für den Kaffee und das Butterbrot Platz zu lassen. Ein Artikel handelte von der Topeliusbüste, die genau in dem Park stand, in dem er am Tag zuvor den Jungen getroffen hatte. In dem Artikel wurde berichtet, wie es dazu kam, dass die Pläne verwirklicht wurden, vor über siebzig Jahren, wer bei der Enthüllung dabei gewesen war und was die Statue und vor allem Topelius selbst für die Stadt bedeutet hatten.

All dem hätte Siri vermutlich nur mit halbem Ohr gelauscht, ein bisschen überdrüssig all der Einwohner, die hier geboren waren und Jahr für Jahr ihre dürftige Geschichte wiedererzählten, und Thomasson hätte vermutlich ihr Desinteresse bemerkt, den Schluss übersprungen und stattdessen mit einer Notiz darüber weitergemacht, dass Amnesty International die Kommunen in Finnland angeprangert hatte, dass sie nicht genug unternähmen, um der Gewalt gegen Frauen zu begegnen. In den Kommunen, hieß es, fehlten sowohl Informationen darüber, wie gängig diese Gewalt war, als auch ein Handlungsplan dafür, wie man ihr vorbeugen solle.

Hier hätte Siri aufgemerkt. Prioritäten, hätte sie gesagt und den letzten Rest des Kaffees ausgetrunken, halb über das Spülbecken gelehnt, um die Tasse schnell abstellen zu können. Es geht immer um Prioritäten, nicht um Zeit, Möglichkeiten oder auch nur um Geld. Wir entscheiden, was wichtig ist und was nicht so wichtig ist. Und das, was nicht so wichtig ist, lassen wir ungetan und schieben es auf mangelnde Mittel. Komplizierter ist es nicht.

Die Tasse in das Spülbecken, ein Kuss auf die Stirn und dann rasche Schritte hinaus in die Diele.

Und er hätte weiter dagesessen und vielleicht gedacht, dass es manchmal eben doch so kompliziert sein konnte, aber nichts gesagt, sondern stattdessen in den außenpolitischen Teil geschaut. Eine Tallinn-Fähre war auf Grund gelaufen. Auch das war nur eine kurze Meldung, es konnte also nicht so schlimm sein. Die Fähre war im Schärenmeer von Stockholm auf ein Hindernis gelaufen und konnte aus eigener Kraft zurücksetzen.

Er überlegte, ob er Siri davon berichtet hätte? Eine außenpolitische Meldung, bei der eigentlich nichts geschehen und kein Mensch zu Schaden gekommen war. Vermutlich nicht. Was gab es da zu berichten? Wäre die Estonia bei schwerer See am 27. September 1994 ausgelaufen, hätte sich die Nacht hindurch aufrecht gehalten, wäre aber am Morgen bei Söderarm auf Grund gelaufen und hätte es geschafft, mit Hilfe des Lotsen und des Schiffsinspektors loszukommen, um später am Vormittag im Freihafen von Stockholm anzulegen, dann wäre auch das nichts Berichtenswertes gewesen. Nur eins der üblichen Missgeschicke, welche die Fähren Jahr für Jahr erlitten. Vielleicht hätte ein Passagier, der den Anschluss nach Göteborg oder Sundsvall verpasst hatte, Schadensersatz von der Reederei verlangt. Thomasson hätte die Meldung gesehen, den Blick ein Stück tiefer gleiten lassen und dann Siri davon berichtet, dass Schwedens Reichskriminalamt neue Methoden ausgearbeitet hatte, um den Drogenhandel zu bekämpfen.

Tatsächlich, hätte sie gesagt. Übrigens, hast du meinen schwarzen Ordner gesehen, den ich gestern auf den Wohnzimmertisch gelegt habe?

Es war still um ihn her, als er da in der kleinen Küche saß. Nicht einmal ein Wanduhr, die tickte. Er nahm einen Bissen vom Butterbrot, trank einen Schluck Kaffee.

Maja, sagte er. Was meinst du?

Er wusste nicht recht, warum er das sagte. Was meinst du wozu? Er sagte es vermutlich nur, um den Raum zu füllen. Erwartungsgemäß bekam er auch keine Antwort, also raschelte er ein bisschen stärker mit der Zeitung. Räusperte sich die Kehle so frei, wie sie es denn werden konnte. Beugte sich konzentriert über den Tisch und rückte die Brille zurecht, die ganz unten auf einer Nasenspitze balancierte, welche mit jedem Jahr immer runder und rotblauer zu werden schien. Rasche Schritte kamen das Treppenhaus herunter, wirbelten an der Tür vorbei und weiter.

Agnes. Jetzt wusste er es ja. Aber wohin sie unterwegs war, hatte er nicht in Erfahrung bringen können. Vielleicht zu diesem Geschäft, dessen Namen er sich nie merken konnte.

Es heißt Laden, sagte Maja. Nicht Geschäft. In einem Laden kauft man an der Theke. Man kann nicht Geschäft sagen, wenn man ein Einkaufszentrum meint.

Er antwortete nicht. Manchmal war das Schweigen vorzuziehen. Er aß sein Frühstück und blieb dann sitzen. Der Fuß war kaum zu spüren. Er wusste nicht, ob das gut oder schlecht war. Er würde ihn anschauen müssen, feststellen, in welche Richtung es sich entwickelte. Dass es nicht weh tat, war wohl zumindest ein gutes Zeichen. Jedenfalls wollte er das glauben.

15 In einem Schrank im Wohnzimmer bewahrte er Papiere, Bücher und Fotografien auf, die mit der Viking Sally zu tun hatten. Er pflegte auf dem Sofa zu sitzen, das Material vor sich auf dem Tisch. Mit krummem Rücken, die Lesebrille weit unten auf der Nase. Die Wand gegenüber war von der Orgel ausgefüllt. Viel mehr hatte nicht Platz. Manchmal dachte er, das sei alles, was übriggeblieben war.

Du hast tatsächlich Enkelkinder, sagte Maja.

Sie klang müde. Sie verstand weder etwas vom Orgelbau noch von der Sallysammlung. Deine Enkel würden sagen, du bist ein alter Nerd.

Thomasson wusste nicht, was ein Nerd war, und machte sich auch nicht die Mühe zu fragen.

Ein Foto aus der Sallysammlung zeigte die erste Probefahrt mit dem Schiff, nachdem es im Sommer 1980 nach Deutschland gekommen war. Das Foto war aus der Luft aufgenommen, vermutlich irgendwo außerhalb von Emden, das ein Stück weiter nördlich lag, oder vielleicht im Nordwesten, bei Papenburg. Sie blieben ein paar Tage da, bevor sie die Sally nach Mariehamn brachten. Wenn er sich nicht täuschte, war es die Stabilität, die getestet werden sollte. Oder wie sehr sie krängen würde. Falls das nicht das Gleiche war. Volle Fahrt vorwärts, gut zwanzig Knoten, und dann Gieren. Steuerbord und Backbord. Dazu brauchte es Platz, und das war vielleicht der Grund, warum die Tests vor Emden gemacht wurden statt auf der schmalen Wasserstraße, die sich außerhalb der Werft in Papenburg befand.

Er konnte sich nicht so recht erinnern. Er kümmerte sich auch nicht besonders darum. Woran er sich hingegen erinnerte, das war, dass die Krängungen zu Problemen im Selbstbedienungsladen führten. Plötzlich mussten sie alles viel gründlicher festzurren, als es sonst nötig gewesen wäre. Es brauchte keine besonders große Schlagseite, damit die Flaschen in Gefahr gerieten, so dass Tomppa und Allan Klebestreifen um die Kanten der Regale ziehen mussten.

Ein anderes Foto zeigte das Schiff außerhalb von Mariehamn ein paar Wochen später, im Juli 1980. Im Hintergrund sah man das graue Fährenterminal. Die Sally leuchtete in Rot und Weiß vor dem blauen Wasser. Die Schornsteinrohre waren noch blank. Sie war auf dem Weg hinaus, nach Stockholm oder Turku.

Thomasson befand sich an Bord. Es war nur wenige Minuten nach der Abfahrt, und da Sommer war, hatten sie Warentransporte zu allen Häfen. Das bedeutete, dass er auf dem Autodeck stand, den Block in der Hand, und Palette um Palette abhakte, welche die Jungen dann mit einem Gabelstapler in den großen Aufzug fuhren, der eigentlich eine Rampe war, ein großes Deck, das sich langsam ins Lager hinuntersenkte. Nachdem die letzte Palette hineingefahren worden war, stellte er sich selbst auf die Ladefläche und fuhr mit abwärts. Sie sanken langsam und lautlos, von den Abgasen und dem Lärm hinunter in die Stille unter der Wasserlinie.

Auf dem nächsten Bild waren fünf Jahre vergangen. Auch da war es Juli, und sie waren unterwegs von Turku. Ein schöner Sommerabend. Die Schornsteinrohre waren jetzt schwarz geworden, und die Abläufe an Bord hatten sich eingespielt. Sie arbeiteten Woche um Woche, eine Woche Arbeit und eine Woche frei.

Das war die Zeit, in der Thomasson angefangen hatte, zwei Leben zu leben, eins an Bord und eins zu Hause.

In ihrer ersten Zeit, als alles noch neu und unkompliziert war, kam Elina gewöhnlich spätabends mit einem Tablett voller Leckerbissen aus der Küche und vom kalten Büffet in seine Kabine; geräucherter und gebeizter Lachs, Krebsschwänze, Pasteten, Eingemachtes, Brot. Thomasson war als Lagervorsteher für den Wein zuständig. Weiß, rot, rosé, italienisch, französisch, spanisch, man musste nur wählen.

Sie passten gut zusammen, in jeder Hinsicht. Aber die Zeit, in der das Schwelgen ein Genuss war, hielt nicht lange vor. Nur etwa ein halbes Jahr, dann begann sich die Gewohnheit einzuschleichen. Immer öfter nahmen sie jeder für sich in der Messe das Abendbrot ein und trafen sich anschließend in Thomassons Kabine. Es war nicht nur die Gewohnheit, die sich einschlich, sondern was Thomasson betraf, waren es auch die Schuldgefühle und die Angst davor, entdeckt zu werden. Es war ungewiss, ob er je im Ernst geglaubt hatte, es könnte auf die Dauer gutgehen. Er hoffte es, wollte glauben, dass es möglich wäre, zwei Leben zu leben. Oder ein ganzes.

Wasserdichte Schotten. So stellte er sich das vor. Dazwischen verliefen wasserdichte Schotten, und es bestünde keine Gefahr, dass das Leben an Bord überschwappte. Aber als er es sich so vorstellte, rechnete er nicht mit dem Alltag und der Bequemlichkeit und damit, dass er sich für lange Zeit zwischen den beiden Leben bewegen würde. Was er sich als wasserdichte Schotten vorstellte, waren in Wirklichkeit wasserdichte Türen, der schwache Punkt, der die verschiedenen Teile verbindet. Und was er nicht wusste, oder gerade damals nicht wissen wollte, war, dass man früher oder später vergisst, die Tür hinter sich zu schließen. Oder man denkt: Ich lasse es jetzt so, ich komme ja doch bald wieder. Und gewöhnlich passiert ja nichts. Und wenn während einer genügend langen Zeit nichts passiert ist, glaubt man schließlich, dass auch nichts passieren kann.

Was passierte, war, dass Siri ein paar Fotos in seiner Tasche fand. Die Fotos waren unschuldig, erzählten aber trotzdem genug. Elina hatte sie an einem Montag in Stockholm gemacht. Jeden zweiten Montag lag die Sally am Kai, und Elina und Thomasson nahmen sich gewöhnlich mittags frei, um in Ruhe in die Stadt zu gehen und einzukaufen und sich umzusehen. Die Liegezeiten waren wie Atempausen. Gerade an diesem Montag hatten sie verabredet, sich in Söder zu treffen. Nicht auf der Folkungegatan oder der Götgatan, wo der größte Teil der Besatzung sich bewegte, sondern auf der anderen Seite von Söder, zu dem wüstenartigen Hornstull hin. Es war ein sonniger Frühlingstag, und sie begannen damit, an der Hornsgatan ein Bier zu trinken, und spazierten dann über die Brücke hinüber nach Långholmen, wo sie sich mit dem Blick auf Kungsholmen und Stadshuset auf die Klippen setzten. Elina hatte ein paar Wochen zuvor eine neue Kamera gekauft, und die hatte sie jetzt dabei. Sie stellte sie ein Stück weiter weg auf einen Klippenabsatz und drückte auf den Selbstauslöser. Es wurden feine Bilder. Thomasson mit dem Arm um Elinas Schultern. Im Hintergrund das Wasser und ein sonnenbeschienener Kungsholmen. Auf einem der Bilder küssten sie sich.

Mehr war es nicht, aber es reichte.

Eigentlich hatte Thomasson vorgehabt, die Bilder in seiner Kabine zu lassen, sie in einem Schrank einzuschließen und da aufzubewahren. Aber als es Zeit wurde, für die freie

Woche nach Hause zu fahren, steckte er sie trotzdem in einen Umschlag, den er in die Tasche packte. Er wollte die Bilder nicht an Bord lassen, da sein Kollege von der anderen Schicht nicht zuverlässig war.

Als er nach Turku fuhr, hatte er den Umschlag in der Tasche, und zwei Wochen später, als er von seinem Morgenspaziergang zurückkehrte, lagen die Fotos auf dem Bett ausgebreitet da.

16 Thomasson fühlte sich rastlos, als er da vor seinen Fotos und Aufzeichnungen saß. Es kam selten vor, dass er den Morgenspaziergang ausließ, denn mit seiner Hilfe kam der Tag in Gang. Jetzt wusste er nicht recht, wie er es anfangen sollte. Er versuchte, sich auf dem Sofa auszuruhen, setzte sich aber nach einer Weile wieder auf. Es kribbelte in den Beinen. Schließlich entschied er sich dafür, sich anzuziehen und auf den Balkon hinauszugehen. Dann würde er wenigstens die Luft und die Geräusche mitbekommen, auch wenn er das Wichtigste versäumte, den Spaziergang selbst, der das Blut durch den Körper strömen ließ und dafür sorgte, dass sich die Wärme bis in die Fingerspitzen hinein ausbreitete. Das Stillsitzen ließ den Körper stagnieren, Füße und Hände erkalten, die Schultern erstarren.

Siri hatte seine warmen Hände geliebt. Sie sagte, das sei ihr erster Eindruck von ihm gewesen, eine warme Hand in der ihren vor dem Laden seines Onkels. Sie hatte den Handschuh abgestreift, bevor sie ihn begrüßte. War stehen geblieben, hatte den Handschuh abgestreift, die nackte Hand ausgestreckt und ihren Namen genannt. Siri Ek. Ich nehme Gesangsstunden im ersten Stock.

Auf dem Balkon war es kühl, daher musste er, nachdem er erst einmal hinausgelangt war, wieder hineingehen, um sich eine Decke zu holen, die er um die Beine schlug. Sie war rot kariert und hatte jahrelang ungebraucht dort gelegen.

Der Stuhl war niedrig. Er sah den Marktplatz, aber nicht die Straße da unten. Autos fuhren vorbei. Die Klingel an der Tür des Kiosks bimmelte, wenn jemand kam oder ging. Es war bereits Vormittag. Die meisten waren schon mitten in ihrem Arbeitstag, oder sie hatten schon begonnen, auf die Uhr zu blicken, um zu sehen, wie lang es noch bis zum Lunch war.

Thomasson zog die Decke enger um die Beine. Es war, als sei der Wind von unten heraufgedrungen, von den Füßen über die Knie und weiter die Schenkel hinaufgekrochen, die schon langsam kalt wurden. In der Stille zwischen den Autos konnte er Bergs Stimme hören. Berg hatte wie üblich vor dem Elektroladen geparkt. Das war die Ecke, von der aus er den besten Blick auf die Stadt hatte. Jetzt sprach er mit jemandem, aber Thomasson konnte nicht hören, was er sagte. Die Bergpredigt. So nannte man seine Ansprachen.

Mitunter verstummte die Stimme für kurze Zeit. Das bedeutete, dass er mit jemandem sprach, der antwortete. Thomasson überlegte, wer das sein könnte. Die meisten hatten gelernt, nur im Vorbeigehen mit Berg zu sprechen, und wenn sie stehenblieben, ließen sie selten mehr als ein Stichwort fallen. Aber jetzt schien es, als spräche tatsächlich jemand mit ihm. Es war keine andere Stimme zu hören, aber als Berg verstummte, entstand eine Leere. Und Thomasson begriff, dass es in dieser Leere jemanden gab.

Er war nicht unbedingt neugierig, wollte es aber doch wissen. Vielleicht, weil er mit einem unbrauchbaren Fuß in seiner Wohnung gefangen saß. Also schob er die Decke zur Seite und erhob sich. Die Krücke ließ er liegen und stützte sich stattdessen direkt auf das Balkongeländer. Er beugte sich vorsichtig vor, damit Berg ihn nicht sehen sollte.

Obwohl die Gefahr gering war. Berg trug immer eine Sportmütze, war stark übergewichtig und konnte ganz einfach nicht hochschauen. Wenn Berg ihn wider Erwarten entdeckte, würde er sofort in die Diskussion einbezogen werden.

Die Person, mit der Berg sprach, stand mit dem Rücken zu ihm und hatte zwei schwere Einkaufstüten in den Händen. Thomasson erkannte sie an dem langen Zopf. Es war Agnes. Als er sich noch ein wenig weiter hinauslehnte, konnte er auch ihre Stimme hören. Obwohl keine einzelnen Worte zu verstehen waren. Vermutlich sprachen sie über eines von Bergs Lieblingsthemen, Bush, Putin, oder vielleicht über die Europäische Union, die er sehr befürwortete. Berg war der Ansicht, seit Kekkonens Zeit sei es mit den finnischen Staatslenkern nur abwärts gegangen. Und dass es auch im übrigen Europa keinen Lichtblick gebe. Kurz gesagt meinte er, es gebe keine Staatslenker mehr, die den Mut hatten, unbequeme Entscheidungen zu treffen, ohne zuvor eine Menge Menschen zu befragen, die immer mehr haben und immer weniger geben wollten. Das heißt, das Volk. Die Demokratie, meinte Berg, könne den Volkswillen nicht überleben, und das einzige Heilmittel sei, die Macht jenseits all dessen zu verlegen, was öffentliche Meinung und Volksbegehren hieß, das heißt, nach Brüssel. Denn solange die wichtigen Beschlüsse in Brüssel gefasst würden, könnten alle schwachen Staatslenker Europas nach Hause fahren und ihren Wählern erzählen, sie hätten versucht, dagegenzuhalten, es aber nicht geschafft.

Das Mädchen redete lange, und Berg schien zuzuhören, sah hinunter auf seine Füße und dann auf den Marktplatz, stützte seinen linken Ellenbogen gegen den Schenkel. Bald würde er sie direkt ansehen und seine Antwort liefern. Bergs Körpersprache hatte sich in den letzten dreißig Jahren nicht nennenswert verändert, trotz des Rollators und des Übergewichts. Er hatte die gleichen Gesten und Blicke sowohl im Privatleben wie bei den Theateraufführungen, und schließlich wusste niemand mehr, wo das eine endete und das andere anfing.

Jetzt schweifte sein Blick vom Marktplatz zurück und heftete sich auf das Mädchen, und Thomasson konnte sehen, wie er zu etwas ansetzte, das vermutlich eine längere Betrachtung werden würde. Berg hatte zwei Arten anzufangen, am Rand tastend oder mitten ins Thema hinein. Diesmal begann er am Rand, und Thomasson konnte an Bergs zögernder Sprechweise und den Gesten sehen, dass es ziemlich weit bis zum Kern war. Falls es so etwas überhaupt gab. Das Mädchen hörte geduldig zu. Sie war jung und keine Hiesige. Nach einer Weile machte sie einen Knicks und stellte die Einkaufstüten auf das Trottoir. Sie schüttelte die Hände nach den Seiten aus, während Berg weiter drauflos schwadronierte.

Thomasson verlagerte das Gewicht aufs linke Bein und stützte beide Arme auf das Geländer. Schräg gegenüber auf der anderen Straßenseite war das Buchhändlerpaar dabei, die Auslage neu zu dekorieren. Der Mann stand drinnen und bewegte die Bücher im Schaufenster, während die Frau auf der Straße stand und ihn dirigierte. Als sie zufrieden war, ging sie zur Probe vorbei, um zu sehen, ob alles richtig war oder ob noch etwas geändert werden müsste. Offenbar war sie zufrieden, denn sie ging hinein und machte die Tür hinter sich zu.

Thomasson überlegte, ob er etwas bestellt hatte, was da lag und auf ihn wartete. Er meinte, es sei etwas gewesen, konnte sich aber absolut nicht daran erinnern, was. Ein paar Wochen zuvor war er in dem Buchladen gewesen, um

Papier und Tintenpatronen zu kaufen, und da hatte die Buchhändlerin ihm erzählt, dass ein paar der hiesigen Schriftsteller im Herbst mit neuen Büchern kommen würden. Welche es waren, daran konnte er sich nicht erinnern. Was er noch wusste, war, dass die Bücher ihn nicht interessiert hatten.

Es war, als hätte sein Interesse für die Umwelt mit jedem Jahr abgenommen. Das war nichts, was er im täglichen Leben bemerkte, aber gerade bei solchen Gelegenheiten wie im Buchladen fiel es ihm auf. Die Buchhändlerin meinte, das alles wäre interessant für ihn. Eine Weile glaubte er es sogar selbst. Bis sie dastand und ihm aus dem Herbstkatalog vorlas. Hinterher konnte er sich nicht einmal mehr daran erinnern, wovon die Bücher handelten.

Er war an allen Kanten abgestumpft. Oder es war ganz einfach so, dass er sich konzentrierte, sich auf das Kommende einstellte. Wie ein Sportler vor einer Leistung. Oder ein Mensch in Gefahr.

Also sollte er trotz allem froh darüber sein, dass er an diesem Tag aufgestanden war und versuchte zu hören, worüber Berg und das Mädchen unten auf dem Trottoir unter seinem Balkon redeten. Es war die Neugier, die ihn auf die Beine brachte. Wäre er sitzen geblieben, hätte das einen weiteren Schritt aufs Ende zu bedeutet.

Nun war es zwar in jedem Fall ein Schritt aufs Ende zu, aber vielleicht nicht so groß, und auch nicht genauso unwiderruflich.

Das Mädchen hörte sich weiterhin Bergs Ausführungen an. Sie stand da wie zuvor und ließ die Arme an den Seiten hängen. Plötzlich sah Thomasson, wie sie sich bückte und ein Papier aus einer der Einkaufstüten zog. Sie zeigte es Berg, der verstummte und las. Dann geschah etwas, das Thomasson nicht für möglich gehalten hätte. Berg beugte den Nakken und schaute zu Thomassons Balkon hinauf. Es war, wie ein Walross zu sehen, das buckelte. Berg deutete hinauf und sagte etwas. Das Mädchen drehte sich um, und Thomasson zog sich instinktiv zurück. Später dachte er, er hätte stehen bleiben, die Hand heben und grüßen sollen, um dann auf den Marktplatz zu schauen und erst danach einen Schritt zurück zu tun und hineinzugehen. Wie ein alter Mann, der sich eine Weile draußen auf seinem Balkon aufhält, vielleicht um zu sehen, wie das Wetter sich anlässt, da er geplant hat, später am Tag einen Spaziergang um den Block zu machen.

Aber das ist etwas, woran man im Nachhinein denkt. Vermutlich war es so, dass er sich entlarvt fühlte. Obwohl es ja nichts zu entlarven gab, er hatte nichts anderes getan, als auf seinem eigenen Balkon zu stehen. Aber jetzt war es, wie es war. Er tat einen raschen, allzu raschen Schritt zurück, blieb mit der linken Ferse am Stuhlbein hängen und fiel mit dem Rücken auf die kleine runde Tischplatte. Siri hatte diesen Tisch und die beiden Stühle gekauft. Thomasson hatte schon damals gemeint, er sei zu klein und wackelig, aber Siri war der Ansicht, die Möbel passten zu zwei alternden Menschen, die zusammen auf dem Balkon frühstücken wollten. Also stellten sie diese hinaus, und dort blieben sie stehen. Den Winter über klappte er sie gewöhnlich zusammen und lehnte sie gegen die Wand, zum Schutz gegen Schnee und Nässe mit einer Persenning zugedeckt.

Der Tisch war instabil und glitt klappernd weg, knickte in den Beinen ein und blieb an der Wand liegen. Thomasson selbst fiel auf den Zementboden. Er stützte sich mit der linken Hand ab, und diesmal wusste er vom ersten Moment an, dass sie gebrochen war. Er brauchte sie nicht in die Luft zu strecken und sie im Uhrzeigersinn und gegen den Uhrzeigersinn zu drehen, um das festzustellen. Das linke Handgelenk war gebrochen.

Es war still um ihn her. Es war, als seien alle Autos stehengeblieben. Auch Bergs Stimme war nicht zu hören. Es rauschte im Kopf. Der Fußboden fühlte sich am Rücken kalt an. Er versuchte aufzustehen, aber es gelang ihm nicht. Worauf er sich stützen konnte, das waren die rechte Hand und der linke Fuß.

Bis dahin hatte er die Hand noch nicht angesehen. Das Komische war, dass sie eigentlich nicht weh tat. Aber er wusste, dass sie gebrochen war. Nach einer Weile rollte er den Körper vorsichtig nach links und bekam den Arm frei. Er stand schief. Er sah fremd aus. Während er ihn anschaute, wurde er immer röter, und zusammen mit der Röte kam das unangenehme Gefühl. Der Arm begann zu schmerzen.

Wie er da auf dem harten und kalten Boden lag, war er trotz allem froh, dass er sich die Zeit zum Anziehen genommen hatte. Er war fertig angezogen, mit Socken und allem Drum und Dran. Sogar die Unterwäsche war sauber. Er legte den verletzten Arm an den Körper. Es war, wie ein unbekanntes Kind an sich zu ziehen, von dem man wusste, dass es Wärme brauchte, ohne dass man eigentlich etwas für es empfand. Ihm war übel, und er versuchte, sich noch etwas nach rechts zu rollen, falls er sich übergeben müsste.

Von unten hörte man ein knirschendes Geräusch. Bergs Rollator auf dem schlecht gefegten Trottoir. Das Geräusch verstummte, und dann ließ sich Bergs Stimme hören.

»Thomasson.«

Thomasson antwortete nicht.

»Thomasson!«

Er wollte nicht rufen. Er fand, es gehöre sich nicht, auf dem Balkon zu liegen und zu rufen. Er würde sich nur eine kleine Weile ausruhen, bis der schlimmste Schmerz und die Übelkeit vergangen waren. Dann würde er sich sicher auf die eine oder andere Weise hineinmanövrieren können.

Er hörte Berg da unten mit jemandem sprechen. Eine murmelnde Stimme, wie wenn jemand auf der anderen Seite der Wand ins Telefon spricht. Dann wieder Berg.

»Thomasson. Bist du da?«

Kurz darauf, es konnte nicht mehr als höchstens eine halbe Minute vergangen sein, klingelte es an Thomassons Tür. Mehrere Male. Jemand fasste die Klinke an. Die Tür war zugesperrt. Er hatte die Tür immer zugesperrt. Dachte, man weiß ja nie. Nicht einmal in einer so kleinen Stadt ist man sicher. Es können welche sein, die sich auf der Durchreise befinden. Oder Zugezogene, über die man nichts weiß. Auf der anderen Seite des Flusses gab es ein älteres Paar, in deren Haus eingebrochen worden war, während sie auf der Rückseite saßen und in der Sonne Kaffee tranken. Am helllichten Tag. Keiner hatte etwas gemerkt. Geld und Schmuck waren verschwunden. Das Wertvollste. Alles andere hatten sie liegen lassen.

Sie hatten die Tür unverschlossen gelassen, hatten gedacht, was sollte hier passieren können, mitten am Tag und so. Aber es passierte.

Jetzt klingelte es nicht mehr an der Tür. Thomasson hörte die Haustür unten zuschlagen und dann Berg, der etwas zu der Person sagte, die herauskam. Es war vielleicht das Mädchen, Berg hatte sie wohl zum Klingeln hinaufgeschickt, da er selbst keine Treppen steigen konnte.

Sie glaubten vielleicht, er sei in Ohnmacht gefallen und liege jetzt bewusstlos auf dem Balkon. Er rutschte vorsichtig vorwärts, bis er nahe am Geländer lag. Jede Bewegung verursachte einen pochenden Schmerz im Arm. Er ruhte sich eine Weile aus, lag mit geschlossenen Augen da. Es war angenehm, den Hinterkopf an den Betonboden zu lehnen. Nach einer kleinen Weile schaute er auf und sah das grau gestrichene Balkongeländer einen guten Meter entfernt. Es war zu hoch, als dass er es im Liegen hätte erreichen können, aber er dachte, wenn er es nur schaffen würde, sich aufzusetzen, dann würde er es mit der rechten Hand umfassen können, sich mit dem linken Fuß hochstemmen und sich auf diese Weise hochziehen, bis er stand.

Wäre er erst mal auf den Beinen, würde er ganz normal mit Berg sprechen und sagen können, es sei nichts Schlimmes, er wolle sich nur noch ein wenig ausruhen und dann im Krankenhaus anrufen, damit sie ihm jemand vorbeischickten, der ihn abholte.

Jemand vorbeischicken, um ihn abzuholen? Es würde sich um einen Krankenwagen handeln, nicht einfach um irgendeine Person, die sich in ein Auto setzte und hier herunterkam, um nachzusehen, wie es um J. Thomasson stand. Übrigens wusste er nicht, ob sie einen wegen eines gebrochenen Handgelenks mit dem Krankenwagen abholten. Vielleicht galt das als nicht ernst genug.

Ein gebrochenes Handgelenk und ein verstauchter Fuß?

Üblicherweise war es wohl ein Angehöriger, der einen hinfuhr. Vielleicht ein Kind, eine Schwiegertochter oder ein Schwiegersohn. Oder ein guter Freund. Was Thomasson betraf, würde es ein Krankenwagen sein. Oder ein Taxi.

Das Geländer zu umfassen war ein guter Gedanke, scheiterte aber daran, dass er sich nicht aufsetzen konnte. Er versuchte es, aber es tat allzu weh. Die Übelkeit überwältigte ihn, und er war kurz davor, sich zu erbrechen. Er fürchtete, ohnmächtig zu werden und an seinem eigenen Erbrochenen zu ersticken.

Da war es besser zu rufen.

Aber was ruft man, wenn man allein auf seinem Balkon liegt, ohne aufstehen zu können? Er war an die Achtzig, hatte aber diesbezüglich keine Erfahrungen, auf die er zurückgreifen konnte.

Berg löste das Problem für ihn, indem er noch einmal seinen Namen rief. Diesmal antwortete Thomasson. Er räusperte sich und strengte sich an, wie gewöhnlich zu klingen. Es war so wie vor langer Zeit, als er allein in seiner Kabine gesessen und viel zu viel getrunken hatte und es plötzlich an der Tür klopfte. Um nicht ertappt zu werden, hatte er die Wörter im Mund geformt, ehe er sie aussprach.

»Ja«, rief er, »ich bin hier. Ich bin wohl ein bisschen hingefallen.«

»Kannst du die Tür öffnen?«

»Ich habe gewisse Schwierigkeiten hineinzukommen.«

Es hallte auf dem Balkon. Er war von Zement und Blech umgeben. Aber es gab immerhin eine Öffnung. Er war nicht da drinnen gefangen. Jetzt waren mehrere Stimmen von der Straße zu hören. Da unten schien sich eine Menschenansammlung gebildet zu haben.

»Bleib ruhig liegen«, hörte er Bergs Stimme, »hier ist jemand, der hat den Hausmeister angerufen. Er ist mit einem Schlüssel unterwegs.«

Thomasson hatte Berg noch nie so sachlich gehört. Er sagte das Notwendige und sonst nichts. Thomasson fragte sich, ob er wohl direkt unter dem Balkon auf dem Rollator saß. Und ob er nach oben schaute.

In regelmäßigen Abständen rief jemand von unten herauf, um zu hören, wie es um ihn stand. Wenn er nicht antwortete, riefen sie nur noch hartnäckiger. Also antwortete er.

Aber nur kurz, um ihnen kundzutun, dass er am Leben war. Auf längere Diskussionen wollte er sich nicht einlassen. Er tat, was er konnte, um nicht daran denken zu müssen, wo er sich befand und warum. Er lag einfach da und dachte an Dinge von früher. Die Vergangenheit hatte ihm immer eine gute Zuflucht geboten, einen Raum, in den er gehen und den er hinter sich abschließen konnte.

Es dauerte eine gewisse Zeit, aber dann hörte er schließlich das Schloss klappern und Schritte, die sich durch die Wohnung näherten.

Es waren der Hausmeister, die Nachbarin Agnes und noch eine Frau, die auf den Balkon traten. Erst erkannte er sie nicht, aber dann sah er, dass es Mona Sund war. Die Frau, die in der Wohnung unter ihm wohnte und mit einem Lastwagenfahrer verheiratet gewesen war, der es am Herzen hatte. Mona Sund arbeitete im Krankenhaus in der Pflegeabteilung, der letzten Station. Thomasson sagte sich, der einzige Grund ihrer Anwesenheit sei, dass sie einen Stock unter ihm wohne. Sie war seine Nachbarin. Aber so war es nicht. Das Leben besteht aus Zufällen. Dies war so einer.

Mona Sund setzte sich neben ihn auf den Balkonboden. Sie schob die Decke unter seinen Kopf und fragte, wie er heiße und welcher Tag sei. Thomasson sagte, er glaube, der Arm sei gebrochen, und er habe ein wenig Schmerzen im Fuß. Dann fragte er, ob sie ihm helfen könne, aufzustehen und in die Küche zu gehen. Mona Sund meinte, sie sollten etwas warten, die Sanitäter seien im Krankenwagen mit einer Trage hierher unterwegs.

Als sie das gesagt hatte, überfiel Thomasson eine große Müdigkeit. Er machte die Augen zu. Mona Sund sah, was geschah, und legte ihre Hand unter seinen Nacken, vielleicht, um ihn zu stützen, oder um ihn zu wärmen.

Ihre Hand war warm.

Weißt du noch?

Siri, die an den Abenden, an denen sie schwer einschlafen konnte, seine Hand an ihrer Wange spüren wollte. Sie sagte, es fühle sich an, wie in einer warmen Wiege zu liegen, geborgen. Im Schein der Nachttischlampe hatte sie sich zu ihm hingedreht. Willst du mein Gesicht berühren?

Über ihm bewegten sich Stimmen. Jemand breitete eine Decke aus, er konnte sie am Hals kitzeln fühlen. Er ließ sich in einen seiner Räume sinken. Nach einer Weile waren weitere Schritte zu hören, und Hände griffen nach ihm und hoben ihn auf eine Trage. Thomasson schaute rasch auf, es waren zwei jüngere Männer.

»Geht es?«

Thomasson nickte und versuchte zu lächeln. Er war müde, und es war nicht sicher, ob das Lächeln bis in sein Gesicht gelangte.

Er spürte die Neigung auf den Treppen und den Wind im Gesicht, als sie aus der Haustür traten. Schließlich hörte er das dumpfe Geräusch der Krankenwagentüren, die geschlossen wurden. Eine nach der anderen.

17 Es war Ende Mai, als die Sommeraushilfe an Bord kam. Er hieß Tony. Es war das Jahr 1986, und Thomasson immer noch ein junger Mann. Achtundfünfzig Jahre. Der Nachname des Jungen war irgendwo tief in seinem Gedächtnis begraben, aber hier mag es mit Tony sein Bewenden haben.

Kaum war Tony an Bord gestiegen, erzählte er, dass er gerade das erste Jahr seiner Ausbildung in Turku absolviert habe. Er wollte Ingenieur werden. Thomasson wusste nicht genau, um welche Art von Ingenieur es sich handelte. Ehrlich gesagt interessierte es ihn auch nicht besonders. Ihn interessierte vielmehr, ob der Junge, Tony, die Arbeit an Bord bewältigen würde; die Zeiten einhalten, einigermaßen nüchtern bleiben und tun, was ihm aufgetragen wurde.

Tony fing ein bisschen früher an als die anderen Sommeraushilfen. Für die, welche schon an Bord waren, war es gut, dass er so früh anfing, denn die Zahl der Passagiere stieg schon im Mai an, und es wurden mehr Leute gebraucht.

Thomasson begann damit, dass er Tony herumführte. Eigentlich hatte er als Lagervorsteher anderes zu tun, aber er dachte, es wäre gut, wenn er sich so ganz am Anfang selbst um den Neuankömmling kümmerte. Tony wirkte etwas unsicher, und Thomasson wollte ihn nicht als erstes Allan und Tomppa überlassen.

Tony war ziemlich redselig, wenigstens zu Beginn, stellte

eine Menge Fragen und erzählte auch von früheren Sommerjobs, die er gehabt hatte. Auf einem Friedhof. Bei einer Firma, die Federroste für Sofas und Betten herstellte. Er sagte, er sei froh darüber, dass er diesen Job bekommen habe, und glaubte, es würde spannend werden. Zwar war es nichts, was ihm später nützlich sein konnte, wenn er erst das Studium abgeschlossen hätte, aber es könnte ja doch Spaß machen, meinte er, später seinen Kindern zu erzählen, dass ihr Vater zur See gefahren war. Thomasson und Tony gingen ein wenig auf dem Schiff herum, hinunter zum Restaurant, wo Thomasson ihm zeigte, wo die Limonaden- und Biertonnen stehen sollten, wo die Kästen mit den Spirituosen hingehörten und so weiter. Tony schaute und schien sich alles zu merken. Thomasson dachte, vielleicht lernten sie solche Dinge an der Universität, sich zu erinnern, alles an seinen richtigen Platz zu stellen und zu wissen, wie es zusammenhing.

In der Bar gab Tony die Hand und lächelte breit, als er Mikko vorgestellt wurde. Er schien fließend Finnisch zu sprechen und erzählte ungefähr das Gleiche über Studium und frühere Sommerjobs, was er zuvor Thomasson erzählt hatte. Nach einer Weile nahm Thomasson die Gelegenheit wahr, Mikko zu fragen, ob er Elina gesehen habe. Es kam so plötzlich und wie aus heiterem Himmel, dass Thomasson glaubte, lang und breit erklären zu müssen, er frage nur, weil er gedacht hätte, Elina könnte dem Neuen vielleicht ein bisschen zeigen, wie es am kalten Büffet zuging, wie die Abläufe waren und so weiter. Es kam ja vor, dass es auch dahin kleine Lieferungen gab, auch wenn die Küche ihren eigenen Chef hatte, der sich um das meiste kümmerte, was mit dem Proviant zu tun hatte.

Mikko schaute Thomasson während seiner langen Ausführung an. Thomasson versuchte, sie zu Ende zu bringen, und um es auf eine gute Art tun zu können, fügte er noch einen Satz hinzu, wie um den vorhergehenden herunterzuspielen oder vielleicht ungeschehen zu machen. Dann noch einen, um das zu übertünchen, was er zuletzt gesagt hatte. Schließlich sagte Mikko, leider hätte er Elina den ganzen Tag nicht gesehen.

Von der Bar aus gingen sie hinunter in die Küche. Thomasson zeigte Tony den Müllschlucker und ging dann an den langen Arbeitstischen entlang und nickte den Köchen zu, die bereits am Werk waren. Auch in den Raum mit dem kalten Büffet warf er einen Blick. Elina war nirgends zu sehen. Von der Küche aus gingen sie zur Cafeteria. Von da aus nahmen sie den Aufzug hinunter ins Lager.

Auch im Lager unten gingen sie alles eilig durch. Thomasson dachte, Tony würde die Einzelheiten später lernen, und zeigte ihm nur, auf dieser Seite gibt es Süßes und Saures, und auf der anderen Seite den Alkohol, und dort weiter hinten, wenn du den Gang hier entlanggehst, da gibt es Gläser und Geschirr und Plastikbecher und Servietten und alles mögliche. Der kleine Selbstbedienungsladen liegt geradeaus und dann nach links. Billig, aber nur fürs Personal. Ein Bruchteil des Preises vom Taxfree. Aber es gibt Grenzen dafür, wie viel du an Land bringen darfst, sagte er. Und wenn du schmuggelst, dann musst du es geschickt anstellen.

Dann gingen sie weiter. Tony schien jetzt unsicherer geworden zu sein. Er sah nicht gerade ängstlich aus, ließ die Blicke aber ein wenig umherirren. Er fragte nichts mehr. Thomasson überlegte, ob es vielleicht die Umgebung war, die ihn störte. Das Lager befand sich tief unten, unter der Wasserlinie. Es war hier auch sehr karg, wie es ist, wenn man sich tief unten in einem Schiff befindet. Da gibt es keinen

Teppichboden. Das schwimmende Hotel scheint auf einmal sehr weit entfernt. Der Rumpf liegt offen da, die Rohre sind sichtbar und der Geräuschpegel ist hoch. Geklapper vom Autodeck und vom Maschinenraum, der gleich danebenliegt. Es kann ein wenig erschreckend sein, wenn man das noch nie gesehen hat. Trotzdem lagen sie immer noch am Kai. Draußen auf der Ålandssee wäre es schlimmer gewesen.

Tony sah sich um, er räusperte sich und fragte, was geschieht, wenn der Aufzug nicht funktioniert.

Mittlerweile funktionierte er immer, oder fast immer. Früher war das anders gewesen, als die Aufzüge hier und da steckenblieben. Aber Thomasson äußerte sich nicht zur Betriebssicherheit, sondern sagte nur, wenn das zufällig passieren sollte, könnte man den Mechaniker von seinem Büro aus anrufen, und dann zeigte er ihm, wo es lag. Da drinnen gab es ein internes Telefon. Alle Telefonnummern, die man brauchte, befanden sich auf einem Zettel am Schwarzen Brett.

Tony schien nicht ganz überzeugt. Er schaute auf das Telefon, aber man merkte, dass seine Gedanken weiter rotierten.

Aber wenn es sehr eilig ist, sagte er. Wenn es brennt oder so. Da kann man doch nicht dastehen und warten, bis ein Mechaniker kommt, um den Aufzug zu reparieren.

Es gibt Treppen, sagte Thomasson und zeigte auf eine Tür mit dem Treppensymbol darauf. Aber bestimmte Türen, fügte er dann hinzu, bestimmte Türen werden von der Kommandobrücke aus zugesperrt, wenn es anfängt zu brennen oder wenn Wasser ins Schiff eindringt. Dann kann man sie nicht ohne weiteres öffnen.

Tony sagte nichts, und sie gingen weiter nach achtern und

zum Lastenaufzug, der zum Autodeck fuhr. Aber eigentlich war es kein Aufzug, wenigstens nicht so einer, wie man ihn sich vorstellt, wenn man von einem Aufzug spricht. Eher eine große Plattform, annähernd zehn Quadratmeter, wie eine Stahlfläche, die vom Lager aus zum Autodeck hochstieg. Thomasson sagte zu Tony, er solle sich auf die Ladefläche stellen. Dann zeigte er ihm, welchen Knopf man drücken musste, um hochzufahren. So schwierig war es ja nicht, ein grüner Knopf mit einem Pfeil, der nach oben zeigte. Tony drückte, und der Aufzug setzte sich ruckelnd in Gang. Tony sah zugleich begeistert und ängstlich aus. Während sie langsam emporstiegen, sagte ihm Thomasson, er solle ein Stück vom Rand zurücktreten, damit er nicht eingeklemmt würde. Er zeigte auf den Rand, der sich dem Autodeck näherte. Wenn ein Bein dazwischengerät, sagte er, wird es direkt abgeschnitten.

Langsam stiegen sie zu dem Geklapper auf dem Autodeck empor. Wie von einer Welt in eine andere. Tony stand mitten auf der Plattform und schaute nur. Als der Aufzug stehenblieb, sagte Thomasson zu ihm, es sei an der Zeit, weiterzugehen. Das Schiff war fast fertig beladen. Überall Abgase. Blaue Luft. Die Achtertore standen noch offen. Ein Matrose, dessen Name Thomasson nicht kannte, ging herum und schleppte Ketten, mit denen die Ladung festgezurrt werden sollte. Der Wind würde während des Abends und der Nacht zunehmen und in den Morgenstunden am stärksten sein, unmittelbar bevor sie das Schärenmeer von Stockholm erreichten.

Thomasson zeigte auf den weißen Container mit VIKING LINE in Rot an der Seite.

Hier verstauen wir die Wäsche, sagte er.

Er zeigte auf eine Luke im Treppenschacht.

Man wirft die Säcke in einen kleinen Raum auf dem vierten Deck, und dann kommen sie hier herunter.

Er zeigte auf die Luke und auf das Dach des Containers und erklärte, wie alles zusammenhing. Einer sollte oben auf dem vierten Deck stehen und die Säcke herunterwerfen, der andere auf dem Dach des Containers und dafür sorgen, dass sie ordentlich herunterkamen. Derjenige, der das Ganze konstruiert hatte, mochte sich gedacht haben, dass man nur einen Mann brauchte: den, der die Säcke von oben herunterwarf. Aber so funktionierte es nicht. Manchmal reichten nicht einmal zwei. Thomasson wusste, es war vorgekommen, dass sie jemand in den Container geschickt hatten, gewöhnlich eine Sommeraushilfe, im Sommer fiel ja die meiste Wäsche an. Derjenige, der sich im Container befand, sollte die Säcke entgegennehmen und sie ordentlich an den Seiten entlang verstauen, damit so viele wie möglich hineinpassten. Damit mussten sie aufhören, nachdem einer da unten fast erstickt wäre. Die Säcke hatten sich auf ihm gestapelt und ihn immer weiter von der Öffnung in der Decke weggedrückt.

Nach dem Wäschecontainer gingen sie weiter zum Müllcontainer. Er stand nur ein kleines Stück davon entfernt, ungefähr mittschiffs. Thomasson zeigte, welche Knöpfe man drücken sollte, wenn es sich im Rohr staute. Er öffnete die Luke und drückte. Erst kam der Gestank, dann das knirschende Geräusch, als der Container den Müll zur Rückwand hin zusammenpresste.

Er erklärte Tony, dass er zuerst in der Küche nachsehen sollte, wenn es einen Stopp gab. Manchmal warfen die Köche Kartons hinunter, die sich querstellten. Wenn er da nichts fand, konnte er hinuntergehen und kontrollieren, ob es der Container war, der Schwierigkeiten machte. Eigentlich sollte er den Müll automatisch zusammenpressen, aber manchmal klappte es nicht. Dann musste man hinuntergehen.

Tony schaute und nickte. Er fragte nicht mehr besonders viel. Thomasson dachte, es läge vielleicht daran, dass er nach all den Eindrücken erschöpft war, also beschloss er, die Sache zu beenden, klappte die Luke zu und drückte den Eisenhaken herunter. Dann nahmen sie den Aufzug hinauf und gingen in die Messe.

Thomasson schaute sowohl in die Offiziers- wie die Mannschaftsmesse. Aber Elina war nicht da.

Er setzte sich mit Tony in die Mannschaftsmesse, trank eine Tasse Tee und aß ein paar Schnitten. Bevor er fertig gegessen hatte, kamen Allan und Tomppa. Er übergab ihnen Tony und sagte, sie sollten diesem zeigen, was gezeigt werden musste, und ihm selbst Bescheid sagen, falls es irgendwelche Probleme gäbe.

Damit übertrug er ihnen sozusagen die Verantwortung. Nicht formell. Nein. Die Verantwortung lag natürlich immer bei ihm. Das war ihm bewusst. Sehr bewusst.

Allan und Tomppa waren zufrieden. Keiner von ihnen war besonders interessiert daran, sich um Wäsche und Müll zu kümmern. Sie wollten eine Sommeraushilfe für diese Aufgabe. Und sie hatten eine bekommen. Jetzt galt es nur, in der Praxis zu zeigen, wie das Ganze gehandhabt wurde.

Das Problem war eigentlich der Müll. Im Sommer waren die Säcke zahlreich und stanken. Tomppa und Allan waren schon altgedient und fanden, sie hätten ein Recht auf etwas bessere Tätigkeiten. Nun hofften sie also, dass Tony die Sache mit dem Müll übernehmen würde. Thomasson mischte sich nicht in ihre Aufteilung der Arbeit ein. Das Wichtige für ihn war, dass sie getan wurde.

Den Rest hat man ihm erzählt. Es kam ja zu einem polizeilichen Verhör, und die Reederei wollte wissen, wie es passiert war, wo der Fehler lag und wie es in Zukunft besser gemacht werden konnte. Es war auch viel die Rede davon, wie der Container konstruiert war. Eigentlich hätte er mit offener Luke überhaupt nicht funktionieren sollen. Irgendwo hatte es einen Fehler gegeben. Entweder beim Hersteller oder bei dem, der den Container im Schiff installiert hatte, oder bei der Besatzung des Schiffs.

Aber an Sündenböcken war anscheinend niemand interessiert.

Thomasson sprach mit Tomppa und Allan, zusammen und mit jedem von ihnen allein. Nach einigen Gesprächen meinte er ein ziemlich klares Bild davon bekommen zu haben, was an diesem Abend passiert war, an Tonys erstem Abend an Bord.

Es war so: Tomppa und Allan hatten Tony mitgenommen, um die Wäsche einzusammeln. Sie wollten ihm zeigen, wie es ging, wo er die Wäsche abholen und was er dann damit machen sollte. Es war eine leichte Arbeit, die sich gut für einen Anfänger eignete. Und wenn man es am Abend erledigte, konnte man am nächsten Morgen in Stockholm etwas länger schlafen. Ließ man es jedoch ungetan, musste man gegen fünf aufstehen, um sicher zu sein, dass man es schaffte, alles einzusammeln und in den Container zu füllen.

Sie begannen eine Weile nach der Abfahrt von Turku. Da sie zu dritt waren, rechneten sie damit, dass es schnell gehen würde, knapp eine Stunde. Sie zeigten Tony die Verschläge, in denen die Säcke lagen, wie man einen in jede Hand nahm und sie über den Boden zu den Aufzügen schleifte. Man brauchte eine gute halbe Stunde, um den Raum auf dem vierten Deck mit Wäschesäcken zu füllen. Sie beschlossen, dass Tony da oben stehen bleiben und mit dem Hinunterwerfen anfangen sollte, wenn er sie vom Autodeck rufen hörte.

Tomppa und Allan gingen hinunter und kletterten auf das Dach des Containers. Sie öffneten die Luke im Treppenschacht und schrieen Tony durch das Rohr zu, er solle mit dem Hinunterwerfen beginnen. Nichts geschah. Da schrieen sie nochmals. Wirf die Säcke herunter! Fang an, die Säcke herunterzuwerfen!

Sie blieben auf dem Dach stehen und warteten. Die Luken waren offen, aber Säcke waren keine zu sehen. Es ging auf halb elf zu. Tomppa hatte einen Kognak in der Kabine, den sie trinken wollten, während sie ein bisschen Karten spielten. Einen Hennessy. Hennessy, weil er gut schmeckte, aber vor allem, weil der Korken leicht herauszuziehen war. Möglicherweise glaubten sie, Thomasson wisse nichts davon. Aber er wusste es. Sie taten es die ganze Zeit: ließen Kognak aus dem Lager mitgehen, klemmten die Flasche zwischen die Schenkel und wärmten sie dann mit den Händen um den Flaschenhals, während sie sich vorsichtig und geduldig nach oben arbeiteten. Nach einer Weile konnten sie den Korken herausziehen, ohne dass das Siegel gebrochen wurde. Wenn der Kognak ausgetrunken war, drückten sie den Korken wieder hinein, schlugen der Flasche den Hals ab und schickten sie dem Lieferanten mit einer Bestätigung, dass sie bei der Fracht kaputtgegangen sei. Bruch. Mit der nächsten Lieferung kam eine neue. Sie glaubten, die Ewigkeitsmaschine erfunden zu haben.

Die Zeit verging. Keine Säcke kamen aus dem Rohr.

Tomppa sagte, er geht hinauf und schaut nach.

Er kletterte vom Container herunter und ging zum Aufzug. Allan blieb auf dem Dach stehen. Er beugte sich vor, so dass der Kopf in das Rohr hineinragte.

Tony, schrie er.

Er meinte, ein gedämpftes: Was? zu hören.

Er schrie nochmals, und wieder hörte er diese gedämpfte Stimme. Also dachte er, er müsse nur warten, dann wäre Tomppa ja bald da oben und würde dem Jungen zeigen, wie es ging. Also setzte er sich neben der Luke auf das Containerdach. Die Autodächer glänzten. Es war fast überhaupt kein Seegang, obwohl früher am Abend rauhe See angekündigt worden war. Es konnte also nicht so sein, dass Tony auf einmal seekrank geworden war und da oben saß und sich übergab, statt Säcke in das Rohr zu schieben.

Plötzlich hörte er Tomppas Stimme durch die Luke.

Hier! Du verdammter Idiot! Hier hättest du sie hineinwerfen sollen!

Allan steckte den Kopf in das Rohr.

Was ist passiert? schrie er.

Dieser verdammte Trottel hat die Wäsche in den Müllcontainer geworfen, schrie Tomppa.

Als sie kurz darauf die Luke des Müllschluckers öffneten, lagen die Wäschesäcke in einem großen Haufen da. Tony hatte sie in schnellem Takt hinuntergeworfen. Auf seine Weise hatte er gute Arbeit geleistet. Alle Säcke waren unten.

Findest du, das hier riecht nach Wäsche? sagte Tomppa.

Tony antwortete nicht. Er schaute in den Container. Er hatte Glück gehabt. Die Säcke waren nicht zusammengepresst worden. Wahrscheinlich war der Container wieder defekt.

Du musst reinspringen und sie rausholen, sagte Tomppa.

Tony schaute Tomppa an. Dann schaute er Allan an.

Du könntest dir vielleicht im Maschinenraum ein Paar Stiefel leihen, sagte Allan.

Den Teufel wird er tun, sagte Tomppa.

Nach dem, was sie einhellig berichteten, gelangte er ohne Hilfe hinein. Drinnen angekommen, ging er vorsichtig auf die Wäsche zu. Der Container war ziemlich niedrig, daher musste er den Nacken beugen.

Geh nicht unter das Rohr, sagte Allan.

Tony schob einen Sack heraus, den sie entgegennahmen und auf dem Deck abstellten. Als er sich vorbeugte, um den nächsten zu packen, rasselte es in dem Rohr, und ein schwarzer Müllsack kam herunter. Er traf Tony nicht, aber er brachte ihn aus dem Gleichgewicht. Tony rutschte aus und fiel in dem Unrat auf die Knie. In diesem Moment setzte sich die Presse in Bewegung. Oft funktionierte sie nicht richtig. Manchmal musste einer hinuntergehen und sie an- und ausschalten, an und aus, bevor sie plötzlich anfing zu pressen. Jetzt war es vermutlich so, dass dieser letzte Sack sie wieder in Gang gesetzt hatte.

Es war Tomppa, der als erster losschrie. Komm raus! Komm raus! Er hatte den Ernst der Lage erkannt. Später berichtete Allan, Tomppas Stimme habe in diesem Augenblick fremd geklungen. Er habe noch nie zuvor, und auch danach nicht, etwas Ähnliches gehört.

Tony kniete weiter da und schaute die Presse an, die angefangen hatte, sich auf ihn zuzubewegen. Die Luke, durch die er hineingekrochen war, maß knapp einen Quadratmeter. Als die große Metallwand sich an der Öffnung entlang vorwärtsbewegte, wurde es im Container rasch dunkel. Man hörte nur noch das Knirschen von Metall auf Metall und Tonys Schreie um Hilfe. Er schrie, sie sollten die Maschine abstellen. Nur jemand, der neu an Bord war, konnte auf die Idee kommen, den Container eine Maschine zu nennen. Aber genau das schrie er.

Sowohl Tomppa wie Allan stürzten sich auf den roten Halteknopf. Aber nichts geschah. Der Container presste weiter. Tony schrie, aber man konnte nicht mehr hören, was. Das Knirschen der Maschinerie übertönte alles. Nach einer kleinen Weile verstummten die Schreie ganz.

Der Container presste weiter, bis alles zusammengepresst war. Dann drehte die Metallwand um und kehrte in ihre Ausgangslage zurück.

Die Seite

18 Thomasson wachte auf der rechten Seite liegend auf. Als er die Augen öffnete, sah er auf eine weiße, unbekannte Wand. Er trug Krankenhauskleidung. Die Decke war hochgezogen bis zum Hals. Auf dem Gang klapperte es wie von Besteck. Entfernte Stimmen.

Dies war der Ort, an dem er nicht hatte landen wollen.

Als sein älterer Bruder beerdigt wurde, war er ebenso traurig wie stolz. Er schämte sich seines Stolzes. Die Mutter weinte, der Vater war grau. Johannes war sechzehn Jahre alt und glaubte an Helden.

Heldentat. Heldentod. Heldengrab.

Der Bruder war mit langen Schritten und mit Johannes und dem Hund auf den Fersen durch den Wald gegangen. Ab und zu drehte er sich um und schaute und fragte, ob er zu schnell ging. Nein, sagte Johannes. Der Bruder liebte es zu jagen und zu fischen. Johannes mochte es, mit ihm zusammenzusein. Als der Bruder nicht mehr da war, ging Johannes seine alten Pfade ab, legte Netze und Fallen aus. Er dachte an die Granate, die über den Bäumen angepfiffen gekommen war. Was hatte sein Bruder in diesem Moment getan? Hatte er etwas bemerkt? Hatte er das Geräusch gehört?

Der Sarg wurde nicht geöffnet. Sie sagten: Es ist besser so.

Johannes trampelte weiter auf den Pfaden seines Bruders

und dachte mit der Zeit, dass es besser sei, ein lebender Wanderer zu sein als ein toter Held. Sein Bruder hätte den Hof übernehmen sollen. Jetzt, als er nicht mehr da war, war Johannes an der Reihe. Aber Johannes wollte nicht. Er wollte fort, wollte weiter. Der Hof wurde von seiner Schwester und seinem Schwager übernommen. Sie sagten, sie täten das, weil sie es müssten. Es handelte sich um ein Familienerbe, ununterbrochen seit fast dreihundert Jahren. Aber der Hof war zu klein, als dass sie davon hätten leben können, und nach einem Dutzend Jahre und drei Kindern mussten die Schwester und der Schwager wegziehen und den Hof verfallen lassen, ein Sommerhaus, um das sich niemand kümmerte und das bald auch keiner mehr nutzen wollte.

»Und hier liegt Thomasson und philosophiert!«

Sie stellte ein Tablett auf den kleinen Tisch neben dem Bett.

»Und nun drehen wir uns auf den Rücken.«

Sie umfasste seine linke Schulter, legte die andere Hand an seine Hüfte und drehte ihn behutsam um.

»So, jetzt wird es bestimmt ein bisschen besser gehen.«

Sie half ihm dabei, im Bett etwas höher zu rutschen, und erhöhte dann das Kopfende, so dass er in einer sitzenden Stellung landete.

»Ein bisschen Essen zu uns nehmen.«

Er war nicht bereit. Obwohl man das vielleicht nie ist. Aber er fühlte deutlich, dass er nicht bereit war. Sein Zuhause war noch da. Es war in der Topeliusesplanade. Die Orgel war noch da, der Brief auf dem Küchentisch, die CD, die er nicht abspielen konnte. Die Nahrungsmittel im Schrank. Die Bilder und die Aufzeichnungen. Die Zeitung, die jeden Morgen kam. Berg vor dem Elektrogeschäft.

Nachdem er gefrühstückt hatte, stellte er den Teller ab und ließ die Beine über die Bettkante gleiten. Das Bett war höher als jenes, das er zu Hause hatte. Er reichte kaum bis zum Boden hinunter. Vielleicht eine Sicherheitsmaßnahme? Damit die Patienten nicht auf den Gedanken kommen sollten, vorzeitig nach Hause zu gehen. Oder es handelte sich ganz einfach um eine Arbeitserleichterung für das Personal.

Weder das eine noch das andere kümmerte ihn besonders. Die Krücke stand an der Wand. Er richtete sich auf und plazierte sie unter dem Arm. Er wusste nicht recht, was er mit der linken Hand anfangen sollte. Sie war bis zum Ellbogen eingegipst. Es pochte in den Fingerspitzen. Er hatte schmerzstillende Mittel bekommen, aber sie hatten offenbar noch nicht ihre volle Wirkung entfaltet.

Seine eigenen Kleider hingen in einem Schrank. Er schaffte es, ihn zu öffnen und alles herauszunehmen. Er legte die Kleider auf das Bett und setzte sich hin. Das Anziehen war ein Problem. Er würde Hilfe dabei brauchen.

Dass er über Nacht im Krankenhaus bleiben musste, lag daran, dass es zu Hause niemanden gab, der ihm helfen konnte. Es wäre auch schwierig für ihn gewesen, sich mit einem unbrauchbaren Fuß und einem unbrauchbaren Arm fortzubewegen. Eine längere Strecke wagte er nicht mit der Krücke zu gehen. Er wollte nicht ein drittes Mal stürzen. Dann wüsste man nicht, wie das Ganze enden sollte. Jetzt war es immerhin ganz gut gegangen. Der Arm sollte noch sechs Wochen in Gips bleiben. Danach würde er fast so sein wie zuvor. Die volle Kraft würde er nicht wiederbekommen, aber das Wichtigste war, dass der Arm wieder funktionieren würde, dass er einen Topf herausnehmen, einen Milchkarton ausgießen, sich waschen und anziehen konnte.

Kurz nach dem Lunch kam Mona Sund zusammen mit

dem Nachbarmädchen, um ihn abzuholen. Da hatte er über drei Stunden fertig angezogen dagesessen.

Es zeigte sich, dass die beiden verwandt waren, Mona Sund und das Nachbarmädchen. Oder fast verwandt. Früher, in Thomassons Kindheit, hatten nicht nur Familie, Nichten und Neffen und Vettern und Cousinen zur nächsten Verwandtschaft gehört, sondern auch Vettern und Cousinen zweiten Grades und von da aus immer größere Kreise. Jetzt sah das anders aus. Jetzt kannte man seine Vettern und Cousinen nur noch vom Namen, hatte hingegen engen Kontakt mit den Kindern des neuen Mannes seiner ehemaligen Frau und dessen Kindern.

Agnes war eine solche Verwandte. Sie war die Tochter der neuen Frau von Monas Bruder. Sie stammte aus Schweden und war nach Finnland gekommen, um an der städtischen Kunstschule zu studieren. Sie hieß Agnes Frid. Die Mutter hieß Erlandsson nach ihrem früheren Mann, und der jetzige Mann, also Mona Sunds Bruder, hieß Nygård. Ralf Nygård, der Sohn von Elna und William Nygård, der in den fünfziger Jahren nach Schweden gezogen war.

In früheren Zeiten hatte Thomasson Elna und William sehr gut gekannt. Sie kamen aus dem Nachbardorf. Die Dörfer waren klein und lagen so nahe beieinander, dass sie fast zusammengewachsen waren. Thomasson und seine Kameraden pflegten durchs Nachbardorf zu radeln, wenn sie zur Bucht, zum Tanz oder weiter zur Küste hin wollten. In einem Winter Ende der fünfziger Jahre hatte er zusammen mit William in Puolanka als Holzfäller gearbeitet.

Für Agnes war das alles sehr verwirrend, und sie hörte sehr bald auf, den Familienausführungen von Mona Sund und Johannes Thomasson zu lauschen. Sie schob den Rollstuhl die Bankgatan entlang auf den Marktplatz zu, während Mona nebenherging und davon sprach, wie lustig es war, dass sie und Thomasson so lange so nahe beieinander gewohnt hatten, ohne zu ahnen, dass sie mehr oder weniger aus demselben Dorf stammten. Aber wie sie schon sagte: Wenn sie nur gewusst hätte, dass er seinen alten Familiennamen gegen den neuen, Thomasson, ausgetauscht hatte, wäre das natürlich etwas völlig anderes gewesen.

Für Thomasson selbst war es wohl eine Erleichterung, auf William und Elna Nygårds älteste Tochter zu stoßen. Es war ihm immer schwergefallen, um Hilfe zu bitten, und besonders, unbekannte Menschen um Hilfe zu bitten. Jetzt war er gezwungen, Hilfe anzunehmen. Und dann zeigte es sich, dass sie beinahe verwandt waren.

Verwandt. Er hatte das Wort schon lange nicht mehr gebraucht. Nachdem er in den fünfziger Jahren den Hof verlassen hatte und seine Schwester und sein Schwager ihn gegen ihren Willen übernommen hatten, hatte er sich nicht nur von dem Hof und seiner eigenen Geschichte freigemacht, sondern auch von seiner Verwandtschaft. Er hatte die Bande gekappt. Sogar so gründlich, dass er den Hofnamen weggelassen und sich Thomasson genannt hatte. Johannes Thomasson. Nicht mehr nur ein Glied in einer Kette, die durch Jahrhunderte verlief. In dem Moment hatte es sich nicht wie ein Opfer angefühlt. Im Gegenteil. Es war, als hätte er einen Schritt aus der Reihe herausgetan, um sich plötzlich als ganzen Menschen mit offenem Raum in allen Richtungen zu sehen.

Die Sonne schaute heraus, während sie sich in gemächlichem Tempo auf den Marktplatz zubewegten. Thomasson hatte die Krücke über die Schenkel gelegt. Der Rollstuhl sollte unten im Treppenhaus abgestellt werden. Mit Monas und Agnes' Unterstützung würde er bestimmt ohne Probleme in seine Wohnung gelangen können. Er würde sich die ersten Tage drinnen aufhalten, bis er sich so weit eingewöhnt hatte, dass er sich mit Hilfe der Krücke wieder vorwärtsbewegen konnte. Der Fuß fühlte sich schon besser an. Er berührte ihn vorsichtig, während er da im Rollstuhl saß. Es tat weh, aber nicht richtig. Nicht wie der Arm. Den wollte er nicht einmal versuchen zu berühren.

Er war ein wenig verwundert darüber, wie leicht er es trotz allem nahm. In einem Rollstuhl die Straßen entlanggeschoben zu werden, daran hätte er nur gut einen Tag zuvor nicht einmal denken mögen. Und es wäre ihm peinlicher gewesen, als wenn er denselben Weg mit der Krücke zurücklegte. Vermutlich lag es an der Gesellschaft. Jene, denen er begegnete, sahen nicht nur ihn. Sie sahen drei Personen unterwegs zum Marktplatz. Eine Frau mittleren Alters, einen älteren Mann und ein junges Mädchen.

Vielleicht Vater, Tochter und Enkelin.

Maja, sagte er, so hätte das Leben vielleicht aussehen können.

Genau so sieht das Leben aus, sagte Maja. Du wirst von zwei unbekannten Menschen in einem Rollstuhl vom Krankenhaus nach Hause gebracht.

19

Als sie am Elektroladen um die Ecke bogen, saß Berg da und schaute, als hätte er darauf gewartet, dass sie gerade in dem Moment kommen würden. Er hatte auch gestern vor der Haustür gesessen, als die Sanitäter mit dem auf der Trage festgeschnallten Thomasson herunterkamen. Da hatte Thomasson Berg grüßend zugenickt, aber nicht mit ihm gesprochen. Jetzt bat er Agnes, anzuhalten. Er dachte, er sollte Berg die Hand geben und ihm dafür danken, dass er Hilfe geholt hatte. Aber als sie sich da gegenübersaßen, merkte er, dass es nicht gehen würde. Einer von ihnen würde aufstehen müssen, sonst würden die Hände einander nicht erreichen.

Also blieb er sitzen. Es war das erste Mal seit vielen Jahren, dass er Berg direkt von vorn sah. Gewöhnlich sah er ihn von schräg oben, und da verbarg die Sportmütze einen Teil des Gesichts. Er sah jünger aus, als Thomasson erwartet hatte. Knapp über siebzig.

»Na, Thomasson«, sagte Berg.

»Jaa«, sagte Thomasson. »Es ist ja gut, dass ich es ins Krankenhaus geschafft habe.«

Die beiden Männer befanden sich auf gleicher Höhe. Erst vor ein paar Tagen hatte Thomasson in Gedanken das Wort Rollstuhl gestreift, und dass er eines Tages an den Punkt kommen würde, an dem die Beine ihn nicht mehr trugen. Jetzt saß er da. Glücklicherweise nur vorübergehend. Wie für eine kurze Praktikantenperiode.

»Also danke ich dir herzlich«, sagte er. Berg wandte sich ein bisschen zur Seite und kramte in einer Tasche, die er am Rollator hängen hatte. Er zog ein Papier heraus, das er Agnes entgegenstreckte.

»Da«, sagte er. »Es hat sich fast von selbst ergeben, als ich ein bisschen zum Nachdenken kam.«

Dann schaute er Thomasson an.

»Hast du schon ein Papier von dem Mädchen bekommen, Thomasson?«

Thomasson schaute auf das Papier, das Agnes zusammenfaltete und in eine schwarze Stofftasche steckte.

»Nein«, sagte er, »sollte ich das?«

»Ja, das solltest du«, sagte Berg. »Es war genau in dem Moment, als ich auf dich zeigte und dem Mädchen sagte, Thomasson da oben, er würde sicher eine Menge beizutragen haben, als du auf den Hintern fielst und dir Arme und Beine brachst.«

»Das Handgelenk«, sagte Thomasson.

»Ja ja«, sagte Berg. »Erst kommt das eine und dann das andere, wie ich zu sagen pflege.«

In die Wohnung zu gelangen ging besser als erwartet. Wenigstens für Thomassons Teil. Aber Agnes und Mona schienen auch nicht besonders mitgenommen, als sie erst zur Tür hereingekommen waren und ihn auf den Stuhl neben dem Bücherregal gesetzt hatten.

Mona streckte den Rücken, stemmte die Hände in die Hüften und schaute ins Zimmer hinein.

»Lustig«, sagte sie, »die gleiche Wohnung, und trotzdem sieht sie so anders aus. Darf ich mich ein wenig umschauen?«

Agnes blieb an der Tür stehen. Sie sah verlegen aus. Thomasson versuchte ihr Alter zu schätzen, aber das war schwer. Sie konnte alles zwischen fünfzehn und dreißig sein.

»Zweiundzwanzig«, sagte sie, als er mit dem Recht des Alters gefragt hatte.

Er sagte, sie könne ebenfalls hineingehen und sich umschauen, wenn sie wollte. Sie stellte die Tasche ab und folgte Mona ins Wohnzimmer. Thomasson beugte sich vor und begann seine Schnürsenkel mit der rechten Hand aufzuknoten. Er hörte sie über die Aussicht reden. Mona sagte, das Gebäude zur Bankgatan hin störe sie ein wenig. Er begriff, dass sie sich oft gegenseitig in ihren Wohnungen besucht hatten. Mona war ja, wenigstens fast, Agnes' Tante. Vermutlich war es so, dass sie dem Mädchen geholfen hatte, eine Wohnung zu finden, als es aus Schweden gekommen war.

Er musste auf die Toilette gehen, wusste aber nicht so recht, wie er das anstellen sollte. Wenn er erst allein war, würde es wohl gehen. Er wollte kein Aufhebens davon machen, solange sie da waren. Also blieb er sitzen, wo er saß.

»So sieht sie also aus«, sagte Mona, als sie wieder in die Diele hinauskam.

Er schaute sie an.

»Die Orgel«, sagte sie. »Alle haben so viel darüber geredet, aber keiner hat genau gewusst, wie sie aussieht. Ist sie jetzt ganz fertig?«

Was sollte er darauf antworten? Vielleicht, dass sie fertig war, aber noch ungespielt.

»Im Großen und Ganzen«, sagte er.

Er war mit seinen Schnürsenkeln beschäftigt. Mona setzte sich hin, knotete sie auf und zog ihm die Schuhe aus. Gleichzeitig sagte sie zu Agnes, die aus dem Zimmer kam, sie solle den Bettüberwurf vom Bett nehmen. Sie half ihm auf und in die Toilette hinein, und als sie ihn dort hingesetzt hatte, ging sie hinaus und machte die Tür hinter sich zu.

»Klopfen Sie, wenn Sie herauswollen«, sagte sie, »dann komme ich und helfe Ihnen.«

Er konnte sie da draußen reden hören. Es war so lange still in der Wohnung gewesen, dass er an den Klang anderer Stimmen außer der von Maja nicht mehr gewöhnt war. Er hatte darauf gewartet, Siris Stimme zu hören, und dann kamen plötzlich Kinder und Frauen herein.

Und alles wegen eines verstauchten Fußes und eines gebrochenen Handgelenks.

Er schaffte es, sich aufzurichten, die Spülung zu betätigen und die Hände zu waschen, oder besser gesagt die Hand, bevor Mona klopfte und hereinkam. Sie nahm seinen Arm und half ihm zum Bett.

»Ich selbst arbeite heute Abend«, sagte sie, »aber Agnes wird später kommen und nach Ihnen schauen. Und wenn irgendetwas ist, rufen Sie einfach an.«

Sie legte einen Zettel neben ihn aufs Bett. Darauf standen ihr Name und der von Agnes, jeweils mit einer Telefonnummer darunter.

20

Als er das Türschloss wieder klicken hörte, rollte er sich auf die Seite. Durch das Fenster konnte er hinauf zum Krankenhaus sehen. Daran hatte er früher nie gedacht. Er hatte immer gedacht, dass er durch das Fenster hinauf zum Wasserturm sehen konnte.

Jemand ging in der oberen Wohnung herum. Eine Balkontür wurde geöffnet. Es war halb zwei. Trübes Wetter. Er machte die Augen zu und versuchte zu schlafen. Trotz des Wetters war es, als laste das Licht auf den Lidern. Er hätte den Vorhang zuziehen oder eins der Mädchen bitten sollen, es zu tun. Er hätte aufstehen können, wollte aber nicht. Eigentlich war er nicht so müde, aber es fühlte sich plötzlich an, als wäre der Körper gebrechlich geworden. Innerhalb weniger Tagen hatte sich alles verändert. Einen weiteren Sturz durfte er nicht riskieren. Wenn das passierte, würde er im Krankenhaus bleiben müssen. Lange. Jetzt war er immerhin zu Hause. Darauf kam es an.

Nach einer Weile merkte er, dass die Knie begannen, sich aneinander zu reiben, wenn er auf der Seite lag. Knochen an Knochen. Mittlerweile war er groß und schlank wie in der Jugend, aber ohne Straffheit der Haut und ohne richtige Muskeln. In einer Periode seines Lebens war er ziemlich rundlich gewesen. Es begann zwischen vierzig und fünfzig. Er stand manchmal in der Kabine und betrachtete sich in dem großen Spiegel, und was er sah, war ein Mann mit dünnen Beinen und einem wachsenden Bauch. Er war von der Langeweile schwanger und dämpfte sie mit Bier und Whisky, Eierbutter auf warmen Piroggen, Nachtischen und Würsten, die gegen zwei Uhr nachts in die Messe hinaufgetragen wurden.

Auf der Sally befand sich der Personalaufzug gleich vor seiner Tür. Wenn er die Kabine verließ, trat er direkt in den Aufzug. Jeden Tag hörte er das Zischen der Tür, die sich hinter ihm schloss. Ganz hinten befand sich eine blanke Blechwand. In dieser Wand spiegelte sich eine unförmige Figur. Ein blau gestreiftes Hemd hing über dem Hosenbund. Bleiche Arme an den Seiten. Äderchen auf roten Backen. Als der Aufzug abbremste und schließlich auf dem Lagerdeck anhielt, hatte er den Blick immer noch auf die Gestalt an der Wand geheftet. Sie schwankte.

Daheim spazierte und turnte Siri eifriger denn je. Es war, als würde sie um die Fünfzig noch mal neu aufleben. Nicht nur, dass sie turnte, tanzte, im Chor sang und Spaziergänge mit Tipps für die Rentner der Stadt machte, sie engagierte sich auch in verschiedenen Lesezirkeln, in denen man unterschiedliche Themen für jede Saison wählte: Heimatgeschichte, österbottnisches Frauenleben, Emigration und etwas, das sie Konflikte nannte und das sich mit allem, von Ehe über Krieg bis zum Gewissen, beschäftigen konnte. Dieses letztere Thema umfasste alle Literatur, die je geschrieben worden war. Siri meinte, das sei gut, da es den Teilnehmern des Zirkels Gelegenheit gab, die Bücher hervorzuheben, die gerade ihnen wichtig waren.

Zu jener Zeit las sie Thomasson immer noch abends vor. Vielleicht nicht mehr so sehr ihm zuliebe als um ihrer selbst willen. Und er hörte immer noch zu, aber vielleicht nicht mehr so sehr seinetwegen als ihr zuliebe.

Er war langsam zu der Einsicht gelangt, dass Träume selten Wirklichkeit werden. Es ist möglich, dass Siri dasselbe schon viel früher erkannt hatte, aber dass sie auf eine bessere Weise mit dieser Einsicht leben konnte als er. Er wusste es nicht. Sie sprachen nicht mehr so miteinander, wie sie es am Anfang getan hatten. Vielleicht musste es so kommen. Siri ersetzte die Gespräche durch Träume und Aktivitäten, er ersetzte sie durch Essen und Trinken.

Und nach und nach durch Elina. Es kam plötzlich. Eines Tages teilten sie den Aufzug hinunter zum Lager. Elina brauchte das eine oder andere aus dem Vorrat. Sie fuhren abwärts, und Thomasson betrachtete sich wie üblich in dem blanken Blech. Der Zerrspiegel. Davon wurden die Augen angezogen. Die Gestalt, die mit jedem Tag immer fremder zu werden schien. Plötzlich begegnete er Elinas Blick in dem Spiegel. Sie standen nahe beieinander. Wie ein Paar auf einer alten Fotografie. Verblichen, an den Kanten ein wenig ausgefranst. Sie wandte den Blick nicht ab. Nach einer Weile tat sie einen Schritt auf ihn zu. An der Wand sah es aus, als würden ihre Körper verschmelzen. Er weiß nicht, ob er eigentlich erstaunt war. Vielleicht hatte es schon vor diesem Augenblick etwas gegeben. Aber das war der Moment, in dem es geschah.

Hab keine Angst, sagte Elina.

21

Er konnte nicht einschlafen und setzte sich im Bett auf. Mit Hilfe des Fensterbretts zog er sich hoch, bis er stand. Er plazierte die Krücke unter dem Arm und schlurfte vorsichtig ins Wohnzimmer.

Die Bilder lagen noch so auf dem Tisch, wie er sie vor dem letzten Sturz verlassen hatte. Oder vielleicht dem jüngsten. Aber hoffentlich dem letzten. Ins Krankenhaus gedachte er nur zu einem einzigen Zweck zurückzukehren: um den Gips abnehmen zu lassen.

Er setzte sich auf das Sofa. Was ihm am meisten fehlte, waren Bilder aus dem Lager. Es war ihm nicht gelungen, auch nur ein einziges zu finden. Aber das meiste hatte er im Kopf.

Sie pflegten unter dem Autodeck zu arbeiten, gleich neben dem Maschinenraum, dem eigentlichen Herzen des Schiffs. Von früh bis spät war das dumpfe Grollen von dort zu hören, die Vibrationen des Rumpfs gingen direkt in sie hinein. Aber abgesehen davon war das Lager wie eine Einheit. Abgeschieden. Oder vielleicht war es eigentlich der Maschinenraum, der abgeschieden war. Mitten ins Schiff eingebettet, geschützt, um das Schiff so lange weitertreiben zu können wie überhaupt möglich. Das Lager nahm einen großen Teil des Achterschiffs ein. Große, offene Flächen.

Thomasson hatte im Lauf der Jahre viele Diskussionen im Radio und in den Zeitungen über die Ursache für den Untergang der Estonia verfolgt. Viele behaupteten, ein Schiff wie die Estonia könne überhaupt nicht sinken, wenn kein Wasser unter dem Autodeck eindrang, unten in den Rumpf: ins Lager, in den Maschinenraum, die Saunaabteilung, die Passagierräume mitt- und vorschiffs. Es reichte nicht, dass Visier und Bugrampe sich zum Meer hin öffneten, das würde nur zum Eindringen des Wassers ins Autodeck und zu sofortigem Kentern führen. Mit offener Bugrampe wäre es schnell gegangen, kaum jemand hätte es hinausgeschafft. Dann wäre die Estonia mit ihrer ganzen Ladung einen, vielleicht mehrere Tage vor sich hin gedümpelt. Thomassons altes Lager, der Maschinenraum und alle anderen Räume darunter hätten als Luftkissen fungiert.

Aber was geschah, war, dass sie sich auf die Seite legte und dass sie schließlich nach einer guten halben Stunde versank.

Sie sank mit dem Heck voran, drehte sich um die eigene Achse und landete mit einem solchen Gewicht auf dem Boden, dass es im Seismologischen Institut in Helsinki einen Ausschlag gab. Dann folgte das Vorschiff langsam nach. Schließlich legte sie sich in einer Tiefe von achtzig Metern auf die Seite. Dort liegt sie heute noch.

Das bedeutet, dass das Wasser unter das Autodeck gelangt sein musste. Vielleicht durch den Treppenschacht. Obwohl die Leute, die vom unteren Deck flüchteten, kein Wasser auf ihrem Weg hinauf antrafen, also stimmte das vermutlich nicht. Der Treppenschacht befand sich außerdem mitten im Schiff, es hätte also einer kräftigen Schlagseite bedurft, bevor das Wasser begann, hinunterzufließen und das Deck zu füllen, in dem sich die billigsten Kabinen befanden.

Es ist auch über offene Ventilationstrommeln spekuliert worden, die das Wasser in den Rumpf hinuntergeleitet haben könnten. Aber offenbar ist man nicht ganz sicher, ob solche Ventilationstrommeln überhaupt existierten, da die Grundrisse der Estonia seit langem verschwunden sind. Thomasson selbst kann sich nicht erinnern, für solche Dinge hatte er sich auch nie interessiert. Für ihn hat der Treppenschacht eine ganz andere Bedeutung, in seiner Erinnerung ist er verbunden mit einem Wäschecontainer und einem Müllcontainer und einem jungen Mann, der in Dunkelheit und Gestank zu Tode gepresst worden war.

Er denkt, obwohl er weiß, dass das Leben nicht so funktioniert, dass gerade dieser Treppenschacht Unheil genug angerichtet hat, dass es nicht sein darf, dass er ihm auch Siri genommen hat.

Also hat er beschlossen, davon auszugehen, dass sich ein Loch an der Steuerbordseite befand. Auf der Seite, die zum Meeresboden hin liegt.

Autodeck. Lastenaufzug. Müllcontainer. Thomasson sieht es vor sich: Grau und Eisen, Ölflecken und Abgase, Stimmen, die hallen, und Geklapper. Dann kommt das Wasser.

Die Estonia wurde seit mindestens einem halben Jahr vor dem Unfall mit einem mit Wasser gefüllten Visier und einem Leck in der Bugrampe gefahren. Wasser auf dem Autodeck war die Regel. Aber bei diesem letzten Mal kam mehr herein als üblich, und obwohl die Besatzung tat, was sie konnte, um das Wasser zum Abfließen zu bringen, vielleicht über das Achtertor an Steuerbord, gelang es nicht. Die Wassermassen drangen herein.

Und übernahmen die Kontrolle über ein verschlissenes Schiff.

Warum, und was danach geschah, bleibt im Ungewissen, bis es gehoben sein wird.

22 Er blätterte in den Bildern auf dem Tisch vor sich und fand eine abgegriffene und zerfledderte Broschüre aus der Mitte der achtziger Jahre. Darin konnte man Bilder vom Inneren des Schiffs sehen: die Kabinen, die Bar, die Cafeteria, den Speisesaal und das Tanzlokal, in dem ein Paar, im typischen Stil der achtziger Jahre gekleidet, Wange an Wange tanzte. In der Broschüre befand sich auch ein Bild von Elina, die lächelnd ein Tablett mit Lachs im Teigmantel, Salat und Zitronen präsentierte. Die dunklen Haare waren in einem Nackenknoten zusammengefasst, sie lächelte in die Kamera, und Thomasson meinte fast, den Duft von ihrem Drosselgrübchen zu riechen, als er sacht mit dem Daumen über das Bild strich.

An dem Tag, an dem sie zusammen im Aufzug zum Lager gefahren waren, hatte Thomasson einen Schritt aus seinem gewöhnlichen Leben getan. Das Gefühl der Freiheit erinnerte an jenes, das er empfunden hatte, als er als junger Mann den Heimathof verließ. Doch alles veränderte sich rasch.

Thomasson hatte nun über dreißig Jahre in der Nähe von Siri gelebt. Sie hatte ihre Aktivitäten. Sie lief hinaus zu ihnen, und sie erzählte von dem einen und anderen, wenn sie nach Hause kam. Thomasson konnte nicht auseinanderhalten, wer das alles war, ob Gunilla eine Teilnehmerin des Lesezirkels oder der Gymnastikgruppe war, ob Lars-Erik Hausmeister in der Schule oder derjenige war, der den Rasen und die Beete rings um die Kirche und das Gemeindehaus pflegte. Er fragte nicht, und Siri gab sich keine Mühe zu erklären. Sie erzählte, und er brummte und sagte, aha, so ist das also.

Aber er war nicht der einzige, der zerstreut und uninteressiert war. Wenn er über das Leben an Bord sprach und ihr erzählte, wie viele oder wenige Passagiere auf dem Schiff gewesen waren, dass er mit dem Chef des Supermarkts nicht zurechtkam, über das Gedränge auf dem Autodeck, wenn sie in Mariehamn Waren bekamen, oder über die Rentnergruppen, die nach Stockholm fuhren, um Butter einzukaufen, dann hörte Siri zerstreut zu und sagte, aha, so ist das also.

Doch an dem Tag, an dem er von seinem Morgenspaziergang zurückkehrte und die Bilder auf dem Bett ausgebreitet waren, hatte Siri nichts Zerstreutes. Sie saß in dem Sessel am Fenster. Bleich und so wütend, dass sie zitterte. Sie sah ihm ins Gesicht, und obwohl sie so wütend war, hörte sie sich doch an, was er zu sagen hatte.

Die Auseinandersetzung, der Streit waren nicht anders als die Streitereien, die sich in Tausenden und Abertausenden von Heimen abspielten. Thomasson versuchte, sich frei zu lügen, und da es nicht gelang, gab er so viel zu, wie er musste, und da seine Frau damit nicht zufrieden war, gab er schließlich auf und erzählte alles, so wie es war.

Nach diesem Gespräch beschloss Thomasson, die Geschichte mit Elina zu beenden. Das sagte er auch zu Siri. Und er meinte es ernst. Aber als er eine Woche später an Bord kam, zeigte sich, dass sie schon dabei war, sich von ihm zu entfernen. In dem Moment, als Thomasson begriff, dass es so war, fiel alles in sich zusammen, was er vorgehabt hatte. Er konnte Elina nicht verlassen, wenn sie schon im

Begriff war, ihn zu verlassen. Dann würde alles unabgeschlossen bleiben. Thomasson würde dastehen müssen und sie fortwandern sehen. Mit einem anderen.

Elina sagte, es gebe keinen anderen.

Aber Thomasson wusste es. Gab es jetzt gerade keinen anderen, würde später einer kommen. Und Thomasson müsste dastehen und sich das ansehen und wissen, dass er verlassen worden war. Er weigerte sich, das mitzumachen.

Also fuhr er fort, Siri anzulügen. Und er ließ Elina nicht gehen.

Sie wusste genau, was vorging, sagte Maja.

Thomasson entschied sich, ihr nicht zuzuhören. Gespräche mit den Toten können manchmal an lebenslange Ehen erinnern. Man kann immer zu einem späteren Zeitpunkt antworten. Falls es nötig ist. Oder still sein. Also kramte er weiter in den Bildern. Alte Postkarten. Instruktionen für die Reise zur Werft von Papenburg. Noch ein Bild von dem glänzenden Schornstein. Der fünfzehn Jahre später …

Sie hat Elina sogar einmal angerufen und mit ihr gesprochen, sagte Maja.

… mit einem Zischen im Wasser versinken würde.

Sie waren sich einig, sagte Maja. Was Elina anging, war eure Beziehung Geschichte. Geschichte und nichts weiter.

Und während sich das Schiff auf die Seite legte, dieser Ton. Die Sirene. Das Nebelhorn. Hatte Siri das gehört? War sie draußen an Deck? Im Wasser? Drinnen im Schiff?

Und nicht einmal eine wichtige Geschichte. Nur eine Episode. Sie sagte, es war eigentlich ein Irrtum. Von Anfang bis Ende.

War die Sirene für jene zu hören, die sich noch drinnen im Schiff befanden? Die Sirene, die bedeutet, dass ab sofort jeder sehen muss, wo er bleibt. Dass alles, was sie je geglaubt hatten, außer Kraft war. *The most miserable sound.* Wo hatte er das gehört? Vermutlich war es etwas, das Siri ihm vorgelesen hatte. Vielleicht Shakespeare.

Er fischte ein Bild heraus, auf dem das Schiff von vorn aufgenommen war, und drehte das Bild dann in einem Winkel von schätzungsweise fünfunddreißig, vielleicht vierzig Grad. Das war eine kräftige Neigung. Die Bullaugen auf dem vierten und fünften Deck gerieten unter Wasser. Um sich in einem Schiff mit einer solchen Schlagseite vorwärts zu bewegen, brauchte man Kraft und eine gute Kondition. Und musste Glück haben, nicht von losen Gegenständen gerammt zu werden, die über offenen Flächen flogen. Wenn das Schiff obendrein in schwerer See rollte, dürfte es nahezu unmöglich sein. Siri war durchtrainiert, aber sie war auch zierlich und fünfundsechzig Jahre alt.

Sie hatte eine Innenkabine an Steuerbord gebucht. Als sie eine Minute vor der ersten großen Schlagseite aus ihrer Kabine trat, hatte sich das Schiff ein wenig aufrichten können, und die Neigung betrug jetzt fünfzehn, zwanzig Grad. Aber es verschlimmerte sich schnell. Ruckweise wurde sie immer größer, und bald darauf begann das Wasser in die Aufbauten des Schiffs einzudringen.

Thomasson fragte sich, ob es zu diesem Zeitpunkt noch möglich gewesen war, hinauszugelangen. Und wenn sie nicht hinausgelangte, was machte sie dann?

Er sah das Wasser an ihrer Kabinentür steigen. Schon vor der Schlagseite hatte der Befehlshaber auf der Brücke die Geschwindigkeit gedrosselt und versucht, von den Wellen wegzusteuern, um den Druck auf das Vorschiff zu mindern. Erst nach Steuerbord, aber als die Estonia da kräftig zu rollen begann, lenkte man sie zurück, so dass sie den Wellen direkt von vorn begegnete. Sie stampfte hart, und man drosselte die Geschwindigkeit noch mehr. Das half ein wenig, aber jetzt grub sie sich stattdessen tief in die Wellen und der Druck auf Visier und Bugrampe nahm zu. Kurz darauf kam die große Schlagseite, und das Schiff war gezwungen, noch weiter nach Backbord zu gieren. Der Korridor, an dem sich Siris Kabine befand, bekam jetzt Lage gegen den Wind. Und das Wasser stieg.

Siri war eine starke Frau, aber wie alle anderen hatte auch sie ihre schwachen Punkte. Einer davon war ihre Angst vor der Dunkelheit. In ihrem ganzen Leben schlief Siri mit einer brennenden Lampe. In der Mansarde in der Bankgatan. In ihrem Haus am Fluss. In der Wohnung in der Topeliusesplanade mit Thomassons gewölbter Hand unter ihrer Wange. Und mit brennender Lampe schlief sie auch in jener letzten Nacht an Bord. Sie hatte nicht ihre eigene angeknipst, sondern die auf dem Pfosten an der gegenüberliegenden Koje.

Thomasson konnte, wie er da auf dem Sofa saß, die Form des Schalters unter seinem rechten Daumen spüren. Durch all die Jahre hindurch: eine Drehung des Körpers, der Arm über dem Kopf, ein Knipsen, und es wird dunkel. Dann die Bewegungen des Schiffs, das Zittern, der Wind. Mal ruhig, mal in Gedanken, die sich häufen und sich nicht zerstreuen, bis er aufsteht, sich ein Bier aus dem Kühlschrank holt und es auf dem an der Wand befestigten Sofa unter dem Bullauge sitzend trinkt. Irgendwann die ruhigen Atemzüge eines Menschen.

An Bord der Estonia würden alle Lichter ausgehen, wenn die Schlagseite so stark wurde, dass die Maschinen stoppten. Die Lampen blinkten auf und es wurde dunkel, Panik breitete sich aus, bis der Notdiesel am Schornsteinfuß ansprang und das Licht zurückkam, schwächer und nur an strategischen Orten. Aber mit dem Licht kam doch ein Hoffnungsschimmer.

Zum letzten Mal, und definitiv, erloschen die Lichter, als das Schiff beinahe auf der Seite lag. Danach gab es nur die Schreie, das Geräusch von strömendem Wasser und Dunkelheit.

23 Thomasson wusste nicht recht, was er mit der kleinen CD anfangen sollte. Schließlich steckte er sie zwischen die anderen ins Regal.

Ein Mittelmäßiger unter Giganten. Das hatte Siri gesagt. Im Regal sah sie nicht einmal mittelmäßig aus. Sie ertrank zwischen dem Vinyl. Also nahm er sie wieder heraus und legte sie auf das Fensterbrett. Da lag sie in ihrer durchsichtigen Plastikhülle.

Buxtehude, Vermischtes.

Vom Wohnzimmerfenster aus wirkte die Stadt wie eine Spielzeugstadt. Klein und niedrig. Ein Stück weiter weg, rechterhand, stand ein graues dreistöckiges Haus. Geradeaus ein weiteres. Im übrigen gab es nur diese Siedlungshäuser. Haus Garten, Haus Garten, Haus Garten. Das war die Provinz, eingezogen in die Stadt. In weiter Ferne sah man den alten Kaufladen. Das ganze Haus stand jetzt leer. Die Farbe war abgeblättert, und es war nur eine Frage der Zeit, bis das Haus abgerissen und ein neues errichtet werden würde. Er schaute es an und versuchte zu spüren, ob es ihm noch etwas bedeutete. Aber da war nichts. Anderes war wichtiger geworden. Die Träume, die ersten Jahre in der Mansardenwohnung. Der Umzug. Der Kaufladen war eine Episode. Damals waren sie noch unterwegs.

Der Junge. Mika. Er hatte gesagt, Agnes hätte einen CD-Spieler. Thomasson konnte hören, dass sie zu Hause war.

Oder er hörte es gerade nicht, hatte es aber früher am Tag gehört. Sie hatte den Staubsauger über die Schwellen gezogen. Es war eine Weile her, aber er wusste, dass seitdem niemand die Treppe heruntergekommen war. Bevor sie gegangen waren, hatte Mona Sund gesagt, Agnes würde später am Tag nach ihm sehen. Er hatte Agnes selbst nichts davon sagen hören, und in jenem Moment hatte er auch nicht besonders viel daran gedacht. Da wollte er sich nur hinlegen und ausruhen.

Er spürte, dass es jetzt wieder an der Zeit war. Er sollte sich also zum Sofa schleppen. Es war nur ein paar Schritte entfernt, aber trotzdem zögerte er. Die Krücke lag fest unter dem rechten Arm. Der linke Arm ruhte in einer Schlaufe am Körper. Er war unruhig geworden. Während dieser wenigen Tage hatte er eine Unruhe verspürt, wie er sie vorher überhaupt noch nicht kannte. Was würde passieren, wenn er stürzte? Wie sollte er sich abstützen? Und wenn er sich nicht abstützen konnte, was würde er sich dann brechen? Und würde er Hilfe bekommen?

Gerade als er einen Ansatz machte, sich zum Sofa zu bewegen, klingelte es an der Tür. Er kam aus dem Konzept und blieb stehen. Er wusste nicht, ob sie zugeschlossen hatten, als sie gingen, oder ob die Tür jetzt offen war. Das Schloss hatte geklickt, aber vielleicht hatte Mona Sund nicht abgesperrt, damit Agnes hereinkommen könnte, ohne ihn aus dem Bett zu jagen.

Abermals klingelte es an der Tür. Das bedeutete, dass die Tür verschlossen war, sonst wäre sie ja einfach hereingekommen, nachdem sie sich durch ihr Klingeln angekündigt hatte. Es blieb ihm also keine Wahl. Er schleppte sich durch das Wohnzimmer hinaus in die Diele. Ganz ohne zu stürzen, ohne einem Sturz auch nur nahe zu kommen. Es ging gut, vielleicht begann er sich daran zu gewöhnen. Das war wohl der Lauf der Dinge. Mit diesem hier wie mit vielem anderen. Schritt für Schritt. Die Krücke, die er anfangs auch nur anzurühren sich geweigert hatte, betrachtete er jetzt als gutes Hilfsmittel. Mehr oder weniger unentbehrlich.

Er setzte sich auf den Stuhl, der immer noch neben dem Bücherregal stand. Offenbar hatte er jetzt seinen neuen Platz gefunden, nachdem er jahrelang in der Küche gestanden und nur kurze Ausflüge in die Diele gemacht hatte. Es schmerzte im Arm, aber das sollte wohl so sein. Der Körper protestierte. Er stellte die Krücke weg, streckte sich nach vorn und öffnete die Tür.

Es war nicht Agnes Frid, die da draußen stand. Es war der Junge. Mika. Er sah ernst aus. Er hatte die Jacke bis zum Hals zugeknöpft, und jetzt war deutlich zu sehen, dass sie ihm zu groß war. Vermutlich hatte er sie von einem älteren Bruder geerbt. Vielleicht von dem, der Kevin hieß. An dem Tag am Fluss hatte er das gesagt. Mama oder Kevin. Es war nicht der Papa, da der Papa Balder hieß, also nahm er an, dass es ein älterer Bruder war.

»Ach«, sagte Thomasson, »du bist es also, der vorbeikommt.«

Der Junge antwortete nicht, schaute nur schräg auf den Boden der Diele. Thomasson dachte, er hätte vielleicht beim letzten Mal etwas verloren. Also schaute er auch, sah aber nichts, was dem Jungen hätte gehören können. Da standen nur seine eigenen Schuhe, ein Regenschirm und eine Tüte mit alten Tageszeitungen.

»Ich dachte, es wäre Agnes«, sagte er.

»Nein«, sagte der Junge.

Dann wurde es still.

»Ich bin es«, sagte der Junge.

Der Junge sah sich im Treppenhaus um. Thomasson hörte, dass wieder ein Radio lief. Vielleicht ein Wunschkonzert. Davon schien es unendlich viele zu geben. Jedenfalls waren zwei Stimmen zu hören. Vermutlich waren es einsame Menschen, die anriefen. Solche, die aus dem einen oder anderen Grund tagsüber zu Hause waren. Wie Thomasson. Obwohl er nie bei einem Wunschkonzert angerufen hatte.

»Genau«, sagte er.

Er sah, dass der Junge den Blick vom Dielenboden erhoben hatte und jetzt den eingegipsten Arm anschaute. Thomasson bewegte ihn ein wenig.

»Gebrochen«, sagte er. »Am Handgelenk.«

Es war schwer zu sagen, ob der Junge bekümmert war oder ob er nur auf den Arm schaute, um etwas zum Anschauen zu haben. Vielleicht meinte er, es sei seine Schuld, dass Thomassons Handgelenk gebrochen war.

»Das ist nicht passiert, als ich am Fluss gestürzt bin«, sagte Thomasson.

»Ach so«, sagte der Junge.

»Es passierte draußen auf dem Balkon«, sagte Thomasson. »Ein Tisch stand im Weg, und da bin ich gestürzt und habe mich mit der Hand abgestützt.«

Er lachte auf. »Das war nicht so gut«, sagte er.

»Nein«, sagte der Junge. »Das war ja wirklich nicht so gut.«

Sie waren ungefähr gleich groß, während der Junge stand und Thomasson auf dem Stuhl saß. Die Krücke lehnte am Bücherregal.

»Willst du etwas Bestimmtes?« sagte er.

»Mama möchte wissen, ob Sie etwas brauchen. Etwas vom Laden oder so.«

Bevor Thomasson antworten konnte, ging die Tür im

oberen Stock auf. Sie wurde wieder geschlossen, und er hörte Schritte. Es war Agnes, die in ihrem üblichen Tempo kam, als fließe sie die Treppe herunter. Er hatte diesen Ausdruck schon oft gehört, aber nie gesehen, wie es wirklich geschah. In einem Moment war sie noch oben, im nächsten stand sie an seiner Tür.

»Micke«, sagte sie, »du bist hier?«

Sie wuschelte dem Jungen durch die Haare. Er schaute auf und lächelte. Als er das tat, sah er aus wie ein anderer Mensch. Das ganze Gesicht sprang auf, und Thomasson sah zum ersten Mal seine Zähne. Es war nichts Besonderes an ihnen, aber sie waren da. Zuvor waren da nur die dünnen Lippen gewesen und die Worte, die zögernd und steif herauskamen.

Dann schaute sie auf Thomasson. Ihre Hand lag immer noch in den Haaren des Jungen.

»Hej«, sagte sie. »Wie geht es mit dem Arm? Tut er immer noch weh?«

Sie klang reichsschwedischer als zuvor. Oder war es nur so, dass es ihm jetzt mehr auffiel? Früher am Tag hatte er anderes zu bedenken gehabt. Vielleicht bedeutete das, dass es dem Arm tatsächlich besserging. So viel besser, wie es einem gebrochenen Arm nun binnen weniger Stunden gehen konnte.

»Es ist nicht so schlimm«, sagte er. »Es tut ein bisschen weh, aber ich habe eine Tablette bekommen, so dass es wohl bald besser werden wird.«

Der Junge stand da und schaute Agnes an. Es war, als sei ein wenig von dem Lächeln in seinem Gesicht geblieben. Jetzt sah er einfach aus wie ein zufriedener Junge, irgendeiner.

Thomasson überlegte, ob es etwas gab, was er brauchte.

Das gab es bestimmt, aber er konnte nicht darauf kommen, was es war. Er hatte in den letzten Stunden nicht viel in die Schränke geschaut. Ans Kochen hatte er nicht einmal gedacht. Aber das Bedürfnis würde sich ja früher oder später einstellen, alt und verletzt zu sein war ja nichts, was einen von der Notwendigkeit zu essen befreite.

Haferflocken hatte er. Vielleicht etwas Milch. Ein Brot. Ein paar Becher Sauermilch. Das würde eine Weile reichen. Vielleicht Margarine.

Also sagte er dem Jungen, was er kaufen solle, und ließ ihn Geld aus dem Portemonnaie in der Manteltasche nehmen. Der Junge lief die Treppe hinunter. Die Haustür schlug wieder auf, und Thomasson dachte, er wäre wohl halbwegs im Laden, bevor sie sich wieder geschlossen hätte.

Das Mädchen stand noch da.

»Soll ich Ihnen Kaffee kochen, oder etwas anderes?« fragte sie.

Eigentlich trank er nur morgens und zur Lunchzeit Kaffee, aber jetzt sagte er, ja, gern, das wäre gut, und bedeutete ihr, dass sie hereinkommen und die Tür hinter sich schließen solle.

»Sperren Sie nicht zu«, sagte er. »Damit wir nicht hingehen und aufmachen müssen, wenn der Junge zurückkommt.«

Sie wirkte nicht so verlegen wie früher am Tag. Vielleicht war sie da auch nicht verlegen gewesen, vielleicht war es ihm nur so vorgekommen. Ein guter Menschenkenner war er wohl nie gewesen. Viele Jahre lang lief er in dem Glauben herum, Siris jüngere Schwester sei schüchtern, da sie so selten mit ihm sprach, kaum antwortete, wenn er etwas sagte. Ehrlich gesagt glaubte er, sie sei verliebt und versuche sich aus Rücksicht auf ihre Schwester von ihm fernzuhalten.

Später kam heraus, dass sie ihn von Anfang an nicht hatte leiden können.

Agnes half ihm aus dem Stuhl hoch und blieb stehen und sah zu, dass er sich sicher in Bewegung setzte, ohne zu stürzen. Dann ging sie in die Küche und fing mit dem Kaffeekochen an. Thomasson nahm im Wohnzimmer Platz und sammelte die Fotografien ein, die er dann in einem Stapel auf den Schrank neben dem Sofa legte. Er wischte etwas Staub und Krümel mit der Hand weg. Agnes steckte den Kopf aus der Küche.

»Soll ich ein paar Brote schmieren?« fragte sie.

Thomasson sagte, er sei nicht hungrig, aber sie könne sich gern etwas nehmen, wenn sie wolle.

»Ich glaube, es gibt ein paar Brötchen im Gefrierschrank«, sagte er. »Sie könnten sie vielleicht im Herd auftauen.«

Er hörte sie den Gefrierschrank öffnen und nach den Brötchen suchen. Es war ein komisches Gefühl, aus dem Nebenraum das Geräusch von Tüten zu hören, die aneinander raschelten. Niemand außer ihm selbst hatte im Gefrierschrank gekramt, seit Siri gestorben war. Die Brötchen waren selbstgebacken, aber nicht von ihm. Er hatte zwei große Tüten gekauft, als der Turnverein einen Verkauf auf dem Marktplatz veranstaltet hatte. Eins von den Mitgliedern hatte gebacken, die Brötchen waren gut, aber ziemlich klein. Es gab zwanzig in jeder Tüte. Er hatte ein paar davon gegessen und dann den Rest eingefroren, um etwas da zu haben, falls jemand zu Besuch kam.

Das Mädchen kam mit ein paar Brötchen auf einer Platte aus der Küche.

»Ich laufe zu mir hoch und stelle sie in die Mikrowelle«, sagte sie, »das geht viel schneller.«

Thomasson hatte das Gefühl, dass er nicht richtig Schritt

halten konnte. Siri hatte sich immer darüber beklagt, dass er so träge war, und jetzt ging alles schneller als je zuvor. Es geschahen Dinge, und er saß da. Er versuchte darüber nachzudenken, an welchem Tag er zum Morgenkaffee dieses Gedicht von Stig Dagerman gelesen hatte. Es musste am Jahrestag gewesen sein. Das heißt am 28. Jetzt war der 30. Also vor zwei Tagen. Vorgestern. Und alles hatte damit angefangen, dass er auf einem nassen Stein ausgerutscht war. Oder vielleicht hatte es eigentlich mit den Schreien des Jungen angefangen und damit, dass Thomasson sich entschlossen hatte stehenzubleiben, statt weiterzugehen. Es war schwer, eine Grenze zu ziehen. Jedenfalls war einiges geschehen, und jetzt saß er mit einem verstauchten Fuß und einem eingegipsten rechten Arm auf dem Sofa und wartete darauf, dass ein Mädchen, Agnes Frid aus Schweden, mit den Brötchen zurückkommen würde, die sie in ihrer Mikrowelle aufgetaut hatte. Dann würden sie gemeinsam auf den Jungen warten, der zum Laden gegangen war, um Milch und Brot und ein paar andere Grundnahrungsmittel einzukaufen.

Er schaute auf die Orgel, die an der Nordwand stand. Sie stand nicht nur da, sie bedeckte fast die ganze Wand. Meistens war es so, als sähe er sie gar nicht richtig. Er hatte sich daran gewöhnt, dass sie sich da befand. Jetzt, da die Augen anderer plötzlich in die Wohnung gekommen waren, sah er sie wieder. Sie war groß. Sie füllte das ganze Zimmer aus, und es war unmöglich zu verstehen, wie sie überhaupt hier hineingelangt war. Und vor allem, wie sie wieder hinausgelangen sollte.

Gerümpel, das sind Sachen, die sich am falschen Platz befinden. Die Orgel war kein Gerümpel, aber durch die fremden Augen sah Thomasson, dass sie sich, wenn nicht am falschen, so doch an einem unerwarteten Platz befand. Er fragte sich, was geschehen würde, wenn er abermals im Krankenhaus landete. Wenn er gezwungen wäre, dort zu bleiben. Es gab immer Menschen, die sich um die Haustiere anderer kümmerten.

Aber Orgeln?

Sie würden hier hereinkommen, irgendeine Umzugsfirma. Vielleicht Backlunds. Sie würden Küchentisch und Stühle, Bett und Sekretäre hinaustragen, und im Wohnzimmer würden sie dann stehen bleiben, die Arme schwer an den Seiten hängend, und nachdenklich die einsame Orgel an der Nordwand betrachten und sagen, jaa, wir müssen wohl versuchen, sie in Stücken herauszukriegen.

24

Der Junge und das Mädchen kamen gleichzeitig. Er hörte ihre Stimmen schon im Treppenhaus, bevor sie die Tür geöffnet hatten. Sie klangen fröhlich. Er hätte gern gewusst, worüber sie gesprochen hatten. Als sie in die Wohnung kamen, dämpften sie die Stimmen, als hätten sie ein Krankenzimmer betreten. Das hatten sie ja auch, aber er war nicht auf die Weise krank, dass man hätte übertrieben still sein müssen. Es ging nur um die Gelenke, nicht um jemand, der auf dem Sterbebett lag. Aber über all das wussten die jungen Leute wohl nicht Bescheid, für sie war er ein alter und möglicherweise sterbender Mann.

Um dem entgegenzuwirken und zu zeigen, dass er nicht nur am Leben, sondern auch höchst lebendig war, rief er in die Diele hinaus: »Hallo, ihr beiden, wie lange das gedauert hat, habt ihr unterwegs eine Vesperpause gemacht?«

Es war als Scherz gemeint, aber als er das Gesicht des Jungen sah, verstand Thomasson, dass der es ernst genommen hatte. Seine Augen waren groß und dunkel. Die hatte er von seiner Mutter.

»Ich bin so schnell gelaufen, wie ich konnte«, sagte der Junge.

»Er hat nur einen Spaß gemacht, Micke«, sagte Agnes.

Sie stellte die Platte mit den Brötchen auf den Wohnzimmertisch und ging in die Küche, um Tassen zu holen.

»Der Junge möchte vielleicht Saft haben«, sagte Thomasson. »Im Kühlschrank steht eine Flasche mit schwarzem Johannisbeersaft.«

Sie schaute den Jungen an: »Magst du ein Glas Saft?«

»Ja«, sagte er.

Sie ging in die Küche, und Thomasson hörte, wie sie den Saft aufgoss. Er hatte immer eine Flasche schwarzen Johannisbeersaft zu Hause, falls er sich erkälten sollte. Jetzt war es schon ziemlich lange her, seit er zuletzt erkältet gewesen war, so dass die Flasche wohl den ganzen letzten Winter im Kühlschrank gestanden hatte. Aber vermutlich war er ganz in Ordnung, es war gekaufter Saft, und da wurden so viele Konservierungsmittel hineingemischt, dass er endlos lange hielt. Beim selbstgemachten entstand gewöhnlich so etwas wie ein Deckel im Flaschenhals, manchmal ein bisschen schimmelig. Ein Pfropfen. Man musste den Pfropfen herausschütteln, um an den Saft zu kommen. Siri und er hatten in dem Haus am Fluss immer Flaschen mit selbstgemachtem schwarzen Johannisbeersaft im Keller gehabt.

In dem Haus, das jetzt das Heim des Jungen war. Thomasson schaute ihn an. Er hatte sich nicht gesetzt, sondern stand nur still mitten im Zimmer und wartete. Es war, als sei er in seiner eigenen Welt hängengeblieben. Er schien Thomasson vergessen zu haben, der auf dem Sofa saß. Hin und wieder bewegte er den Kopf ein wenig. Ruckartig, wie ein Vogel im Käfig. Er sah sich vielleicht nur um, auf seine etwas eigene Weise. Thomasson fragte sich, was mit dem Jungen los war. Falls etwas Besonderes mit ihm los war. Im Großen und Ganzen sah er aus wie ein gewöhnlicher Junge, ein wenig schmal, ein wenig strähnig, mit einer unbeholfenen Sprache. Es waren vor allem Kleinigkeiten in seinem Verhalten, die überraschten. Unfertig, war ein Wort, das ihm in den Sinn kam. Aber auch das stimmte nicht. Unfertig nannte man wohl jene, die auf die eine oder andere Art behindert waren. Entwicklungsgestört. Aber der Junge war nicht entwicklungsgestört. Jedenfalls konnte Thomasson nichts dergleichen bemerken. Vielleicht war er einfach nur eigen. Vielleicht war es das, was die anderen Jungen am Fluss nicht leiden oder verstehen konnten. Thomasson kam der Gedanke, wie er da saß und den Jungen anschaute, dass genau das, das Eigene, etwas war, was er nicht kannte. Nicht bis in den Körper hinein. Er hatte nie etwas auf andere Weise gemacht, er hatte es immer so gemacht, wie man es machen sollte. Bis auf ein einziges Mal.

»Sie ist genau wie die in der Kirche«, sagte der Junge.

Es war also die Orgel, die er angeschaut hatte. So sehr hatte Thomasson sich daran gewöhnt, sie da an der Wand stehen zu haben, dass er nicht einmal daran gedacht hatte, man könnte gar nichts anderes sehen, wenn man den Kopf in diese Richtung gedreht hatte. Der Junge hatte nicht nur den Kopf ein wenig bewegt, er hatte von oben bis unten, von der einen zur anderen Seite geguckt. Er hatte sie wirklich betrachtet und sie mit der Telin-Orgel in der Kirche verglichen.

Und er war zu dem Schluss gekommen, dass sie genau gleich waren.

Der Kommentar des Jungen zu seinem Orgelbau war der erste, den Thomasson je von einer Person bekommen hatte, die sie wirklich gesehen hatte. Er hatte hin und wieder von den Stadtbewohnern Fragen gestellt bekommen, und aus diesen Fragen hatte er geschlossen, dass man Spekulationen anstellte. Warum kamen diese länglichen Pakete aus Lübeck, warum bestellte er spezielles Holz in der Schreinerei, warum konnte er nicht von seiner Orgel erzählen, wenn es so offensichtlich war, dass er eine in seiner Wohnung hatte? Alle wussten alles darüber, aber keiner wusste, warum sie da war. Und kaum jemand hatte sie gesehen.

»Interessierst du dich für Orgeln?« fragte er.

»Nicht besonders«, sagte der Junge.

Agnes kam mit dem Kaffee und dem Saft. Der Duft breitete sich im Zimmer aus. Kaffee und warme Brötchen. Thomasson rutschte weiter in die Ecke des Sofas hinein, damit sie alle drei Platz haben sollten. Früher hatte er zwei Sessel auf der anderen Seite des Tisches stehen. Die hatte er entfernt, weil sie im Weg waren, wenn man vorbei wollte. Nun mussten sie in einer Reihe sitzen, die Gesichter zur Orgel gewandt.

Agnes setzte sich neben Thomasson, und der Junge nahm ganz außen am Rand Platz. Sie servierte den Kaffee und zog die Platte mit den Brötchen näher heran. Thomasson nahm eins. Es lag warm in der Hand. Er überlegte, wann er zuletzt warme Weizenbrötchen gegessen hatte. Die zwei, die er aus der Tüte vom Verkaufstisch des Turnvereins gegessen hatte, waren schon abgekühlt gewesen, und Thomasson hatte sich nicht die Mühe gemacht, sie aufzuwärmen. Die hier waren anders. Auch der Kaffee schmeckte anders. Das kam wohl daher, dass sie ihn auf ihre Weise abgemessen hatte. Er selbst ging nach dem Augenmaß, und er wusste, wie viel in den Filter gehörte, damit es für zwei genügend starke Tassen reichte. Der Kaffee, den Agnes gebraut hatte, war stärker. Außerdem hatte sie Siris geerbte Kanne herausgesucht, in der sie Milch brachte. Warme Milch. Die goss sie in ihren eigenen Kaffee und füllte dann Zucker nach. Thomasson lehnte dankend ab, als sie ihn fragte.

Drüben auf seiner Kante aß der Junge Brötchen und schlürfte schwarzen Johannisbeersaft. Thomasson schielte zu ihm hin und sah, dass er immer noch die Orgel anschaute.

Der Junge biss ein Stück von dem Brötchen ab, trank ein wenig Saft und saß dann da und kaute, während er die Orgel betrachtete. Sie hatte eine graublaue Farbe, schwarze Registerzüge und war mit einer großen Anzahl von vergoldeten Details versehen. Oben unter der Decke standen zwei Engel und bliesen in ein Horn, ein weiblicher und ein männlicher. Falls es nun weibliche und männliche Engel gibt. Dort, auf der Orgel, gab es sie jedenfalls. Sie waren nicht genauso wie die in der Kirche, aber das spielte auch keine Rolle. Thomasson hatte lange gesucht, ehe er sie gefunden hatte. Vergoldete Engel in der richtigen Größe sind nicht gerade etwas, worüber man auf dem Flohmarkt stolpert. Nicht einmal auf einem österbottnischen. Schließlich war es ihm gelungen, über einen Orgelbauer in Kotka diese beiden zu finden. Antero Männistö, wie der Orgelbauer hieß, hatte sie auf einer Urlaubsreise in Norddeutschland erstanden, um sie auf eine seiner Orgeln zu setzen, es sich aber anders überlegt, und so waren sie in einer Kiste liegen geblieben. Aus dieser kramte er dann die Engel hervor und schickte sie Thomasson. In diesem Zusammenhang hatte Männistö auch versucht, Thomasson dazu zu überreden, die fünfzehn sichtbaren Labialstimmen aus Metall durch Holzpfeifen zu ersetzen, da er der Ansicht war, dass eine richtig finnische Orgel soweit wie möglich aus einem Material hergestellt werden sollte, das in der näheren Umgebung vorhanden war. Männistö selbst hatte sämtliche Pfeifen aus Holz aus einem eigenen Wald angefertigt. Am selben Ort gewachsen und verarbeitet. Er erzählte, der eigentliche Ausgangspunkt für seine Orgelbauerei seien die Spaziergänge gewesen, die er als kleiner Junge in den Wäldern rings um seine Heimatgegend mit seinem Großvater unternommen hatte. Der Großvater hatte im Großen und Ganzen aus dem

Material, das in der Natur zu finden war, alles fabrizieren können, was ein Mensch braucht. Auch Musikinstrumente. Nur mit Hilfe eines Schnitzmessers, seiner Hände und seiner Erfahrung hatte der Großvater die Flöten aus Weidenholz angefertigt, auf denen der kleine Antero dann seine ersten Töne geblasen hatte.

Männistö hatte auch eine Anzahl von Bildern geschickt. Auf einigen davon stand er selbst neben seiner Orgel. Oder besser gesagt, neben seiner letzten Orgel; er hatte viele gebaut. Die ersten in kleinem Format und mit nur einem Manual und angehängtem Pedal. Dann waren sie immer größer geworden, um schließlich das Monumentalstadium zu erreichen.

Die größte von Männistös Orgeln schätzte Thomasson auf etwa vier Meter Höhe. Alle sichtbaren Pfeifen waren aus Holz und offen. Das Orgelgehäuse war schön verziert. Es war deutlich zu sehen, dass es nicht nur eine Fassade war, hinter der sich die eigentliche Orgel befand, sondern ein funktionales Instrument durch und durch. Die Orgel stand in einer Kapelle mit hoher Decke und Holzwänden. Das Licht kam von oben, als wäre die Decke zum Himmel hin offen.

Aber nun war es tatsächlich so, dass Thomassons Decke der Boden der Nachbarin war. Der Boden von Agnes, obwohl er das damals nicht wusste. Jedenfalls wollte Thomasson gedeckte Stimmen haben, da er in einer Wohnung mit zweieinhalb Meter Deckenhöhe lebte. Ein gedeckter Subbass 16' im Pedal war zwei und einen halben Meter lang. Und entsprach einem offenen von fünf Meter Länge.

Es war die Wirklichkeit, welche den Rahmen setzte. Zumindest bis zu einer gewissen Grenze. Wenn man nicht wie Krempelmacher Granholm beschloss, ein Loch in die Decke zu schlagen und die Pfeifen ins Freie aufragen zu lassen.

Thomasson wollte auch einen Beigeschmack von Metall im Bass haben. Nebelhorn. Männistö dachte vielleicht eher an einen Wind durch einen finnischen Wald. Also schrieb Thomasson zurück und sagte, er würde seine Pfeifen aus Metall behalten, freue sich aber über die Engel, die genau das waren, was ihm vorgeschwebt hatte.

Nun ragten die fünfzehn Metallpfeifen und die vergoldeten Engel direkt vor Thomasson, Agnes und dem Jungen an der Nordwand unter der Decke auf. Sie atmeten Barock. Thomasson konnte die Musik in sich hören, aber er konnte sie nicht spielen. Er versuchte, die Töne zurückzurufen, die er damals im Radio gehört hatte, als der Möbelschreiner aus dem nördlichen Österbotten sich Buxtehude gewünscht hatte. Es fühlte sich an, als würde er sie fast zu fassen bekommen. Sie waren da. Auch dieser langgezogene Schlusston.

An dem Tag, an dem Siri vor ihrer Orgel sitzen würde, würde sie sich sofort zurechtfinden. Für sie waren die Töne wie die Sprache eines gewöhnlichen Menschen. Sie konnte variieren und den richtigen Ton treffen, ohne auch nur nachdenken zu müssen. Sie waren ein Teil von ihr. Sie war ein Teil von ihnen.

»Die Orgel in der Kirche«, sagte der Junge drüben auf seiner Sofakante, »die hat mehr Gold oben und auf den Flügeln an der Seite. Und dann sind die Ecken runder. Und die da sind gleichmäßiger.«

Er zeigte auf die Reihe von Tasten. Dann biss er ein Stück vom Brötchen ab und schlürfte mehr vom Saft. Unfertig? Wohl kaum. Es stimmte, was er sagte. Eine Orgel zu bauen war schwieriger gewesen, als Thomasson sich das anfangs gedacht hatte. Das Schwierige war nicht die Größe oder das Problem der Technik, das sich immer mit Geduld und guten Ratschlägen von außen lösen ließ. Das Schwierige waren die Details. Wie das exakte Verhältnis zwischen den einzelnen Tasten. Exakte Linien, kleine Lücken. Es sind die Details, die den Fachmann vom Laien unterscheiden. Und es waren die Details, welche die Telin-Orgel von seiner eigenen unterschieden.

Aber er hatte getan, was er konnte. Er war zufrieden.

»Hast du die Telin-Orgel oft angeschaut?« fragte er.

»Nicht besonders«, sagte der Junge.

Das gebrochene Handgelenk ruhte am Körper, lag geschützt in seinem Gips und war kaum zu spüren. Thomasson hob die Kaffeetasse und das Brötchen abwechselnd mit der rechten Hand. Die vergoldeten Engel unter der Decke bliesen ihre lautlosen Töne, so dass die Backen fast am Zerspringen waren.

»Haben Sie sie selber gebaut?« sagte Agnes.

»Ja«, sagte Thomasson.

»Die ganze Orgel?« sagte Agnes.

»Im Großen und Ganzen, ja«

Sie verstummte und blickte die Orgel an. Auch Thomasson sagte nichts. Und der Junge war ebenfalls still. Das war ein Zug an ihm, den Thomasson schätzte. Er hatte das Gefühl, wenn der Junge etwas sagen wollte, würde er es auch sagen. Dass er still war, kam daher, dass er in diesem Moment still sein wollte. Das war eine ungewöhnliche Eigenschaft, auch bei Erwachsenen. Und sie schien immer ungewöhnlicher zu werden.

Er wusste nicht, warum Agnes still war. Vielleicht saß sie pflichtschuldig da, weil ihre Tante ihr gesagt hatte, sie solle am Nachmittag für eine Weile hinuntergehen und nach dem Alten sehen. Vor einigen Jahren, vielleicht einem Jahrzehnt, waren Majas früherer Mann und seine Kinder, Thomassons Enkel, zu Besuch gekommen. Nur ganz kurz, eigentlich waren sie auf dem Weg nach Süden entlang der Küste nach Turku und hatten bei ihm haltgemacht, um hallo zu sagen. Seitdem war viel Zeit zwischen den Besuchen vergangen.

»Warum haben Sie sie gebaut?« fragte Agnes.

Thomasson wusste nicht, was er sagen sollte. Noch nie war ihm diese Frage gestellt worden. Die Leute sagten manchmal: Wie geht es mit dem Bau? Darauf war leicht zu antworten, man musste nur sagen, ganz gut und dann das Thema wechseln.

Aber warum?

Er konnte ja nicht sagen, dass er es tat, damit Siri etwas hätte, um darauf zu spielen, an dem Tag, an dem sie wieder heimkehrte. Er wusste, dass sie nicht heimkehren würde. Trotzdem hatte er die Orgel aus diesem Grund gebaut.

Es ließ sich nicht erklären. Er konnte es sich nicht einmal selbst erklären.

Also sagte er, er hätte sie als eine Art Hobby gebaut, um etwas zu tun zu haben, seit er allein zurückgeblieben war. Seine Frau war tot, erklärte er. Sie war bei einem Unglück ums Leben gekommen, kurz nachdem sie in Pension gegangen war. Sie hatte als Musiklehrerin und Kantorin gearbeitet, also tat er es wohl deshalb. Vielleicht deshalb, sagte er.

Er hatte sie einfach gebaut. Er hatte damit angefangen, als es plötzlich still in der Wohnung wurde und er einsah, dass er einsam war. Es hätte vielleicht genauso gut ein Flaggschiff werden können.

»Dann hätte es da auf dem Fensterbrett stehen können«, sagte er. »Das wäre ein bisschen praktischer gewesen.«

Unterdessen hatte der Junge seinen Saft ausgetrunken und so viele Brötchen gegessen, wie er gewollt oder geschafft hatte. Die Platte war fast leer. Der Junge stand auf und ging zum Fenster.

»Kann man vom Wasserturm bis hierher sehen, wenn man mit dem Fernglas schaut?« fragte er.

»Ja«, sagte Thomasson, »das kann man wohl, wenn nichts im Weg ist, müsste das möglich sein. Es hängt vielleicht davon ab, wie gut das Fernglas ist.«

»Die haben eins da oben«, sagte der Junge. »Man darf es benutzen, wenn man will. Wenn man bezahlt hat. Ich habe auf Kevin hinuntergeschaut, als er unten am Bahnhof Schrott abgeladen hat.«

»Kevin«, sagte Thomasson, »ist das dein Bruder?«

»Mhm«, sagte der Junge. »Und der Verlobte von Agnes.«

Er ging zum Orgelhocker, setzte sich hin und fing an, mit dem Fuß zu wippen, so dass die Ferse gegen ein Bein des Hockers schlug. Man hörte einen dumpf klopfenden Laut. Es schien nicht weh zu tun.

»Sie können sich diese CD auf Agnes' CD-Spieler anhören«, sagte er. »Ich kann ihn holen, wenn Sie wollen.«

Thomasson lachte auf. Es war ein ungewohntes Gefühl. Er musste an einen der Hunde denken, die sie in seiner Jugend gehabt hatten. Der Hund war von unbestimmbarer Rasse und so ängstlich, dass er nicht zur Jagd verwendet werden konnte. Aber das Seltsamste an ihm war, dass er fast nie bellte. Das war sonst etwas, was die Hunde des Dorfs immer taten, sie bellten, wenn Leute kamen, und sie bellten, wenn sie allein waren. Es war das Kennzeichen eines Hundes, dass er bellte. Aber dieser gab sehr selten einen Laut von sich, und wenn er ausnahmsweise ein Gebell ausstieß, war er selbst so erstaunt, dass er sich erschrocken umschaute, um festzustellen, woher der Laut gekommen war.

Thomasson schaute Agnes an, die immer noch neben ihm

auf dem Sofa saß. Sie schien es ganz in Ordnung zu finden, dass der Junge ohne zu fragen angeboten hatte, ihren CD-Spieler zu verleihen.

»Klar«, sagte sie, »Micke kann den CD-Spieler holen, damit Sie es anhören können.«

Sie schaute den Jungen an.

»Er steht im Schlafzimmer neben dem Bett«, sagte sie. »Nimm die CD heraus, die drinliegt.«

Der Junge schnellte vom Hocker hoch und begab sich zur Tür. Thomasson folgte ihm mit dem Blick. Der Junge erinnerte ihn an jemand. Oder an etwas.

»Bring die Kopfhörer mit«, sagte Agnes, »sie liegen da irgendwo, vielleicht auf dem Bett. Oder darunter.«

Thomasson bewegte vorsichtig den Arm. Ein leichtes Pochen nur, kein nennenswerter Schmerz.

»Tut es weh?«

Sie sah bekümmert aus. Ein kleines Gesicht, umrahmt von schwarzen Haaren. Vermutlich gefärbt. Zweiundzwanzig Jahre. Sie konnte nicht weiter denken, als dass der Schmerz das Problem wäre. Das war natürlich, ganz in Ordnung, so dachte man in diesem Alter, wo ein gebrochenes Handgelenk ein gebrochenes Handgelenk war, etwas, das wieder heilte.

»Nein«, sagte er, »überhaupt nicht, nicht, wenn ich ihn stillhalte.«

Sie stand von dem Sofa auf und räumte die Tassen und die Platte mit den Brötchen ab.

»Mögen Sie nicht noch dieses letzte?«

Sie hielt ihm die Platte hin. Ein einsames kleines Brötchen lag am Rand.

»Lassen Sie es stehen«, sagte er, »der Junge isst es bestimmt, wenn er zurückkommt.«

Sie ging in die Küche, und er saß wieder da und lauschte dem Geklapper. Geschirr, das ins Spülbecken gelegt wurde, und ein Wasserhahn, der rauschte. Er lehnte sich zurück und schloss die Augen.

Als der Junge wieder herunterkam, hatte Agnes die CD schon geholt und sie auf den Couchtisch gelegt. Thomasson versuchte sie aus der Plastikhülle zu ziehen, doch mit nur einer Hand war das schwierig. Sie entglitt seinem Griff und rutschte immer weiter weg über den Tisch. Agnes stoppte sie und nahm die CD aus der Plastikhülle. Sie reichte sie dem Jungen.

»Steck sie da rein«, sagte sie.

Dann half sie Thomasson mit den Kopfhörern. Die Geräusche von außen wurden gedämpft, aber er konnte hören, wie der Junge einen Deckel in dem Gerät aufklappte und die CD hineinschob.

»Ist es ein spezielles Stück?« sagte Agnes. »Oder wollen Sie vielleicht alles hören?«

Thomasson sagte, er wisse nicht genau, was sich auf der CD befinde, es sei aber ein spezielles Stück, das er hören wolle, und es heiße: *Mensch, willst du leben seliglich*.

Agnes drehte die durchsichtige Plastikhülle in der Hand. Ein Verzeichnis über den Inhalt der CD gab es nicht. Sie fragte, ob Thomasson es erkennen könnte, wenn er es hörte, denn dann, sagte sie, könnte Micke ein Stück nach dem anderen anklicken, und er könnte Bescheid sagen, wenn es kam. Er nickte dem Jungen zu, der den CD-Spieler einschaltete. Da war kein Rauschen oder Knistern, nur völlige Stille, bis die Musik anfing. Sie kam wie von nirgendwo, wie das Gebell des ängstlichen Hundes. Das erste Stück war aus *Membra Jesu nostri, Ad latus*. An seine Seite. Thomasson kannte die Worte auswendig, und er musste sich zurückhalten, um sie nicht laut auszusprechen.

Aber es war nicht *Ad latus*, was er gerade hören wollte, also schüttelte er den Kopf, und der Junge klickte weiter. Thomasson lauschte und stellte fest, dass es nicht das Gesuchte war, und schüttelte abermals den Kopf. Dies wiederholte sich einige Male, bis er plötzlich die einzelnen Töne hörte. Er erkannte sie sofort. Drei einleitende Töne, und er wusste auf einmal, dass er an der richtigen Stelle war. Er nahm die Kopfhörer ab. Er wollte es nicht hören, solange die jungen Leute noch im Raum waren. Also fragte er, ob er den CD-Spieler eine Weile behalten könne, und sagte, er wolle sich gern hinlegen und ausruhen und gleichzeitig der Musik lauschen.

»Selbstverständlich«, sagte Agnes, »Micke und ich können zu mir hinaufgehen. Nicht wahr, Micke?«

Sie wartete die Antwort des Jungen nicht ab, sondern zeigte, wie Thomasson den CD-Spieler an- und ausstellen sollte.

»Hier drücken Sie vorwärts, hier zurück, und hier stellen Sie laut oder leise.«

25 Nachdem sie gegangen waren, legte er sich auf das Sofa und zog die Kopfhörer über die Ohren. Er musste wieder ein paar Mal vorwärts und rückwärts klicken, um zu der richtigen Stelle zu kommen. Aber dann war die Musik da, das Stück, das er schon im Radio gehört hatte. Er hätte gern gewusst, ob Siri genau dies je gehört hatte. Und wenn sie es getan hatte, ob sie dann immer noch der Meinung war, dass Dietrich Buxtehude ein Mittelmäßiger unter den Giganten war.

Es war nicht unmöglich. Siris Ansichten waren nichts, was sich so schnell änderte. Gelinde gesagt. Anfangs hatte Thomasson ihre Hartnäckigkeit, ihre Rechthaberei gemocht. Sie brachte Dinge in Gang, und er war stolz darauf, dass eine solche Frau gerade ihn gewählt hatte. Er selbst war nachdenklicher. Stabil, sagte sie am Anfang, sicher. Es war derselbe Zug, den sie später Trägheit zu nennen begann.

Er meint nicht, dass einer von ihnen sich eigentlich verändert hatte, es waren nur die Jahre, die vergingen.

Als die Musik verstummt war, klickte er zurück und lauschte noch einmal. Er konnte leise das Pedal im Hintergrund hören, das dumpfe Geräusch eines Registerzugs, der herausgezogen wurde, Ledersohlen auf dem Holz. Er machte die Augen zu. Es war, als sähe er Siri vor sich. Sie bewegte die Beine, trainierte die Schenkelmuskeln, wie sie zu sagen pflegte. Glitt mit dem Fuß von einer Pedaltaste zur anderen.

Unter der Musik lag die ganze Zeit das leise Geklapper von all dem Beweglichen an der Orgel. Es verlieh der Musik Leben, auf die gleiche Weise, wie das Husten der Gemeinde und das Scharren der Füße auf dem Steinboden an den Sonntagen zur Predigt des Pfarrers gehörte. Das Wort und der Alltag vertrugen sich gut.

Hinter Siri sah er das Altarbild und den gekreuzigten Christus, und an den Seiten die bemalten Fenster; das eine, auf dem Hiob mit ausgebreiteten Armen stand, und das andere, auf dem Menschen in einem aufgewühlten Meer herumgeschleudert wurden. Siri spielte. Ihre linke Hand machte ihre letzte Wanderung über die Tasten. Dann kam sie zum Ende und zu dem langgezogenen Ton. Da erstarrte das Bild, und sie saß einfach nur da und wartete. Und jetzt hörte er, dass es nicht nur ein einzelner Ton war, sondern dass es drei waren, und dass sie zusammengehörten.

Sie wollte, dass er damals, im Herbst vierundneunzig, mit nach Lettland kommen sollte. Sie fragte ihn. Er sagte nein. Und so geschah es. Er blieb zu Hause, sie reiste und kam nicht zurück.

Sie ist da draußen irgendwo. Er kann nicht umhin, so zu denken.

Was ihn quält, ist, dass man nie hat klären können, was in den Stunden zwischen Mitternacht und dem frühen Morgen geschah. Daher musste er es wieder und wieder selber durchgehen, alles Denkbare. Er denkt, es ist vielleicht so, wenn er alle Möglichkeiten ausgelotet, alle Gedanken gedacht hat, dann hat er getan, was er konnte. Er wird zwar noch immer nicht mit Sicherheit wissen, was geschehen ist, aber er hat es jedenfalls gedacht. Er ist da gewesen, er hat sie die Treppe hinunterfallen und von dem Schrank eingequetscht werden sehen, er hat gesehen, wie sie an der Schiffsseite herabgeglitten ist, wie sie an einem Davit hängenblieb und in die Tiefe gezogen worden ist, und er hat sie gegen die Kabinentür gedrückt gesehen, während das Wasser gestiegen war und die Lichter erloschen.

Ihre Kabine befand sich an der Steuerbordseite, der Seite, die sich ins Wasser legte. Er versucht sich vorzustellen, was das bedeutet, aber er kommt nicht weiter. Erstaunlich viele vom ersten Deck, tief unten im Schiff, überlebten. Man kann sich fragen, warum. Eine mögliche Antwort ist, dass viele junge Menschen ihre Kabinen da unten gebucht hatten. Junge und starke Menschen. Eine andere Antwort ist, dass der Ernst der Lage da unten am frühesten und deutlichsten zu merken war.

Die Geräusche vor dem Krängen. Schabende Geräusche. Wie wenn man durch Eis fährt. Wasser, das in die Kabine eindringt? Es gab einen, der von Wasser in der Kabine berichtet hatte. Ein anderer hatte sich durch einen Wasservorhang werfen müssen, der den Weg zur Treppe und zur Rettung versperrte. Wer den Sprung nicht wagte, blieb zurück.

Weiter oben im Schiff war es immer noch ziemlich ruhig. Der Seegang war hart, ja, aber im Pub sang man Karaoke und hielt sich am Tresen fest, um nicht vom Hocker zu fallen.

In der Saunaabteilung, ganz unten im Schiff, war es leer. Oder es war voller Wasser. Das weiß niemand, da niemand es herausgefunden hat. Ein Taucher musste umkehren, weil es da so viel Sand gab, dass er nicht hineingelangen konnte. Der Sand muss irgendwoher gekommen sein.

Er klickte die CD wieder auf den Anfang. *In der Stunde des Todes möge meine Seele eintreten, o Jesus, in deine Seite.* Er musste an Thomas den Zweifler denken, der seinen Finger in Jesu Wunde legen wollte, um wirklich glauben zu können. Ihm reichte nicht das Zeugnis der anderen. Thomasson fühlte sich ihm verbunden. Jetzt konnte er nicht mehr, wie früher, es einfach glauben und gelten lassen. Er musste das Loch in der Seite sehen. Ob es da war, oder ob es nicht da war.

Zugleich ahnte er, dass es schon zu spät war. Mit jedem Tag, der verging, wurde neuen Erklärungen der Boden bereitet. Bald würde nicht mehr zu unterscheiden sein, was vor der Katastrophe geschehen war und was danach. Auch die Ursachen könnte man nicht mehr feststellen. Und keine Lehren daraus ziehen.

Der Tag nach der Katastrophe, im Fernsehen. Thomasson sah einen jungen Mann in Krankenhauskleidern. Er berichtete, wie er aus dem Schiff gelangt war, hinaus auf Deck, wo die Schwimmwesten waren.

Das Gesetz des Dschungels, sagte er. Da draußen herrschte das Gesetz des Dschungels.

Später an diesem Tag bat Thomasson Agnes, in den Elektroladen zu gehen und einen CD-Spieler zu kaufen. Ungefähr den gleichen, den sie hatte. Der Junge war auch dabei. Mika. Er sagte, man könne woanders einen billigeren CD-Spieler bekommen, aber Thomasson wollte nicht warten, er wollte ihn sofort haben. Er war ungeduldig wie ein Kind.

Die Brust

26

Eine Woche später bekam Thomasson ein Papier von Agnes. Es war jetzt schon etwas später im Oktober, und der Winter begann sich bemerkbar zu machen. Nicht so, dass er schon gekommen wäre, aber Thomasson fühlte im Körper, dass er unterwegs war. Die Herbstluft war so sehr abgekühlt, dass er frühmorgens und spätnachmittags den Geschmack von Schnee am Gaumen spüren konnte. Das Papier, das Agnes aus ihrer Tasche zog und ihm reichte, war ein gewöhnliches weißes Blatt. Ganz oben stand ein einziger Satz. *Was war der schmerzhafteste Augenblick in deinem Leben?*

Thomasson drehte und wendete das Papier. Unter der Frage war es leer.

Agnes erklärte, sie ginge jetzt das letzte Jahr auf die Kunstschule, und bis zum Frühjahr würde sie mit ihrer Ausbildung fertig sein. Das Papier, oder eigentlich die Antworten, die sie zu bekommen hoffte, bildete einen Teil dessen, was sie an der Schule die Abschlussarbeit nannten. Das Ganze sollte nach und nach zu einer Ausstellung führen.

»Berg ist bestimmt dabei?«

»Ja, ich habe sein Papier bekommen. Es war prima.«

»Was hat er denn geschrieben?«

»Das wirst du erfahren, wenn alles fertig ist. Falls du seine Erzählung wiedererkennen kannst. Oder du musst ihn eben selbst fragen.«

Der schmerzhafteste Augenblick seines Lebens. Thomasson fragte sich, was Berg wohl darauf geantwortet hatte. Vielleicht etwas über seine Beine. Ihm kam in den Sinn, dass er eigentlich überhaupt nichts über Berg wusste, nicht mehr, als dass er ihn im Theater und vor dem Elektroladen sitzen gesehen hatte, und davor auf einer Bank vor der Bushaltestelle. Und dann war er im Lauf der Jahre auch mal im Taxi vorbeigefahren. Thomasson wusste nicht einmal, ob Berg eine Familie hatte, oder ob er eine Familie gehabt hatte. Vielleicht hatte er darüber etwas erzählt? Vielleicht hatte es einmal eine Familie gegeben?

»Wann wird denn das alles fertig?«

»Im Frühjahr«, sagte Agnes, »vielleicht im März.«

Thomasson nickte. Er saß auf dem Sofa. Das Papier lag vor ihm auf dem Tisch. Es fühlte sich ein bisschen aufdringlich an, als fordere es eine Antwort von ihm, nur weil die Frage gestellt worden war.

Agnes hatte Tee für sich selbst und Kaffee für ihn gekocht. Eigentlich würde er es ja schaffen, seinen eigenen Kaffee zu kochen, aber jetzt war es, wie es war. Es war gemütlich, jemanden in der Küche hantieren zu hören.

Agnes zog ihre Tasse zu sich hin und trank. Sie hielt sie sich in einem Zweihändegriff vors Gesicht. Sie hatte eine von Siris großen Tassen herausgekramt. Thomasson hatte sie nicht benutzt, seit Siri gestorben war. Jetzt war es gut, dass sie da war, dass er sie nicht ebenfalls als kleine Anzahlung für seinen Grabstein dem Flohmarkt geschenkt hatte. Er trank von seinem Kaffee. Das einzige, was zu hören war, war das Absetzen der Tassen auf dem Tisch und das Geräusch, wenn sie schluckten. Agnes stellte ihre Tasse hin und begann an einem Gummiband zu drehen, das sie um ihren Zopf trug. Vielleicht hatte sie gerade an ihre Ausstellung gedacht. Oder daran, wie sie es fertigbringen sollte, Thomasson zu erklären, womit sie sich beschäftigte. Es war vielleicht nicht ganz leicht, einem alten Lagervorsteher die Gegenwartskunst zu erklären.

»Die Zettel«, sagte Thomasson, »diese Erzählungen …«

»Ja … also«, sagte Agnes.

Sie nahm das Papier vom Tisch und hielt es vor der Wand hinter dem Sofa hoch. Als sie sich streckte, sah Thomasson, dass sie eine Tätowierung über dem Steißbein hatte. Früher waren es nur Seeleute und Knastbrüder, die Tätowierungen hatten. Name, Schiff, Seejungfrauen und rote Rosen. Agnes' Tätowierung schien keine Farbe zu haben, jedenfalls der Teil, den er davon sah. »Ich hatte mir vorgestellt, dass das eine Menge Erzählungen von verschiedenen Menschen ergeben würde«, sagte sie, »kurze, eigentlich nur Augenblicksbilder, aber Dinge, die für sie wichtig waren. Die ihr Leben beeinflusst haben. Und dann schreibe ich alles auf kleine, ganz gleiche Zettel, die ich dann an eine Wand des Ausstellungsraums hefte. Vermutlich zusammen mit, ja, vielleicht nicht Datum und Jahr, aber Jahreszeit und vielleicht Uhrzeit. Ich stelle mir vor, dass es dann konkreter wird, nicht nur unzusammenhängende Geschichten. Ich bin unsicher, ob es Bilder geben soll. Also Illustrationen, oder … wie soll ich sagen … Kommentare, nicht Porträts. Jedenfalls wird es keine Namen geben, niemand wird die Erinnerung oder Erzählung mit einer bestimmten Person in Verbindung bringen können.«

Sie war jung, und naiv. Das musste man sein dürfen. Früher oder später kommt ein Tag, an dem man weder das eine noch das andere wird sein können. Thomasson wollte ihr nicht erzählen, mit welch unermüdlicher Energie die Stadtbewohner genau diese Verbindungen herstellen würden. Tatsächlich würde es das einzige sein, wofür sie sich interessierten. Jede Erzählung, die sie an ihre weiße Wand heftete, würde identifiziert und seziert werden, und die Erzählungen, die nicht mit Sicherheit zugeordnet werden konnten, würden trotzdem an dem einen oder anderen hängenbleiben.

Agnes legte das Papier wieder auf den Tisch und setzte sich auf dem Sofa zurecht.

»Eigentlich«, sagte sie, »fing es mit meiner Mutter an.«

»Das ist meistens so«, sagte Thomasson.

»Oder nicht mit meiner Mutter, sondern mit meiner Großmutter. Vor langer Zeit, in den siebziger Jahren, als meine Mutter ungefähr zehn war, wurde meine Großmutter von ihrem Mann erschlagen. Es war das Übliche, Eifersucht, Alkohol, Misshandlungen, die aber schlimmer und schlimmer wurden, und schließlich hat er sie erschlagen.«

»Und das war der schmerzhafteste Augenblick im Leben deiner Mutter?« sagte Thomasson.

»Das weiß ich nicht«, sagte Agnes. »Ich nehme es an. Sie hat nie darüber reden wollen. Es war immer da, aber sie hat nichts gesagt. Ich habe davon gewusst, solange ich mich erinnern kann, obwohl bis vor ein paar Jahren eigentlich niemand etwas dazu gesagt hat.«

Sie verstummte. Thomasson wollte fragen, wusste aber nicht, was.

»Vor ein paar Jahren«, sagte Agnes, »stieß ich auf diesen Mann, den, der Großmutter getötet hat. Es war reiner Zufall, wir befanden uns zufällig am selben Ort, aber an dem Tag wurde er selbst getötet. Von einem Kunstwerk. Oder vielleicht war es ein Unfall, vermutlich war es das, aber ich war ja dabei, als es geschah, und dann fing ich an zu denken, dass …«

Es klingelte an der Tür. Zweimal kurz.

»Das ist Micke«, sagte Agnes, »soll ich aufmachen?«

Sie war schon unterwegs. Thomasson nickte ihrem Rükken zu. Er hatte keine Anstalten gemacht, sich zu erheben. Er war nicht einmal zusammengezuckt.

Es war hell in der Wohnung. Herbstlicht. So, wie es an einem wolkenlosen Tag im Oktober sein kann. Es war früher Nachmittag, und die Sonne würde nur noch ein paar Stunden scheinen. Mika oder Micke, wie Agnes ihn nannte, war vermutlich direkt von der Schule gekommen, ohne zuerst mit dem Schulranzen heimzugehen. Oder er war gar nicht in der Schule gewesen. Wie Thomasson wusste, kam es vor, dass er stattdessen mit seinem großen Bruder herumfuhr, um Schrott zu sammeln. Das hatte er selbst erzählt, und er hatte auch erzählt, dass Kevin, der Bruder, es eigentlich nicht mochte, weil er wollte, dass Mika seiner Schulpflicht nachkam. Aber Kevin brachte es nicht über sich, jedes Mal nein zu sagen. Wenn Mika also nur oft genug fragte, durfte er hin und wieder im Lastwagen mitfahren.

Jetzt hatte er jedenfalls den Schulranzen dabei. Thomasson hörte, wie er ihn auf den Dielenboden fallen ließ. Das Geräusch erinnerte ihn an die Zeit, als Maja ein Kind war. Schulbücher in einem Ranzen, den man auf einen Dielenboden fallen ließ. Daran hatte sich in vier Jahrzehnten nichts geändert. Das Geräusch war heute das gleiche wie damals.

Agnes kam wieder ins Wohnzimmer und hockte sich aufs Sofa. Mika setzte sich auf den Orgelhocker.

»Hallo«, sagte Thomasson.

»Hallo«, sagte Mika.

Erst schaute er auf den Boden, dann zum Fenster hinaus. Er hatte ein rotes Mal unter dem einen Auge, wie ein liegender Halbmond. Die Arme hingen herab, und Thomasson sah, dass er an irgendetwas unter dem Hocker herumfingerte. Vermutlich an dem Saum, mit dem das Leder am Holz befestigt war. Thomasson hatte den Hocker selbst gebaut und bezogen und wusste, welche Mühe es war, das gut und ohne sichtbare Falten hinzukriegen.

»Wie ist es zu Hause?« fragte er.

»Gut«, sagte Mika.

»Arbeitet deine Mutter noch, oder haben sie die Fabrik schon zugemacht?«

Thomasson wusste, dass sie noch nicht geschlossen worden war, es würde noch bis nach Neujahr weitergehen.

»Ne«, sagte Mika. »Sie machen erst nächstes Jahr zu.«

Er hatte aufgehört, an dem Saum herumzufingern. Jetzt saß er stattdessen da und flocht die Finger ineinander.

»Aha«, sagte Thomasson, »was wird deine Mutter dann machen?«

»Weiß nicht«, sagte Mika.

Agnes begann zu fragen, ob er in der Schule gewesen sei. Mika gab ausweichende Antworten. Thomasson saß da und hörte mit halbem Ohr zu. Man brauchte nicht einmal ein halbes Ohr, um zu hören, dass der Junge nicht in der Schule gewesen war. Aber wo er gewesen war, kam nicht heraus.

»Warst du wieder mit Kevin?« fragte Agnes.

Sie hatte auf einmal ein wenig Schärfe in der Stimme. Vielleicht hatte sie mit ihrem Freund vereinbart, dass er Mika an den Werktagen nicht im Lastwagen mitnehmen sollte, und hatte jetzt den Verdacht, er hätte es doch getan. Mika wand sich, es war klar, dass er Agnes nicht anlügen, ihr aber auch nicht sagen wollte, wie es sich verhielt. Was vermutlich bedeutete, dass er mit dem Lastwagen unterwegs gewesen war.

Thomasson saß da und überlegte, was Riitta Hellberg wohl auf ihren Zettel geschrieben hätte, wenn sie einen bekommen hätte. Im übrigen hatte sie das ja vielleicht, er wusste es nicht, hatte nicht gefragt. Ist man ein alleinerziehender Elternteil und junge Witwe, gibt es Schmerzpunkte. Eigentlich reicht es, Mensch zu sein, ganz egal, wie das Leben aussieht. Das Schwierige ist wohl, zu entscheiden, was man preisgeben will, und wie ehrlich man sein soll. Nicht zuletzt sich selbst gegenüber.

Er wusste nicht, was er schreiben sollte. Was war der schmerzhafteste Augenblick in seinem Leben? Vielleicht wusste er es, oder er wusste es nicht. Allein schon in diese Richtung zu denken war schwer. Es deutete vielleicht darauf hin, dass Agnes, so jung wie sie war, eine wichtige Frage gefunden hatte.

Mika hatte ein paar Tage zuvor von seinem Vater erzählt. Thomasson hatte ein wenig gefragt, und zuerst hatte der Junge nur auf seine übliche Art geantwortet: ja, ne, doch, vielleicht ein bisschen. Dann, als Thomasson begriffen hatte, dass der Vater tatsächlich nicht mehr am Leben war, und der Junge wusste, dass Thomasson es verstanden hatte, da begann er mit mehr Worten zu erzählen. Mika war eigentlich nicht schüchtern und hatte auch keine Schwierigkeiten zu reden. Es fiel ihm nur schwer, in Gang zu kommen. Aber ein vollständiges Bild lieferte er nicht. Später, als Thomasson versucht hatte, Mikas Erzählung mit der zu verbinden, die er von Agnes bekommen hatte, und auch von Berg, der ein paar Informationen beigetragen hatte, war er zu dem Schluss gekommen, dass das, was geschehen war, ungefähr folgendes gewesen war.

Der Vater, Balder Andersson, betrieb seinen Schrotthandel zusammen mit dem ältesten Sohn Kevin bis zu dem Jahr, das dem vorausging, als Thomasson Mika zum ersten Mal unten am Fluss getroffen hatte.

Das, was geschah, geschah im Herbst.

Eines Morgens war Kevin mit dem neuen Auto nach Norden gefahren, und Balder Andersson hatte den alten Scania genommen, den, den man Sechsundsiebziger nannte, um südwärts zu einem der Küstenorte zu fahren, wo es ein stillgelegtes Kühlhaus gab. Das Kühlhaus hatte lange ungenutzt dagestanden, bis die Dorfbewohner schließlich einen Entschluss gefasst hatten. Manche hatten lange gehofft, dass die Zeiten sich ändern würden und das Kühlhaus wieder in Gebrauch käme, andere wiederum wollten, dass es zu einer Eishalle umgebaut werden sollte, wo die Jugendlichen aus der Umgebung Hockey und Eistanz trainieren könnten. Aber das waren nur Träume. Eine Eishockeymannschaft gab es nicht mehr, und mit Eistanz hatte sich seit Menschengedenken niemand mehr beschäftigt. Am nächsten war man in der Gegend dem Eistanz gekommen, behauptete jedenfalls Berg, als Wikmans Alf das Benzin im Schneeskooter ausging und er sich die Schlittschuhe seines Sohns geliehen hatte, um zum Festland zu gelangen.

Dass sie das Auto Sechsundsiebziger nannten, hatte offenbar nichts mit dem Baujahr zu tun, sondern lag ganz einfach daran, dass auf der Motorhaube 76 stand. Balder Andersson war der Wagen zufällig unter die Augen gekommen, als er einen Schrotthändler bei Björneborg besuchte. Balder und der Schrotthändler, Juhani Auramo, waren zusammen in der Armee gewesen und ausgerechnet im Jahr 1976 entlassen worden. Balder sah darin ein Zeichen, und dank der alten Freundschaft meinte er einen guten Preis zu bekommen und kaufte das Auto fast unbesehen. Er blieb in Björneborg und schraubte mit Hilfe von Auramo ein paar Tage daran herum, bis er es heimfahren konnte. Das Auto war damals so alt, dass es eigentlich gar nicht mehr hätte existieren oder wenigstens nicht mehr im Verkehr hätte sein sollen. Ein Scania Vabis. Rot und grün mit langgestreckter Motorhaube und einer Stoßstange, breit genug, um darauf zu sitzen.

Wie auch immer. Mit ihm war er an jenem Mittwochmorgen losgefahren. Südwärts entlang der Küstenstraße und dann hinunter zum Meer.

An dem alten Kühlhaus angekommen, hatte er den Scania rückwärts über eine schmale und holprige Rampe gelenkt, wo die Kühlaggregate an einer Wand gestapelt waren. Er hatte die Handbremse gezogen und war hinter den Kasten getreten, um die Türen zu öffnen, bevor er das letzte Stück rückwärts fuhr. Und in diesem Moment hatte der Wagen zu rollen begonnen. Ob dic Bremse schlecht war und versagt hatte, oder ob etwas an der Mechanik gebrochen war, wurde nie festgestellt. Es gab auch niemanden, der sich in solche Fragen vertiefte. Das Wichtige war, was geschah, und was geschah, war, dass der Lastwagen Balder Andersson gegen die scharfen Bleche der Kühlaggregate drückte. Die Unterkante des Kastens traf ihn in Brusthöhe, und die Leute, die ihn am nächsten Tag fanden, sagten, er sei mit Sicherheit sofort gestorben. Etwas anderes war nicht denkbar, da der Körper beinahe in zwei Hälften geteilt worden war.

Als eine Zeit vergangen war, begann man wie üblich über das zu reden, was geschehen war. Man fügte hinzu, ließ weg, verbesserte, und es bildeten sich Redensarten. Und eine von den Sachen, die man sagte, war, dass dem Anderssons Balder schließlich das Unmögliche gelungen war, sich selber zu überfahren.

Aber daran, sagte Berg, hatte ich keinen Anteil. Viel Dummes habe ich im Lauf der Jahre gesagt, aber nicht annähernd das, was darüber gesagt wurde, wie Balder hinter seinem Lastwagen zerquetscht wurde.

27

In der Wohnung in der Topeliusesplanade hockte Agnes mit untergeschlagenen Beinen auf dem Sofa und schaute zu Mika hin, der schuldbewusst aussah. Er wusste, dass sie Bescheid wusste.

»Ja«, sagte er.

Das Mal unter seinem Auge leuchtete röter als noch kurz zuvor. Er guckte aus dem Fenster und versuchte auszusehen, als hätte die Diskussion nichts mit ihm zu tun.

»Du darfst nicht einfach so von der Schule wegbleiben«, sagte Agnes. »Das ist nicht gut.«

»Ne«, sagte Mika.

»Wo ist Kevin?« sagte Agnes.

»Beim Ausladen«, sagte Mika.

Sie erhob sich vom Sofa und ging in die Küche. Thomasson sah, dass sie ihr Telefon aus der Tasche fischte.

Er war zum Zuschauer in seinem eigenen Zuhause geworden. Das fühlte sich gut an.

»Jaja«, sagte er und schaute zu Mika hin.

Mika flocht die Finger ineinander und drehte sich auf dem Hocker.

»Was ist dir da unter dem Auge passiert«, sagte Thomasson. »Ein Arbeitsunfall?«

»Mhm«, sagte Mika.

Agnes kam wieder aus der Küche herein.

»Er antwortet nicht«, sagte sie.

»Er hört es nicht, wenn er im Lastwagen sitzt«, sagte Mika.

Agnes blieb mitten im Zimmer stehen. Sie schaute Thomasson an.

»Ich kann eine Kleinigkeit zu essen machen«, sagte sie. »Wenn du magst, also.«

Das war nicht nötig, er hatte noch etwas von dem Fleischtopf von gestern übrig. Gekochte Kartoffeln waren auch da. Essen, das Mona Sund vorbeigebracht hatte. Sie sagte, es würde immer zu viel, es sei, als ob sie immer noch für eine ganze Familie kochte, obwohl sie jetzt allein war. Gewöhnlich ging sie mit dem, was übrig war, zu Agnes hinauf, aber jetzt hatte sie sich angewöhnt, schon bei Thomasson einzukehren und einen Teil dort abzuliefern.

»Ich brauche nichts«, sagte er, »aber der Junge mag vielleicht etwas. Saft?«

»Hast du schon etwas gegessen?« fragte Agnes.

»Kevin hatte Butterbrote dabei«, sagte Mika. »Aber ein bisschen Saft kann ich trinken.«

Er ging in die Küche hinaus. Thomasson hörte, wie er ein Glas aus dem Schrank holte und dann die Kühlschranktür öffnete. Agnes setzte sich.

»Ich gehe gleich wieder zu mir hinauf«, sagte sie. »Ich habe ein paar Sachen, die bis morgen fertig sein müssen.«

In der Küche hörte man den Wasserhahn rauschen. Dann wurde es still, aber Mika kam nicht heraus. Er war in der Küche geblieben. Vermutlich war er jetzt nicht an weiteren Fragen interessiert. Thomasson wartete darauf, dass Agnes aufstehen und gehen würde, aber sie blieb sitzen. Was sie zu tun hatte, war vielleicht nicht so verlockend. Er versuchte zu erraten, was es sein könnte. Er wusste gar nicht so recht, was man an einer Kunstschule machte. Kunst?

Aber da gab es vielleicht auch anderes. Kunstwissenschaft? Geschichte der Kunst? Vielleicht sogar Themen wie Buchführung. Künstler sind ja selbständige Unternehmer. Zumindest nicht angestellt. Jedenfalls nicht, soweit er wusste. Über Buchführung hätte er sie wohl das eine oder andere lehren können. Obwohl heutzutage alles auf dem Computer gemacht wurde, auf der einen Seite hinein mit den Zahlen, und dann kam am anderen Ende das Ergebnis heraus.

Er zog das Papier, das auf dem Tisch lag, näher zu sich heran.

»Ein Glück, dass ich Rechtshänder bin«, sagte er. »Sonst würde ich nicht viel schreiben können.«

»Es muss nicht besonders viel sein«, sagte Agnes. »Und du machst es nur, wenn du willst.«

Sie streckte sich und gähnte.

»Ich glaube, ich hole mir auch ein Glas Saft, wenn das okay ist«, sagte sie.

»Nur zu«, sagte Thomasson.

Sie ging in die Küche hinaus. Er hörte, dass sie mit Mika sprach, aber er konnte nicht verstehen, was sie sagten. Es war nur ein fernes Gemurmel. Unter dem Gips juckte es ein wenig. Er konnte die Finger und den Arm bewegen, ohne dass es eigentlich weh tat. Es fühlte sich nur etwas komisch an. Es würde bestimmt gut werden, noch ein paar Wochen, dann könnte er den Gips abnehmen, und alles wäre wie zuvor.

Auf dem Schrank neben dem Tisch stand sein neuer CD-Spieler, und daneben lag ein ganzer Stapel mit CDs. Agnes hatte sie für ihn gebrannt. Offenbar hatten sie in der Schule ein ganzes Studio, alle Apparate, die man sich nur wünschen konnte. Obwohl Thomasson sich keine Apparate wünschte. Er war zufrieden mit denen, die er hatte. Besonders jetzt, seit er den neuen CD-Spieler angeschafft hatte.

Er streckte sich vor und stellte das Radio an. Es war eine Kochsendung. Er hörte eine kleine Weile zu, bis er es wieder ausstellte. In der Küche fuhren die murmelnden Stimmen fort zu reden. Thomasson schaute auf das Papier, das auf dem Tisch lag.

Der schmerzhafteste Augenblick deines Lebens.

Es erstaunte ihn, dass die Antwort nicht selbstverständlich war.

28

Etwas später am selben Tag erzählte Agnes mehr über die Abschlussarbeit und wie sie zu ihrer Frage gekommen war. Mika war nach Hause gegangen, nachdem seine Mutter angerufen und gefragt hatte, wo er sei. Sein Lehrer hatte sich gemeldet. Mika hatte eine hohe Abwesenheitsquote, und jetzt wurde man sich in der Schule offenbar allmählich darüber klar, dass etwas geschehen musste.

Agnes blieb noch und aß von dem Fleischtopf und den aufgewärmten Kartoffeln ihrer Tante. Thomasson fragte, ob sie nicht ihren Freund treffen wolle, aber das wollte sie offenbar nicht. Thomasson wusste nicht, ob es daran lag, dass der Freund arbeitete, oder ob es etwas anderes war. Er fragte auch nicht. Grenzen soll man mit Behutsamkeit überschreiten.

Sie saßen eine Weile auf dem Balkon, kurz bevor die Sonne unterging. Thomasson hatte es schon geschafft, den Tisch und die Stühle für den Winter an die Wand zu lehnen, aber Agnes hatte sie rasch wieder hinausgestellt, als sie sah, dass die Sonne noch über den Hausdächern schien.

»Ich habe ja keinen Balkon«, sagte sie.

Es war kühl, aber nicht richtig kalt. Agnes hatte sich über das Geländer gebeugt und sprach mit Berg. Sie redeten über Kunst, und Thomasson hörte Berg von einem Verwandten erzählen, der einmal in den sechziger Jahren einen Elch für Präsident Kekkonen persönlich geschnitzt hatte. Thomasson kannte die Geschichte schon und brauchte nur Teile davon, um sie sich zusammenzureimen. Aber Agnes lauschte aufmerksam. Hin und wieder lachte sie auf. Da klang sie wie ein Kind, als wäre es seine kleine Tochter, die da über dem Geländer hing, mit Füßen, die kaum den Boden erreichten.

Alles ging so schnell vorbei. Was, wenn sie das gewusst hätte, wie sie da stand? Agnes Frid. Aber das war offenbar etwas, was jeder auf eigene Faust entdecken musste. Und außerdem reichte es nicht, dass es schnell vorbeiging, man wusste auch nicht, wann das Ganze zu einem Schluss kam, wann man am Ende des Weges angelangt war. Und was das bedeutete.

Samuel Beckett, sein ständiger Begleiter. Thomasson musste wieder an ihn denken, an sein *»ich werde endlich doch bald ganz tot sein«*. Für Malone waren es nur Worte. Wie für uns alle.

Nach einer Weile hörte er Berg seinen Namen nennen. Agnes drehte den Kopf und nickte und sagte, ja, er sitzt hier mit einer Decke über den Beinen.

Berg redete weiter. Thomasson hörte nur Bruchstücke, und mitunter Agnes' Fragen: Was? Politwas?

Nach einer Weile wandte sie sich Thomasson zu.

»Er sagt, Anna Politkovskaja ist in Moskau erschossen worden, ausgerechnet an Vladimir Putins Geburtstag, vor ihrem Haus, und, warte mal.«

Sie drehte sich um und beugte sich wieder übers Geländer.

»Alles, was einen Hauch von Lebensodem in der Nase hat, ist vergänglich.«

Es war lustig, Bergs Worte aus Agnes' Mund zu hören. Als ob sie holprig einen Text aufsagte. Im übrigen waren es kaum Bergs Worte. Er hatte sie vermutlich aus irgendeinem Stück gefischt. Politkovskaja. Der Name klang bekannt, aber Thomasson konnte ihn nicht einordnen. Vielleicht eine Oppositionspolitikerin. Falls es in Russland solche noch gab. In dem Fall war es wohl eine weniger bedeutende. Putin bereitete seinen Abgang sorgfältig vor. Falls es jetzt dazu kommen würde.

»Dank und Grüße«, sagte er. »Sag ihm, ich werde die Zeitung morgen mit Interesse lesen.«

Als Agnes noch ein paar weitere Worte mit Berg gewechselt hatte, sagte Thomasson ihr, sie solle das Gespräch jetzt beenden oder hinuntergehen, denn wenn Berg fortfuhr zu erzählen, während er hinaufschaute, sei die Gefahr groß, dass er von einem Moment zum anderen eine Gehirnblutung bekäme.

Agnes schaute, wie um zu sehen, ob er scherzte. Aber er scherzte nicht, also sagte sie tschüss zu Berg und setzte sich wieder hin. Thomasson wollte sie nach dem Kunstwerk fragen, von dem sie früher am Tag gesprochen hatte. Er hätte gern gewusst, ob sie tatsächlich meinte, dass das Kunstwerk wirklich jemanden getötet hatte, oder ob es nur so eine Redensart war. Vielleicht hatte sie damit eigentlich etwas anderes sagen wollen, wie dass sie mit Hilfe der Kunst verstanden hatte, was damals eigentlich geschehen war, oder dass es ihr geholfen hatte, das Ereignis hinter sich zu lassen. So wie es für Siri gewesen war. Siri spielte sich aus dem meisten heraus. Es war, als würden all ihre Sorgen direkt durch die Orgelpfeifen wehen und für immer verschwinden. Oder unsichtbar werden, jedenfalls für ihn.

Aber er zögerte, Agnes zu fragen, da Berg gerade mit ihr über Kunst geredet hatte. Es war ja nicht so, dass er in Bergs Fußstapfen treten wollte.

Ganz kurz nachdem sie sich gesetzt hatte, ging die Sonne unter und es wurde kalt. Thomasson wickelte die Decke enger um die Beine. Auch Agnes sah verfroren aus. Sie steckte die Hände unter die Ärmel des Pullovers und zog die Schultern hoch. Nachdem sie eine Weile so gesessen hatten, so still wie nur möglich, damit die Kälte sie nicht erreichte, beschlossen sie hineinzugehen. Als Thomasson sich erhob, nahm er die Gelegenheit wahr, über das Geländer zu spikken, um zu sehen, ob Berg noch dasaß. Das tat er nicht. Vielleicht folgte auch er der Sonne. Ging mit kurzen Schritten hinter seinem Rollator heimwärts. Wo immer sein Zuhause war. Thomasson vermutete, dass es nicht allzu weit entfernt sein konnte.

Vermutlich wohnte Berg in einem eigenen Haus, er hatte ja einmal von freien Zimmern auf dem Dachboden für die schwedischen Gastarbeiter erzählt, deren Eintreffen er binnen weniger Jahre erwartete.

Als sie die Wohnung betraten, lief Agnes herum und knipste die Lampen an. Sie machte keine Anstalten, zu sich nach oben zu gehen. Als die Lampen brannten, setzte sie sich aufs Sofa. Die Orgel stand dort, wo eigentlich der Fernseher hätte stehen sollen. Thomasson hinkte um den Tisch herum und setzte sich ebenfalls aufs Sofa. Vielleicht war es dumm gewesen, die Sessel rauszuschmeißen, aber er fand, es würde zu eng, und außerdem hatte er auch keine Verwendung dafür. Damals nicht. Jetzt hätte er sie gut gebrauchen können.

Agnes saß still in ihrer Sofaecke. Thomasson kam plötzlich der Gedanke, dass sie vielleicht Heimweh hatte. Sie war kaum mehr als ein Kind. Zweiundzwanzig Jahre. Er selbst war 1950 zweiundzwanzig geworden. Gut fünf Jahre nach Kriegsende. Es fiel ihm schwer, sich zu erinnern, ob er sich damals erwachsen gefühlt hatte. Das hatte er vermutlich getan. Damals wurde man schnell erwachsen. Der Raum zwischen Kindheit und Erwachsenenleben war wie ein seicht strömender Wasserlauf. Zwei Barfußschritte, und man war drüben. Sein Bruder war mit einundzwanzig Jahren gefallen. Ein Jahr jünger als Agnes.

»Dieser Mann«, sagte sie, »der, von dem ich schon erzählt habe. Er stammte von hier.«

Wieder diese Trägheit. Thomasson wusste, dass er hätte verstehen sollen. Er verstand auch. Es war nur, als wäre etwas im Weg. Oder ein Sortierungsmechanismus, der nicht vollständig funktionierte. Der Mann. Er, der ihre Mutter getötet hatte. Nein, ihre Großmutter.

»Hier aus dieser Stadt?«

»Vielleicht nicht genau von hier, aber jedenfalls aus Finnland.«

29

Damals, als Agnes den Mann kennenlernte, der ihre Großmutter getötet hatte, war sie dabei, zum ersten Mal von zu Hause auszuziehen. Sie wollte nach Finnland und an die Kunstschule. Sie freute sich darauf, jetzt würde sie ernstlich versuchen können, richtig zu leben. Ihre Mutter war besorgt, hatte aber immerhin ein so gutes Gedächtnis, dass sie sich erinnerte, wie sie sich in Agnes' Alter nach etwas Eigenem gesehnt hatte, danach, dass das Leben endlich anfangen sollte. Also waren sie sich schließlich alle einig. Elisabet, Ralf und Agnes. Und Conny. Conny Erlandsson, der Vater von Agnes, der mit einem Grillkiosk auf dem Marktplatz von Skoghall angefangen hatte, jetzt aber ein Restaurant unten am Hafen betrieb. Er fand es ganz richtig, dass das Mädchen etwas anderes als Värmland kennenlernen sollte. Um den Entschluss zu feiern, trafen sie sich alle zum Essen in Connys Restaurant, und angesichts des bevorstehenden Umzugs nahm Ralf Nygård, also Mona Sunds Bruder und zugleich Agnes' Stiefvater, Agnes mit auf etwas, das er eine Bildungsreise nannte. Sie wollten nach Stockholm und das Kulturhuset besuchen, Liljevalchs Kunsthalle und vor allem das umgebaute und neu eröffnete Moderna Museet auf dem Skeppsholmen.

Und im Moderna Museet traf sie Harri. Der Mann hieß so. Harri Niskanen. Agnes erkannte ihn sofort. Als sie sechzehn war, hatte sie ihn auf einem Großbildschirm in der Kirche von Skoghall gesehen, aber das ist eine andere Geschichte, jetzt war er mit einer Gruppe von Pensionären aus dem Pflegeheim Solgården im Moderna Museet. Ralf kannte die Betreuer und stand da und plauderte mit ihnen, als Agnes Harri erblickte. Er hatte sich nicht verändert. Jedenfalls nicht äußerlich. Hager und grau, ein wenig gebeugt. Er hatte Agnes nicht gesehen. Oder besser gesagt, sie wusste nicht, ob er sie gesehen hatte, da er sie ja nicht kannte. Für ihn war sie nur ein Mädchen unter anderen. Hingegen kannte er Ralf. Er blickte ununterbrochen zu ihm hin. Ralf, der ohne etwas zu merken weiter mit dem Pflegeheimpersonal redete. Sie lachten über den Zufall, dass sie am selben Tag nach Stockholm gefahren waren – und zum Moderna Museet! Die Gruppe aus Solgården hatte einen Bus gechartert. Ralf und Agnes hatten sich für den Zug entschieden.

Harri Niskanen hier zu sehen war also ein unerwartetes Erlebnis für Agnes. Seit sie erfahren hatte, was ihrer Großmutter zugestoßen war, hatte sie gefragt und nachgebohrt, um weitere Einzelheiten ans Licht zu bringen. Inzwischen wusste sie immerhin, dass er lebte und aus seinem Häuschen bei der Landzunge von Hammarö ins Pflegeheim im Zentrum gezogen war. Aber sie hatte ihn nie gesehen, und auch nicht den Mut gehabt, ihn aufzusuchen. Sie hatte auf die Gelegenheit gewartet. Und jetzt, da die Gelegenheit aufgetaucht war, wollte sie nur verschwinden. Oder dass der Mann verschwand. Oder wenigstens, dass Ralf aufhörte, mit den Betreuern zu reden, so dass sie beide hier weggehen konnten.

Die Gruppe der Pensionäre stand vor der Garderobe, wo sie gerade ihre Mäntel aufgehängt hatten. Agnes kehrte ihnen den Rücken und tat ein paar Schritte auf den Shop zu.

Sie begann in einem Kunstband zu blättern, der auf einem der Tische gleich am Eingang lag. »Ansichtsexemplar.« Das Buch war abgegriffen. Sie sah kaum, was es war. Gebäude. Hohe Gebäude. Grau und schwarz. Viel Text. Seite für Seite Text. Sie legte es wieder hin und nahm ein anderes. Ein Körper auf einem Strand. Daneben lag ein Schäferhund mit erhobenem Kopf, als bewachte er den Eingang zu Pharaos Grab.

Sie zuckte zusammen, als sie eine Hand auf ihrer Schulter spürte. Es war Ralf, er hatte mit seinen Bekannten fertig geplaudert und war jetzt bereit, hineinzugehen. Er sagte nichts von Harri. Auch Agnes sagte nichts. Sie gingen auf die Ausstellungssäle zu, kamen durch die Cafeteria, wo es freie Plätze am Fenster gab. Agnes wollte gern eine Tasse Tee trinken, bevor sie hineingingen. Also stellten sie sich an die Theke und bestellten.

Die Pensionärsgruppe war nicht mehr zu sehen. Vielleicht waren sie in den Museumsshop gegangen. Ralf sah erwartungsvoll aus. Sie hatten beschlossen, mit dem Moderna Museet anzufangen. Das war das Wichtigste. Danach würden sie Kulturhuset und zuletzt Liljevalchs besuchen. Ralf kannte Geschichten, lehrreiche Geschichten, wie er sagte, von allen drei Orten, die er Agnes erzählen wollte. Welche Geschichten das genau waren, wollte er nicht verraten. Ralf hatte im Kulturhuset gearbeitet, als er jung war, bevor er wieder nach Skoghall gezogen war und Agnes' Mutter getroffen hatte. Damals war er damit beschäftigt gewesen, die Galerien anlässlich neuer Ausstellungen umzubauen; er strich Wände und Decken, hängte Bilder auf, half den Künstlern, ihre Installationen zu bauen. Aber welchen Anknüpfungspunkt er zum Moderna Museet und Liljevalchs hatte, wusste sie nicht.

Als sie ausgetrunken hatten, war die Pensionärsgruppe noch nicht aufgetaucht. Ralf war ungeduldig, er wollte hinein, es hatte den Anschein, als würde er sich mehr auf den Besuch freuen, als Agnes es tat. Sie hatte auch erwartet, dass es Spaß machen würde, nach Stockholm zu fahren und Kunst zu betrachten, aber viel von ihrer Lust darauf war verschwunden, als sie Harri entdeckte. Jetzt wünschte sie nur, es hinter sich zu bringen. Oder dass Harri verschwand. Sie dachte an seinen Blick, als er Ralf angesehen hatte. Sie wusste nicht, was darin enthalten war, es war nur ein Blick. Aber sie wusste, dass Harri Ralf auf irgendeine Weise in das mit hineingezogen hatte, was damals geschah, und dass Ralf sich noch viele Jahre danach schuldig gefühlt hatte.

Je mehr sie daran dachte, um so größer wurde ihr Unbehagen. Sie wollte vorschlagen, dass sie lieber mit Liljevalchs anfangen sollten, aber Ralf sah so erwartungsvoll aus, dass sie sich entschloss, nichts zu sagen und sich auch nicht anmerken zu lassen, dass etwas geschehen war. Vermutlich hatte Ralf Harri nicht gesehen. Noch nicht. Aber die Gruppe war gleichzeitig mit ihnen im Museum angekommen und wollte selbstverständlich hineingehen und die Ausstellungen ansehen. Das Moderna Museet war groß, aber kaum so groß, dass sie nicht aufeinander stoßen würden. Das Beste wäre jedoch, wenn sie und Ralf als erste hineingehen und ungestört das ansehen könnten, weswegen sie hergekommen waren. Was auch immer.

Sie gingen durch die Glastüren und an der Kassentheke vorbei. Hinter der Theke wandten sie sich nach links und kamen in einen großen Raum, offen und mit hoher Decke. Unter der Decke hing eine Kugel aus Spiegeln. Sie drehte sich und gab Teile des Raums in gebrochenen Sequenzen wieder. An den weißen Wänden hingen vereinzelte Fotografien. Gleich hinter der Tür rechts erkannte sie das Bild, das sie erst kürzlich in einem Kunstbuch gesehen hatte. Der Hund mit dem wachsam erhobenen Kopf.

Aber das Wichtigste befand sich hinter der Tür links. Agnes wusste es in dem Moment, in dem sie es erblickt hatte. Das Werk stammte von dem brasilianischen Künstler Tunga und bestand aus zwei Stahltonnen auf einem Bett von Magneten. Die Magneten kletterten auf schlangenartige Weise an den Tonnen entlang, in die Tonnen hinein. Die eine war von Stücken einer goldglänzenden Folie bedeckt. Von der Decke hing eine angespitzte Eisenstange, mit einer solchen Menge dünner Kupferdrähte befestigt, dass es an eine gigantische wallende Haarsträhne erinnerte.

Ralf hatte ihr schon von dem Kunstwerk und der dazugehörenden Geschichte erzählt. Es war groß und füllte den Raum auf eine, wie Agnes empfand, fast bedrohliche Weise. Die Kraft war spürbar. Die Magneten, der Stahl, die Kupferdrähte, die Folie, alles deutete auf eine Spannung zwischen verschiedenen Polen hin. Elektrizität. Magnetfelder. Ihr kam ein Hund in den Sinn, den sie als Dreizehnjährige gehabt hatte. Eine Mischlingshündin, die Wilma hieß. Wilma hatte sich eines Abends unter dem Zaun des Hundekäfigs hindurchgegraben und war Agnes nachgelaufen, die kurz zuvor weggeradelt war, um eine Freundin zu besuchen. Dicht vor Skoghall hatte Wilma haltgemacht und war durch die offene Tür eines Elektrizitätswerks geschlüpft. Drinnen angekommen, war sie in einem Kraftfeld gelandet und auf der Stelle tot gewesen. In dem Moment, in dem die Hündin starb, versanken große Teile von Skoghall im Dunkeln, und Agnes, die auf dem Bett der Freundin saß und einer Geschichte über eine Ferienlagerwoche auf Öland lauschte, wusste sofort, was geschehen war. Oder besser gesagt, sie wusste nicht, was, aber sie wusste, dass etwas passiert war. Und bald erfuhr sie auch, wie.

Vor dem eingezäunten Kunstwerk stand ein Schild, das zu diesem unbehaglichen Gefühl beitrug. Das Schild warnte vor dem Magnetfeld, welches das Werk umgab, und forderte Personen mit Herzschrittmachern auf, Abstand zu halten.

Es stand ein Stück weit von dem Seil entfernt, das rings um das Kunstwerk gezogen war. Agnes überlegte, ob das Schild ein Teil des Kunstwerks war, oder ob es vom Museum aufgestellt worden war, um tatsächlich Herzkranke zu warnen. Sie wollte sich gerade zu Ralf umdrehen, um ihn zu fragen, als sie Harri Niskanen durch die Tür hereinkommen sah. Er ging direkt auf sie zu. Er sah sie an, und sie wusste, dass er wusste, wer sie war. Ralf sah ihn nicht, er hatte sich gerade neben dem Seil hingehockt, als versuche er, unter die Tonnen zu schauen. Das tat er vielleicht auch. Als das Kunstwerk zum ersten Mal aufgebaut worden war, vor vielen Jahren im Kulturhuset, war Ralf derjenige, der zusammen mit einem Kollegen den Magneten von einem Schrottplatz außerhalb von Stockholm holte und ihn im Keller des Kulturhuset in Stücke schlug. Über Nacht bauten sie dann die gesamte Skulptur auf, die zu Tungas *Palindrom Incest* werden sollte. Als die Ausstellungszeit vorbei war, klaubten sie die Skulptur wieder auseinander und beförderten sie in einen kleinen Lagerraum ganz hinten im Keller des Kulturhuset, welcher der Darm genannt wurde. Dort lag sie dann dreizehn Jahre lang, bevor sie wieder ausgegraben wurde, um im neu eröffneten Moderna Museet ausgestellt zu werden.

Vor allem um ihr diese Skulptur zu zeigen, hatte Ralf Agnes zu dem, was er eine Bildungsreise nannte, nach Stockholm eingeladen.

Harri Niskanen blieb ein Stück von Ralf entfernt stehen, der immer noch dahockte und unter die Tonnen schaute. Was er sagen wollte, und ob er überhaupt etwas sagen wollte, weiß niemand, denn in dem Moment, in dem Ralf sich erhob, erbleichte Harri Niskanen, fasste sich an die Brust und fiel neben dem Seil, welches das Kunstwerk einzäunte, zu Boden.

Agnes war es, die sich als erste neben ihn auf den Boden setzte. Er lag auf dem Rücken, die Beine innerhalb der Einzäunung. Es fiel ihm schwer zu atmen. Sie legte eine Hand an seinen Hals. Der Puls war schnell und schwach. Sie sah ihm direkt in die Augen. Sie ließen nichts erkennen.

Harri Niskanen starb im Krankenwagen auf dem Weg zum Sabbatsberg Krankenhaus. Agnes und Ralf beschlossen, ihre Bildungsreise abzubrechen und den Nachmittagszug nach Karlstad zu nehmen.

Das Moderna Museet montierte Tungas *Palindrom Incest* ab. Nicht, weil man der Ansicht gewesen wäre, das Kunstwerk hätte etwas mit dem Tod des Mannes zu tun, er hatte einen Herzfehler und seit vielen Jahren einen Herzschrittmacher, sondern ganz einfach deshalb, weil das Museum große Sammlungen besaß und den Besuchern die Möglichkeit geben wollte, auch andere Werke kennenzulernen. Und Tungas Kunstwerk hatte nun seine Zeit am Licht gehabt.

30

»Hinterher«, sagte Agnes, »als ich darüber nachgedacht habe, ist mir ja klargeworden, dass ich irgendwie erwartete, es würde in seinen Augen *sichtbar* sein.«

Sie schaute Thomasson von der anderen Seite des Sofas her an. Es war schon zur Gewohnheit geworden, sie setzten sich auf ihre gewohnten Plätze.

»Also das, was er getan hat. Reue oder Verzweiflung, was weiß ich. Irgendetwas. Er hat ja meiner Großmutter all das angetan. Aber es waren einfach nur Augen. Ein alter Mann, der im Sterben lag. Und der Schmerz. Davor hatte ich nicht begriffen, dass ein Herzinfarkt weh tun kann. Also dem, den er trifft. Man spricht ja mehr vom Leid der Angehörigen. Aber es schien verdammt weh zu tun. Es war entsetzlich. Und dann, als sie versuchten, so eine Herz- und Lungenmassage zu machen, glaubte ich, sie würden ihm das Herz aus dem Leib pressen. Er sagte nichts. Röchelte nur. In diesem Stadium war er, glaube ich, bewusstlos, obwohl er die Augen immer noch offen hatte.«

Sie saß mit hochgezogenen Füßen auf dem Sofa und rieb durch den Socken hindurch einen großen Zeh. An der Unterseite war er grauschwarz. So wie weiße Socken es werden, wenn man sie eine Weile getragen hat. Sie war zugleich Kind und Erwachsene. Das war Thomasson wohl auch, auf seine Art. Allerdings war es sicher schwieriger, ihn als Kind zu sehen. Der Körper sprach gegen ihn. Er war in einem

Körper eingeschlossen, der jetzt zu versagen begann, Stück für Stück.

Ja ja, sagte Maja.

»Ich glaube, das Wichtigste«, sagte Agnes, »das Schmerzhafteste, hat immer mit Liebe und Tod zu tun. Und als ich Harri da auf dem Boden sah, neben dem Kunstwerk von Tunga, war es plötzlich, als sei alles an seinen Platz gefallen.«

Thomasson wusste nicht, was am wichtigsten war, oder wie alles miteinander verbunden war. In diesem Zusammenhang war es jedenfalls das Wichtigste, dass Agnes zu ihrer Frage gefunden hatte. Und nun war es an ihm, sie zu beantworten. Wenn er wollte. Und konnte. Er könnte schreiben, es sei der Morgen des 28. Septembers 1994 gewesen, als er das Radio anstellte, um die Siebenuhrnachrichten zu hören. Da sprachen sie von zehn, möglicherweise zwanzig Überlebenden. Zwei Stunden später war die Zahl auf siebzig gestiegen. Man befürchtete, dass annähernd eintausend Menschen umgekommen waren. Es war ein schwerer Tag. Aber er war nicht sicher, ob es der schlimmste war.

Er zog das Papier zu sich heran. Es war ungeheuer leer.

»Wann willst du es zurückhaben«, sagte er.

»Es eilt nicht«, sagte Agnes. »Wenn du fertig bist.«

Sie lächelte.

»Aber gern vor Neujahr.«

Vielleicht bedeutete das Lächeln, dass sie es lange vor Neujahr haben wollte. Das würde sie auf jeden Fall bekommen. Fünfzehn, zwanzig Zeilen. Es würde nicht so viel Zeit in Anspruch nehmen. Wie er auch schrieb und was er auch schrieb, die Leute würden wissen, dass es seine Geschichte war. Das spielte keine Rolle. Sein Interesse für die Umwelt war im Schwinden begriffen, und sein Interesse dafür, was die Umwelt von ihm dachte, verschwand ebenfalls allmählich. Obwohl letzteres trotz allem längere Zeit zu brauchen schien. Es saß wohl tiefer. Er würde Siri fragen. Sein Interesse für das, was die Umwelt über ihn dachte und befand, würde ihr langes Schweigen vielleicht beenden. Seine Angst vor dem Urteil der Umwelt war etwas, was sie immer schon geärgert hatte. Und eine verärgerte Siri hielt selten den Mund.

Plötzlich streckte sich Agnes auf dem Sofa und fischte das Mobiltelefon aus der Jeanstasche. Thomasson hatte keinen Klingelton gehört, aber offenbar hatte es geläutet, denn sie stand auf und ging in die Küche, während sie das Telefon ans Ohr drückte. Ihre Stimme klang froh. Thomasson dachte, es sei sicher ihr Freund. Kevin. Er hörte, wie sie einen Küchenstuhl verrückte.

Er selbst blieb auf dem Sofa sitzen und schaute die Orgel an. Mit jedem Tag, der verging, sah sie immer unbegreiflicher aus. Er hatte seit über einer Woche nicht darauf gespielt. Die Uhr an der Wand zeigte kurz nach sieben. Er wusste nicht, ob Mona Sund zu Hause war. Vielleicht schlief sie. Schlief man um sieben Uhr abends, wenn man Nachtschicht hatte? Alles war komplizierter geworden. Früher war er nur aus und ein gegangen und hatte höchstens genickt und etwas über das Wetter gesagt, wenn er sie im Treppenhaus traf. Auf der Orgel gespielt hatte er, wann immer er Lust dazu hatte. Das heißt, tagsüber, abends und nachts sollte es ruhig sein, der Meinung war er immer gewesen. Sogar an Bord. Damals, zu jener Zeit. Er machte sich damit nicht immer besonders beliebt. Seine Jungens fanden, wie auch der größte Teil aller anderen an Bord, diese Frage, wie lange man auf war und wie viel und wie oft man trank, ginge niemanden etwas an, solange man seine Arbeit tat.

Nicht einmal den Chef. Nun, konnte Thomasson dann sagen, aber wenn man eine ganze Nacht dasitzt und trinkt und dann am nächsten Tag hohläugig und mit einer Bierfahne zwischen den Passagieren herumgeht, kann man dann sagen, dass man seine Arbeit tut?

Er selbst hatte während einer längeren Periode ein schlechtes Vorbild abgegeben. Er trank zu viel, war zu lange wach, aß zu viel und vernachlässigte die meisten seiner Aufgaben. Aber das bedeutete nicht, dass seine Jungens es ihm gleichtun durften. Also wies er sie an, während ihrer Schicht nüchtern zu bleiben. Sie hörten ihm zu, und dann taten sie trotzdem, was sie wollten. In der Hauptsaison machten sie einen drauf, und dazwischen nahmen sie es etwas mehr mit der Ruhe.

Er hörte Agnes' murmelnde Stimme aus der Küche. Sie hatte gemeint, er sollte einmal zur Schule kommen und sie sich ansehen, sie hatte gesagt, dass sie ihm die Gebäude und alles zeigen könnte, was es da gab. Das war, nachdem er von Maja erzählt hatte, und dass sie ein paar Jahre in der Plastikfabrik gearbeitet hatte, wo die Kunstschule jetzt untergebracht war. Maja hatte nur wenige Jahre nach ihrem Schulabschluss in der Plastikfabrik angefangen. Thomasson gefiel das nicht. Teils, weil er nicht wollte, dass sie in so jungen Jahren bei einer so schweren Arbeit hängenblieb, aber vielleicht vor allem deshalb, weil er ahnte, dass es nicht so gut für die Gesundheit war. Plastik. Er stellte sich giftige Dämpfe vor. Seine Kinder sollten sich denen nicht ein Leben lang aussetzen.

Jetzt war das Plastik weg, und die Kunst war eingezogen. Der Duft nach Plastik war mit dem Duft nach Ölfarbe vertauscht worden. Falls heutzutage überhaupt noch jemand in Öl malte. Wenn Agnes von der Kunst ihrer Kurskameraden erzählte, schien es sich überwiegend um Videos, Installationen, Fotografien und Skulpturen unterschiedlicher Art zu handeln. Auch von Untersuchungen sprach sie oft. Thomasson wusste nicht recht, was das war, aber vermutlich so etwas wie das, was sie selbst tat. Fragen. Graben. Zu verstehen versuchen. Er sollte vielleicht ihr Angebot annehmen, ihm die Schule zu zeigen. Sehen, womit sie sich beschäftigten. Hinauskommen. Nicht stehenbleiben.

Das finde ich, sagte Maja. Hinaus ins Plastikreich. Erinnerst du dich, wie Mama das sagte? Plastiik. Mit langem i.

Sie lachte. Es war lange her, seit er das gehört hatte. Ein kleines, hicksendes Lachen, das tief unten in der Brust begann und sich dann nach oben schlängelte.

Genau, sagte er. Plastiik. Mit langem i.

Er lächelte bei der Erinnerung. So lange dabei zu sein, seit das Plastik ein so neues Material war, dass man sich noch nicht richtig entschieden hatte, wie es ausgesprochen werden sollte.

Wie der Evro der Schweden. Sagte Maja. Oder der Juuro.

Etwas Großes und Schweres fuhr draußen vorbei. Vielleicht ein Tieflader oder ein Dumper. Das Geräusch steigerte sich zu einem Heulen, als der Wagen mit dem Motor bremste und schließlich stehenblieb. Thomasson dachte, der Fahrer wolle bestimmt zum Kiosk, um das eine oder andere einzukaufen. Der Kiosk lag günstig, mitten in der Esplanade.

Agnes kam aus der Küche. Sie sagte, Kevin warte draußen und frage, ob er bei irgendetwas Hilfe bräuchte, bevor sie ging. Thomasson sagte, es gebe nichts. Er habe, was er brauche. Agnes sagte, sie würde morgen hereinschauen, wenn sie Zeit hätte. Sie wollte den ganzen Tag in der Schule sein, aber vielleicht gegen Nachmittag oder am Abend.

»Ich leide keine Not«, sagte Thomasson.

Er hob den gegipsten Arm und schwenkte ihn ein wenig in der Luft, um zu zeigen, wie gut er zurechtkam. Er spürte es im Handgelenk. Es tat nicht direkt weh, aber es war immer noch so, dass er den Arm am liebsten so still hielt wie nur irgend möglich.

Er hörte Agnes' Schritte die Treppe hinauftrommeln. Vermutlich wollte sie ihre Jacke holen und was sie jetzt brauchte. Er nahm seine Krücke. Bevor er hinaus auf den Balkon trat, machte er die Lampen aus, die Agnes früher an diesem Abend angezündet hatte.

Die Abendluft schlug ihm entgegen, als er die Balkontür öffnete. Es ging so schnell, plötzlich waren Dunkelheit und Kälte einfach da. Er lehnte sich gegen das Geländer. Die Kälte kroch bis unter den Pullover. Nach einer Weile sah er Agnes aus dem Haus laufen, die Jacke in der Hand. Ein knickgelenkter Radlader stand mit laufendem Motor an der Bordsteinkante. Als Agnes sich näherte, wurde die Tür von innen geöffnet. Er sah den Arm des Jungen oder Mannes, der ihr die drei Stufen hinauf und hinein half. Dann wurde die Tür geschlossen, der Lader schwenkte von der Bordsteinkante weg und verschwand in nördlicher Richtung die Esplanade hinunter. In die Dunkelheit hinein.

Offenbar war ihm verziehen worden. Kevin Hellberg. Oder Andersson. Er war vielleicht auch dem Namen nach der Sohn seines Vaters, nicht nur nach der Berufswahl. Thomasson fragte sich, was sie gemeinsam hatten, diese beiden. Eine Kunststudentin und ein Schrotthändler. Sie waren jung, das reichte wohl wenigstens ein Stück weit. Die Anziehungskraft war stark, und der Alltag fern.

Und war es so viel anders gewesen, als er und Siri sich trafen? Sie kamen aus zwei völlig verschiedenen Welten, und das, was bewirkte, dass sie einander überhaupt entdeckten, war, dass sie sich auf halbem Weg trafen. Keiner von ihnen befand sich an seinem heimischen Ort. Dass es in der Nachkriegszeit war, hatte vielleicht auch seine Bedeutung. Alles war durcheinandergeschüttelt worden, und es dauerte eine Weile, bis es wieder an seinen Platz gefallen war und der gewöhnliche Alltag wieder begann. Sie trafen sich in Vasa. Thomasson war dort, um als Verkäufer bei seinem Onkel zu arbeiten, der einen kleinen Lebensmittelladen in der Rådhusgatan betrieb. Siri war in der Stadt, um Gesangsstunden bei einem Fräulein Hilda Grundström zu nehmen.

Fräulein Grundströms Wohnung lag über dem Lebensmittelladen des Onkels. Und sie waren jung, Siri und Thomasson. Jung und weit von zu Hause fort.

Aber leicht war es nicht immer, und wäre da nicht Siris Eigensinn gewesen, ihre rührige Natur und ihr Unwille, einen Fehler einzugestehen, er wüsste tatsächlich nicht, wie lange ihre Ehe gehalten hätte.

Aber er liebte sie die ganze Zeit. Vom ersten Tag an. Und er liebt sie immer noch.

Die Krücke unter dem Arm fühlte sich überflüssig an. Der Fuß war mittlerweile fast in Ordnung. Er würde sie jederzeit zurückgeben können. Vorsichtig verlagerte er das Gewicht von dem einen Fuß auf den anderen. Die Verstauchung war immer noch zu spüren, aber es war nicht so schlimm, dass er sich nicht auf den Fuß hätte stützen können. Er beschloss, die Krücke am nächsten Tag zurückzugeben. Vielleicht könnte Mona Sund sie mitnehmen, dann bräuchte er nicht selbst hinauf zum Krankenhaus zu gehen.

Es war nahezu windstill. Die Straßen waren leer und verlassen. Er verspürte eine Unruhe in den Beinen. Ein Kribbeln. Er dachte, es liege vermutlich daran, dass er in der letzten Zeit so viel in der Stille gewesen war. Er war es gewöhnt, sich zu bewegen. Der Morgenspaziergang. Der Lunchspaziergang. Oft auch ein Abendspaziergang. Jetzt bewegte er sich nur auf den wenigen Quadratmetern, welche die Wohnung bot.

Er musste an Berg denken. Vor etwa einem Jahr hatte Berg bei einem Stück mitgemacht, in dem er sich selbst spielte. Oder besser gesagt den, der er einmal gewesen war. Berg spielte einen Taxifahrer, und damit er diese Rolle bewältigen konnte, hatte man ihn in ein Auto gesetzt, das auf die Bühne herein- und wieder hinausgerollt wurde. Berg saß im Auto, die Scheibe heruntergekurbelt, und sagte, was seine Rolle vorschrieb. Manchmal mit den charakteristischen langen Pausen, die mittlerweile eher aus Gewohnheit als aus Notwendigkeit zu entstehen schienen. Die Pausen waren sein Markenzeichen geworden, und er verzichtete ungern darauf.

Thomasson fragte sich, wie es sich mit Bergs Schauspielerei verhielt. Ob sie beendet war, oder ob die Theatergruppe ihm noch einen Platz auf der Bühne bereithielt. Es war sicher nicht immer ganz leicht, einen älteren Mann, unfähig, ohne Stütze zu gehen, in alles einzubeziehen, was gespielt wurde. Vielleicht würde er sich jetzt auf kleine Auftritte in Revuen beschränken müssen. Thomasson beschloss, Berg schon am nächsten Tag danach zu fragen. Es konnte ja nicht so schwierig sein. Ungewohnt, aber nicht schwierig. Berg sprach selten über sich selbst. Er redete viel, aber so ohne weiteres fiel Thomasson nichts ein, was er über das ganz Private erzählt hatte. Mit Ausnahme von Dingen, die im Vorbeigehen herausgekommen waren, zum Beispiel die Sache mit den Mansardenzimmern und den schwedischen

Gastarbeitern. Berg war wie die Auslandskorrespondenten im Rundfunk. Sie redeten über Großmachtpolitik, Weltnachrichten, Regierungschefs, die kamen und gingen, berührten aber selten ihre eigenen Angelegenheiten.

Er stand da in der Abenddämmerung. Die Dunkelheit legte sich immer dichter über die Stadt. Es war, als ob alles gedämpft worden wäre. Die Reihe der Schaufenster begann klarer zu leuchten, die Grillbude auf dem Marktplatz war wie ein Würfel aus Licht. Nach einer Weile ging er hinein und machte die Tür hinter sich zu. Die Wohnung war still und leer. Die Luft schien stickig, obwohl die Balkontür offenstand.

Er beschloss, hinauszugehen. Ein Abendspaziergang würde ihm guttun, und er brauchte ja nicht sehr weit zu gehen. Nur einmal um den Block, um zu spüren, wie es sich anfühlte.

Er zog Schuhe, Mütze und Mantel an. Er war nahezu winterlich gekleidet, es fehlten nur noch lange Unterhosen und ein zweiter Pullover. Die Krücke ließ er in der Diele stehen.

31 Er ging mit einem leichten Hinken auf dem Trottoir am Elektroladen vorbei. Es war so still, dass er hören konnte, wie ein Schritt schneller erklang als der andere. Das gebrochene Handgelenk ruhte unter dem Mantel am Körper. Die Straßen waren trocken, es war nicht überfroren. Er redete sich ein, er könnte sich entspannen.

Nach einer Weile musste er es sich nicht mehr einreden. Er tat es einfach. Sich entspannen. Es fühlte sich gut an, wieder draußen an der frischen Luft zu sein. Spazieren zu gehen. In tiefen und langen Zügen zu atmen. Zu spüren, wie der Körper funktionierte. Diesbezüglich waren sie jedenfalls auf der gleichen Wellenlänge gewesen, er und Siri. Der Körper war für sie beide wichtig, dass er funktionierte, dass man ihn benutzte. Eine Quelle der Freude, sagte Siri. Auch das hatte sie ihn gelehrt. Auch damit hatte sie recht gehabt.

Er begegnete vereinzelt Autos, weiter vorn sah er ein Paar Arm in Arm gehen. Der Herbst in Österbotten ist, wie wenn man einen Raum für eine kurze Weile verdunkelt, vielleicht während man die Möbel umräumt und eine Vase mit Blumen auf den Tisch stellt, und dann das Licht wieder anmacht, wenn der erste Schnee endgültig liegen bleibt. Siri hatte jede Jahreszeit geliebt, aber den Winter vor allen anderen. Vielleicht, weil er am meisten von dem abwich, den sie von zu Hause her gewöhnt war. Der österbottnische

Winter war für sie immer verbunden mit strenger Kälte, tiefem Schnee und ungestreuten Straßen, auf denen der Tretschlitten das gegebene Fortbewegungsmittel war. Auch Wochen und sogar Monate von Matsch und trübem Wetter ließen sie von dieser Ansicht nie auch nur einen Zoll weichen. Besucher und andere Außenstehende bekamen immer nur von der Kälte zu hören, die bis auf dreißig Grad minus herunterkroch, und von funkelnd klaren Wintertagen auf dem Eis.

Er blieb eine Weile vor der Bibliothek stehen. Um den Fuß auszuruhen, aber auch, um zu sehen, was sie ins Schaufenster gestellt hatten. Das Thema des Tages war das Zuhause. Einwecken und Saft machen. Helle deinen Alltag auf. Möbliere dein Heim mit Flohmarktschnäppchen.

Weiter hinten, in den Regalen, standen alle Bücher, die Thomasson durch die Jahre hindurch zu hören bekommen hatte. Oder sie befanden sich unten im Magazin. Vielleicht hatten sie die Runde gemacht, waren auf dem Tisch für aussortierte Bücher zum Verkauf gelandet, dann unverkauft geblieben und weggeworfen worden. Verbrannt worden. In den Kreislauf eingegangen. Wiederverwertung. Eine einzelne Zeile, ein Gedanke oder ein Bild waren vielleicht bei einem Leser hängengeblieben. Hatten möglicherweise sogar zur Hilfe oder zum Trost gereicht. Zur Freude, nicht zuletzt. Für Thomasson bedeuteten die Bücher vor allem die Erinnerung an seine und Siris erste gemeinsame Zeit in der Mansarde in der Bankgatan. Siri, die es sich auf dem Sofa gemütlich machte und fragte, ob sie ein Stück lesen solle, und er, der sich neben sie legte und nach einer Weile merkte, wie die Worte in ihrer Brust zu vibrieren begannen. Am Ende des Blocks angekommen, entschied er sich, nicht umzukehren, sondern stattdessen geradeaus weiterzugehen. Er ging die Esplanade bis zum Ende entlang und bog dann nach links ab. Der Fuß fühlte sich immer noch gut an, und unter dem Mantel, in der Wärme, pochte die Hand langsam und taktfest. Es war die erste Oktoberwoche. Das bedeutete, dass der Gips Mitte November entfernt werden würde. Dann würde er an der Orgel weiterbauen. Zwar war sie im Großen und Ganzen fertig, aber es gab immer noch etwas, das erweitert, ausgetauscht oder verbessert werden konnte. Der Junge, Mika, hatte etwas von abgerundeten Ecken und ungleichmäßigen Tasten gesagt. Es war schwierig, an den Tasten etwas zu ändern, er hatte es schon versucht, ohne Erfolg. Aber die Ecken. Er wusste nicht genau, welche Ecken der Junge gemeint hatte, dachte aber, er könnte dieser Tage zur Kirche gehen und die Telin-Orgel betrachten. Vielleicht schon am folgenden Tag. Es war lange her, seit er sie zuletzt gesehen hatte, und auch wenn es nicht zu Umbauten an seiner eigenen führen sollte, war es vielleicht trotzdem gut, sich die alte wieder einmal anzuschauen, solange sie nun schon da stand. Man weiß nie, was geschieht. Plötzlich wird ein Beschluss gefasst.

Er ging weiter am Gemeindehaus vorbei und machte an der nächsten Straßenecke halt. Der Spaziergang war länger geworden, als er es erwartet hatte, aber alles fühlte sich noch so an, wie es sollte, und als er nach rechts schaute und das Schild des Kulturhauses Scala sah, entschied er sich, hineinzugehen und die Aushänge im Fenster zu lesen. Vermutlich hatte in der Zeitung gestanden, was im Herbst gespielt wurde, aber es hatte ihn nicht so sehr interessiert, dass er es sich gemerkt hätte. Und tatsächlich war es so. Ein unbekanntes Stück eines ihm unbekannten Verfassers stand auf dem Plan. Offenbar würde es den größten Teil der Saison gespielt werden. Die Premiere hatte erst eine Woche zuvor stattgefunden, und im Fenster gab es Fotos von der Vorstellung. Er beugte sich vor, um besser zu sehen. Es war Berg, den er suchte, aber Berg schien nicht dabei zu sein. Sein Name stand nicht auf dem Plakat. Das hatte Thomasson auch nicht erwartet. Bergs Rollen pflegten nicht von der Art zu sein, dass sein Name bei den größeren Namen Platz fand, er musste sich gewöhnlich damit begnügen, ganz hinten im Programm erwähnt zu werden. Aber diesmal schien er überhaupt nicht teilzunehmen.

Als Thomasson umkehrte, um heimwärts zu gehen, bemerkte er ein kleines stechendes Gefühl im Fuß. Nicht stark, aber doch so, dass er dachte, er sollte besser den kürzesten Weg nehmen. Er ging auf der linken Seite, und nach ein paar hundert Metern schaute er aus irgendeinem Grund in ein Fenster, an dem er vorbeikam. Das Haus befand sich dicht am Trottoir, als hätte es schon dort gestanden, bevor die Straße gekommen war, und sei dann gezwungen worden, einen Teil des Platzes abzugeben.

Drinnen im Haus saß Berg an einem Küchentisch. Thomasson blieb stehen. Eine Schusterlampe beleuchtete den Raum. Auf dem Tisch stand ein Transistorradio mit einer großen Antenne, die zur Decke zeigte. Es waren nur ein paar Meter zwischen den beiden Männern. Thomasson sah, dass Berg in einem Stapel von Papieren las. Er schien hoch konzentriert, hin und wieder schaute er auf, und den Blick direkt in den Raum gerichtet, bewegte er die Lippen, als spreche er mit jemandem auf der anderen Seite des Tisches. Nach einer Weile verstummte er und schaute wieder auf das Bündel Papiere. Es war das erste Mal, dass Thomasson Berg ohne Sporthut oder Mütze sah. Oben auf seinem Kopf war das Haar dünn und struppig. Es sah auch etwas heller aus als das, was von den Seiten abstand, als sei der Bereich, der gewöhnlich von der Sportmütze verdeckt war, im Begriff, aus Lichtmangel abzusterben. An der Schmalseite des Tisches konnte er die schwarzen Gummigriffe des Rollators aufragen sehen.

Das Haus, in dem Berg wohnte, war klein, grau und unscheinbar. Es war sehr niedrig, und Thomasson fragte sich, wie groß diese Zimmer auf dem Dachboden eigentlich sein mochten. Möglicherweise hatten sie in der Mitte Stehhöhe, aber mehr auch nicht. Für einen Augenblick fuhr ihm der Gedanke durch den Kopf, dass er anklopfen sollte. Sich einfach nur hinsetzen und ein bisschen schwatzen. Den Fuß ausruhen. Vielleicht eine Tasse Kaffee trinken. Aber es war nur ein Gedanke, und nach einer kurzen Weile setzte er seinen Spaziergang heimwärts fort.

Er ging am Rand des eigentlichen Stadtkerns. Auf der anderen Seite der Straße befanden sich ein Rasen, ein Spielplatz und etwas weiter weg ein Hang mit Steinen, so groß wie Bergs Haus. Rummelbacken. Einer der Schriftsteller aus dieser Stadt, Mikael Lybeck, hatte eine seiner Romanfiguren nach diesem Ort benannt. Romarbacken, ein bodenständiger ehemaliger Seemann mit einem Hang zum Aberglauben. Siri hatte der Roman gefallen, Thomasson selbst fand ihn ein bisschen langweilig. Blutarm. Aber an Romarbakken erinnerte er sich, dank des ausgefallenen Namens und der Steine. Sie hatten sich aus irgendeinem Grund dort angesammelt, alle an einem Platz. Er hatte irgendwann gehört, wie und warum, es aber vergessen. Das war auch so etwas, das Siri gewusst hätte. Sie hätte es ihm erzählt und ihre Erklärung mit einem kleinen erschöpften »Aber …« begonnen.

Er ging vor sich hin und dachte an diese Dinge, woher die Steine kamen und was Siri gesagt hätte, als er die Ecke am

Haus des Uhrmachers passierte. Da gab es keinen Zebrastreifen, und das Auto, das aus dem Zentrum kam, hatte wohl kaum eine Möglichkeit, die graue Gestalt zu sehen, die plötzlich auf die Straße hinaustrat. Das Auto fuhr aus dem Licht heraus in die Dunkelheit, und Thomasson trug wie üblich keine Reflexanhänger. Das war auch etwas, was Siri gesagt hätte, bevor er überhaupt aus der Tür auf die Topeliusesplanade getreten war: Jetzt steck diese Reflexanhänger an!

Von dem Aufprall merkte er sehr wenig. Was er merkte, war, dass plötzlich etwas geschah. Ein rascher Stich in der Brust, wie aus Angst oder Erstaunen. Er hätte in ein abgrundtiefes Loch fallen oder ein Haus hätte über seinem Kopf zusammenstürzen können.

Aber was geschah, war, dass das Auto, ein Jeep, Thomasson an der Seite traf und ihn über die Straße warf, hinauf zu diesen großen Steinen.

Das Herz

32 Der Mann, der das Auto fuhr, hieß Gustav Broman. Während der letzten Jahrzehnte hatte er sich in der Kommunalpolitik engagiert, und bei der letzten Reichstagswahl hatte es sogar geheißen, dass er seine Karriere in der Hauptstadt fortsetzen würde. Damals. Und jetzt war es wieder soweit. In weniger als einem halben Jahr standen wiederum Wahlen an, und Gustav Broman hoffte, eines der zweihundert Mitglieder zu sein, die im nächsten Frühjahr in den Reichstag einziehen würden.

Der Abend, an dem Thomasson auf die Straße trat und von Bromans schwarzem Volvo XC90 gerammt wurde, war dunkel und feucht. Es war nicht ungewöhnlich, dass Broman um diese Tageszeit mit dem Auto unterwegs war, er hatte seine politischen Pflichten zu erledigen, er leitete einen Betrieb, der fast genauso alt und facettenreich war wie er selbst, und er war Vater dreier Kinder, die er zu verschiedenen Freizeitaktivitäten fuhr und wieder abholte.

Er hatte auch eine Frau. Leider war nicht sie es, die an diesem Abend neben ihm saß.

Im selben Moment, in dem Thomasson den Schritt vom Trottoir herunter tat, fischte Gustav Broman sein Mobiltelefon aus der Tasche und warf einen raschen Blick auf das Display.

Louise.

Das stand für Louise Broman.

Die Frau neben ihm hieß Tanja Holm, war vierundzwanzig Jahre alt und studierte Politikwissenschaft an der Akademie von Turku.

Als Broman Louises Namen auf dem Display sah, drehte er das Mobiltelefon zu seiner Mitfahrerin hin und bedeutete ihr mit einem Zeigefinger an den Lippen, dass sie still sein sollte. Dann drückte er auf Antwort. Er schaffte es, das Telefon ans Ohr zu pressen, und es ist möglich, dass er auch etwas sagen konnte, bevor er wieder auf die Straße schaute und eine graue Gestalt direkt vor der Motorhaube erblickte. Die Motorhaube eines Volvo XC90 ist hoch. Einerseits, um dem Auto ein kraftvolles Aussehen zu verleihen, andererseits, um schonend gegenüber Fußgängern zu sein. Vor der kraftvollen Motorhaube erschien Thomassons Oberkörper. Im nächsten Moment wurde er von der Taille abwärts von dem gut zwei Tonnen schweren Auto getroffen.

Tanja Holm schrie. Gustav Broman ließ das Telefon los und trat auf die Bremse. Es gelang ihm, das Auto mitten auf der Kreuzung zum Halten zu bringen. Die Straßen waren leer. Der Abstand war weit zwischen den Laternenpfählen. Der Motor lief nicht mehr, und es war dunkel im Coupé. Auf dem Boden, zwischen seinen Füßen, lag das Mobiltelefon. Es lag auf dem Rücken, und das Display leuchtete blau, wie auf einem Fernsehschirm.

Das erste, was Gustav Broman tat, als Tanja Holm aufgehört hatte zu schreien und er selbst sich dazu überwunden hatte, seinen krampfhaften Griff um das Lenkrad zu lockern, war, sich herunterzubeugen und das Mobiltelefon zusammenzuklappen, das zwischen seinen Füßen lag.

Im Auto war es völlig still. Es war, als sei auch die Zeit

stehengeblieben, solange sie sich nicht bewegten. Eine Bewegung, und die Wirklichkeit würde wieder einsetzen, in Gang kommen, der Körper, der da ein Stück weit entfernt auf der Straße lag, Krankenwagen und blinkende Lichter. Leute, die Fragen stellten und die Antworten auf kleine Blöcke schrieben.

Nach einer Weile durchbrach Gustav Broman die Stille, öffnete die Fahrertür und setzte den Fuß auf den Asphalt. Es war, wie nach einer durchzechten Nacht den Fuß auf den Boden zu setzen, wenn man in seinem Bett liegt und die ganze Welt sich dreht. Das Licht im Coupé ging an. Er drehte sich so, dass er Tanja sehen konnte. Sie saß gegen den Sitz und die Tür gedrückt.

»Warte hier«, sagte er.

Als er die Vorderseite des Autos passierte und nach rechts und links blickte, musste er den Impuls unterdrücken, sich hinunterzubeugen und mit der Hand nach Schäden am Blech zu tasten. In seiner Hosentasche lag das Telefon und vibrierte, als sei es ein lebendes Wesen.

Der Mann lag regungslos auf dem Bauch, den Oberkörper im Gras. Es waren keine Spuren von Blut zu sehen. Von oben wirkte er ganz unverletzt. Broman sah sofort, dass es ein älterer Mann war. Er war ganz in Grau gekleidet, die Mütze befand sich immer noch auf dem Kopf.

Das Telefon hatte jetzt Ruhe gegeben. Er holte es aus der Tasche. Es fühlte sich warm an in der Hand. Er sah Louise vor sich, wie sie im Wohnzimmer vor dem Panoramafenster auf dem Sofa saß und sich fragte, was geschehen war. Er klappte das Telefon auf, um anzurufen, schloss es dann aber wieder mit einem kleinen Knall.

Er hockte sich hin. Die Abendluft legte sich kühl um die Schienbeine. Vorsichtig griff er nach der Schulter und der

Hüfte des Mannes und drehte ihn um. Er musste sehen, ob er lebte. Ob es ernst war.

Aber er wusste, dass es ernst war. Es konnte nicht anders sein.

Der Mann lebte. Als Broman ihn umdrehte, gab er einen Seufzer von sich, wie wenn man ein schlafendes Kind hochhebt. Er atmete flach, aber regelmäßig. An der Vorderseite war Blut durch die Kleider gesickert. Broman stand auf und holte das Telefon wieder heraus. Er ging zum Auto. Das Mädchen saß so da wie zuvor. Broman kletterte auf den Fahrersitz.

»Ich muss anrufen«, sagte er.

»Ist er tot?«

»Nein.«

Gustav Broman rief direkt im Krankenhaus an. Er hatte die Nummer in seinem Telefon gespeichert. Es war nur zwei Blocks weit entfernt, in ein, zwei Minuten würde Hilfe kommen.

Er wusste nicht, was er mit Tanja Holm anfangen sollte. Es würde ein Verhör geben, sie würden wissen wollen, wie das Ganze passiert war. Und das war an und für sich kein Problem; der alte Mann war ja direkt auf die Straße hinausgetreten. Es hatte keine Möglichkeit gegeben auszuweichen.

Das Problem war, wie er die Anwesenheit des Mädchens erklären sollte.

Vielleicht musste sie überhaupt nicht erklärt werden?

Aber man würde sie befragen. Es würde ein Protokoll geschrieben werden. Auf die eine oder andere Art würde die Sache zu Louise gelangen. Früher oder später. Die Polizei, die Sanitäter, Neugierige, irgendjemand würde die Information weiterleiten. Und Louise war seine Affären leid. Er hatte sein Versprechen gegeben. Auf Ehre und Gewissen. Obendrein war auch noch Wahl.

Wie er es sah, gab es keinen Anlass, die Sache zu komplizieren. Schon gar nicht zu diesem Zeitpunkt.

Noch hatten sich keine Neugierigen versammelt. Vermutlich lag das daran, dass alles so lautlos geschehen war. Es war fast so, dass er hätte weiterfahren können.

Er stieg aus dem Auto und ließ die Fahrertür offen.

»Zieh deine Jacke an. Und dann nimmst du deine Tasche.«

Tanja Holm stieg aus dem Auto und zog die Jacke an. Dann öffnete sie die hintere Tür, nahm aber nicht ihre Tasche, sondern eine Decke, die auf dem Sitz lag. Sie ging mit raschen Schritten über die Straße zu dem Mann. Broman sah, wie sie sich hinunterbeugte und die Decke über ihn breitete. Eine schwarze Tasche mit Schulterriemen stand noch auf dem Boden. Broman nahm die Tasche aus dem Auto. Sie war schwer. Tanja hatte offenbar Bücher für ihr Studium dabei. Er zögerte kurz, dann stellte er die Tasche wieder zwischen den Sitzen auf den Boden.

Tanja Holm studierte seit Ende der neunziger Jahre in Turku. Aber sie stammte aus einem der Dörfer außerhalb der Stadt und hatte verschiedene Bekannte, die noch da wohnten. Eine ihrer ältesten Freundinnen hatte sich kürzlich scheiden lassen und wohnte jetzt mit ihrem Sohn in einem Haus auf der anderen Seite des Parks. Wenn Tanja dem Kiesweg folgte, würde sie zu dem Haus der Freundin kommen.

Gustav Broman ging zu ihr hin, wie sie da neben dem Mann hockte.

»Jetzt machen wir es so«, fing er an.

Tanja Holm hielt eine Hand an der Wange des Mannes,

während sie auf das hörte, was Broman zu sagen hatte. Der Alte hatte die Augen geöffnet und schien sie anzusehen. Sein Blick war abwesend. Vermutlich wusste er nicht, wo er war oder was geschehen war. Er sagte nichts.

»Du musst dafür sorgen, dass ein Krankenwagen kommt«, sagte Tanja Holm. »Jetzt gleich.«

Sie stand auf.

»Du musst noch einmal anrufen.«

»Er ist unterwegs«, sagte Broman. »Geh du ruhig, ich kümmere mich um das hier, und wir sehen uns dann später.«

Er beugte sich vor und gab ihr einen leichten Kuss. »Mach dir keine Sorgen«, sagte er, »das regelt sich von selbst.«

»Ich warte ein Stück weiter weg«, sagte sie, »bis ich den Krankenwagen kommen sehe. Und wenn er nicht in ein paar Minuten eintrifft, rufe ich ihn selber.«

Er schaute ihr nach, wie sie durch den Park ging. Sie hatte die Hände in die Jackentaschen gesteckt und sah sich nicht um. Das Geräusch ihrer Schritte auf dem Kies wurde schwächer. Nach einer Weile konnte er sie nicht mehr sehen.

Er hörte einen herankommenden Wagen. Er schaute nach links und erwartete, den Krankenwagen um die Ecke biegen zu sehen. Doch die Straße blieb dunkel, und kein Auto war zu sehen. Stattdessen kam eins von der anderen Seite. Es passierte das Kulturhaus Scala und näherte sich rasch. Es war ein grauer Personenwagen, ein etwas älteres, offenbar japanisches Modell. Mitsubishi, Toyota, Mazda, er wusste es nicht, sie sahen im Großen und Ganzen alle gleich aus. Es hielt neben dem Grasstreifen, ein paar Meter von dem Mann entfernt. Broman kannte das Auto, er hatte es viele Male gesehen. Immer, wenn etwas passiert war, geplant oder ungeplant, tauchte es wie aus dem Nichts auf.

Der Besitzer des Wagens war Marklund, Redakteur beim Regionalfernsehen. Broman fragte sich, ob es ein Zufall war, oder ob er irgendwie in Kontakt mit dem Krankenwagen und der Polizei stand, auf welche Weise auch immer. Vielleicht war es ganz einfach so, dass er den Funkverkehr abhörte? Nicht ganz ausgeschlossen. Marklund betrieb den lokalen Fernsehkanal weitgehend in eigener Regie, und so war es immer gewesen. Er hatte ein besonderes Gespür und dokumentierte alles, was wert war, dokumentiert zu werden.

Aber diesmal kam er vermutlich rein zufällig vorbei. Soweit Broman wusste, wohnte er hinter der Scala, und vermutlich war er unterwegs zur Redaktion am anderen Ende der Stadt, um vor der nächsten Sendung noch das eine oder andere zu regeln.

Marklund stieg aus dem Auto, fast bevor es hielt. Wie ein Cowboy von seinem Pferd springt.

»Was ist passiert?«

Er schaute auf den Mann am Boden. Ging direkt zu ihm hin.

»Haben Sie schon angerufen?«

»Sie sind unterwegs.«

Marklund setzte sich. Es schien, als wollte er sich vergewissern, dass der Atem ging, wie er sollte. Er befühlte den Hals des Mannes und hob die Decke ein wenig an, wie um zu sehen, ob noch alles da war.

»Es ist Thomasson«, sagte er knapp.

Broman sah, dass er eine Filmkamera dabeihatte. Sie lag neben ihm im Gras. Offenbar hatte Marklund den Eindruck gehabt, dass es richtig ernst war, da er eingegriffen hatte, bevor er mit dem Filmen begann. Aber jetzt war Schluss mit der Freizeit, denn jetzt streckte er den Arm aus und zog die Kamera zu sich heran. Er stand auf und hob die Kamera auf die Schulter. Broman sah, dass er den Mann im Gras filmte und dann einen Schwenk über die Straße und hin zu Bromans Volvo machte, der mit offener Fahrertür schräg auf der Kreuzung stand. Er ging näher heran und filmte ins Auto hinein. Broman wollte ihm gerade zurufen, er solle damit aufhören, als Marklund die Kamera auf ihn richtete. Sie stand direkt vor Bromans Gesicht.

»Können Sie etwas dazu sagen, wie es passiert ist?«

»Jaa«, sagte Broman, »ich kam von …«

Da wurden sie vom Krankenwagen unterbrochen, der um die Ecke bog. Marklund drehte die Kamera dorthin, und Broman bekam eine kleine Atempause. Die Sanitäter nickten kurz, als sie aus dem Wagen stiegen und zu dem Mann hingingen. Sie machten sich ans Werk.

Marklund filmte. Er filmte alles genau, die Kamera folgte den Sanitätern, der Trage, die hinten in den Krankenwagen hineingeschoben wurde, dann schwenkte sie zurück zu dem Auto auf der Kreuzung, an dessen Vorderseite entlang, hinaus zum Park und zum Kiesweg und so weiter, bis hin zu Broman, der ratlos mitten auf der Straße stand. Die Polizei war noch nicht zu sehen.

»Waren Sie allein im Auto?«

Gustav warf einen unwillkürlichen Blick zum Kiesweg hin, bevor er antwortete. Er fragte sich, ob Marklund es geschafft hatte, Tanja zu sehen. Das konnte wohl kaum sein. Und wenn er sie gesehen hatte, wie hätte er dann wissen sollen, dass sie mit in dem Auto gesessen hatte?

»Hören Sie, Marklund«, sagte er, »kümmern Sie sich um Ihre eigenen Angelegenheiten, dann kümmere ich mich um meine.«

Broman versuchte, Marklunds Blick irgendwo da hinter

der Kamera einzufangen, aber es gelang ihm nicht, die Kamera war wie eine Wand zwischen ihnen. Broman dachte, es würde ihn nicht wundern, wenn Marklund eines Tages der Urheber einer ganz neuen Rasse sein würde; einer, bei der die Filmkamera an der Schulter festgewachsen war.

Er versuchte, den Blick auf etwas zu fixieren. Herumirrende Augen machten sich nicht gut im Bild. Er fühlte sich nicht ganz wohl da draußen auf der dunklen Straße, mit dem Auto schräg auf der Kreuzung und Marklunds Filmkamera, die in der Gegend herumschwenkte und alles einzufangen schien, was einzufangen war. Die Sanitäter waren mit ihrer Arbeit fertig und fuhren los zum Krankenhaus. Es gab keine Sirenen oder blinkende Lichter. Obwohl das nicht bedeuten musste, dass der Mann außer Gefahr war. Die Stadt war menschenleer.

»Ich muss hinauf zum Krankenhaus«, sagte Broman, »ich verlasse den Ort nicht, ohne zu wissen, wie es steht.«

Marklund, der die Abfahrt des Krankenwagens gefilmt hatte, ließ die Kamera sinken. Broman versuchte zu erkennen, ob er sie auch ausgeschaltet hatte, aber er verstand nicht genug von der Technik, um das beurteilen zu können. Er dachte, es sei am besten, sich so zu verhalten, als ob die Kamera liefe. Marklund konnte sehr wohl da stehen und alles aufnehmen, was sie sagten.

Broman ging zu seinem Wagen.

»Wie gesagt, ich fahre hinauf zum Krankenhaus. Wenn Sie noch Fragen haben, können Sie mich gern morgen anrufen.«

Er blieb eine Weile im Auto sitzen, bevor er den Motor startete. Marklund trat vom Straßenrand weg und ging direkt vor Broman vorbei. Er hob die Hand zum Gruß. Broman erwiderte den Gruß. Er ließ den Motor an. Die Laternen beleuchteten die großen Steine auf der anderen Straßenseite. Das Inlandeis? Hatte es die Steine zusammengedrückt, so dass sie sich alle an derselben Stelle versammelt hatten? Er erinnerte sich nicht. Jetzt lagen sie, wo sie lagen. In Ewigkeit. Er fuhr ein paar Meter rückwärts, bog dann nach links ab und folgte dem Weg, den der Krankenwagen vor ein paar Minuten genommen hatte. Er versuchte klar zu denken. Was geschehen war und was es bedeuten konnte. Der alte Mann, Thomasson, war auf die Straße hinausgetreten – in der Herbstdunkelheit! – ohne Reflexanhänger. Broman hatte sich an die Geschwindigkeitsbeschränkung gehalten, er war nüchtern, das Auto war in tadellosem Zustand. Hier gab es also keine Probleme.

Das Problem befand sich auf einer ganz privaten Ebene. Tanja Holm hatte mit im Auto gesessen. Er fragte sich, ob Marklund wohl zufällig etwas gesehen hatte. Oder ob jemand aus einem Fenster geschaut und sie hatte weggehen sehen. Er wusste es nicht. Und jetzt war es, wie es war. Er schüttelte die Gedanken ab, im Laufe der Jahre hatte er stärkere Stürme überstanden. Seiner Erfahrung nach pflegte sich das meiste von selbst zu regeln. Trotz allem. Es galt nur, still im Boot zu sitzen. Er bog auf den Parkplatz des Krankenhauses ab. Ein Streifenwagen stand am Eingang. Er warf einen letzten Blick in den Spiegel, dann stieg er aus.

33

Agnes Frid hatte nur einige wenige Stunden geschlafen. Sie lag immer lange wach und drehte und wendete sich, wenn sie bei Kevin übernachtete. Das Bett war zu schmal, aber ein breiteres fand keinen Platz in seinem Jungenzimmer. Sie hatten darüber gesprochen, eine größere Wohnung zu suchen und zusammenzuziehen. Aber es war bei den Plänen geblieben. Und es würde vermutlich auch dabei bleiben. Im Frühjahr würde Agnes ihre Ausbildung beendet haben und sich an der Kunsthochschule in Stockholm, an der Valand in Göteborg und an der Rietveld in Amsterdam bewerben. Vielleicht auch in Helsinki. Sie wusste es noch nicht.

Kevin sagte, es spiele keine Rolle, sie seien alle gleich weit weg.

Und so war es ja auch. Es war ein weiter Weg zwischen Anderssons Schrotthandel und der Kunsthochschule, wo sie auch lag und wie sie auch hieß.

Es war kurz nach acht. Sie hatte auf die Uhr geschaut, bevor sie ging, und da war es ein paar Minuten vor acht gewesen. Riitta und Kevin waren schon zur Arbeit gefahren. Agnes hatte Mika geweckt und dafür gesorgt, dass er wenigstens aufrecht im Bett saß, bevor sie ging. Er hatte ins Licht geblinzelt und sich das Gesicht gerieben. Das kleine Kind in ihm war deutlich zu sehen, wie er da verschlafen mit seiner zerknautschten Decke über den Beinen saß. Verschwollene Augen und ein dünner Körper in einem weißen T-Shirt. Blaue Flecke an den Oberarmen. Nach einer Weile hatte er begonnen, sich nach seinen Kleidern umzusehen. Agnes hatte seine Hosen vom Boden aufgelesen und sie aufs Bett gelegt.

So würde er es jetzt vielleicht in die Schule schaffen. Das hoffte sie jedenfalls. Sie hätte vielleicht bleiben und dafür sorgen sollen, dass er frühstückte und sich tatsächlich auf den Weg machte, aber sie wollte nicht Mutter spielen. Sie fand, dafür sei sie viel zu jung.

Aber sie würde von zu Hause aus anrufen. Das war nicht zu viel verlangt.

Als sie an den Anfang ihres eigenen Blocks kam, sah sie eine schwerfällige Figur auf der anderen Seite um die Ecke biegen. Es war Berg, der auf dem Weg war, seinen Posten vor dem Elektroladen einzunehmen. Ein bisschen früh für die Jahreszeit. Es waren fast Minusgrade in der Luft.

Berg parkte ein wenig umständlich neben dem Fahrradständer, zog ein Stück Schaffell heraus, das er unter seiner Jacke gehabt hatte, und legte es auf den Sitz des Rollators. Dann setzte er sich hin, mit dem Blick über den Marktplatz und die Esplanade. Er schaute auf die Autos, die vorbeifuhren, und folgte den Fahrern mit dem Blick, um zu sehen, ob sie ihn bemerkten und vielleicht grüßten. Agnes fand, neben dem Rollator auf dem Trottoir hätte ein Schäferhund liegen sollen. Sie musste irgendwann die Gelegenheit ergreifen und Berg fragen, warum er keinen Hund hatte. Das wäre doch eine gute Gesellschaft für ihn. Vielleicht war er allergisch. Oder aber er mochte einfach keine Tiere.

Als sie näher kam, drehte Berg den Kopf und sah sie. Er hatte die Sportmütze gegen eine Fellmütze mit Schirm und Ohrenklappen vertauscht. Ein zuverlässiges Zeichen dafür, dass der Winter im Anzug war. Agnes näherte sich, um ein paar Worte mit ihm zu wechseln, bevor sie zu sich nach Hause ging.

Berg folgte ihr mit dem Blick, bis sie direkt vor ihm stand.

»Hallo«, sagte Agnes, »heute bist du früh dran.«

»Jetzt steht es schlecht um Thomasson«, sagte Berg.

Er sah ernst aus. Sein Gesicht war so offen wie das eines Kindes. Agnes musste an Mika denken, schlaftrunken in seinem Bett und in die Welt blinzelnd.

Berg erzählte, was geschehen war. Er selbst hatte nichts gesehen, aber im Polizeifunk gehört, dass es einen Unfall an der Ecke Sollefteågatan Karleborgsgatan gegeben hatte. Durch das Rauschen hindurch hatte er aufgeschnappt, dass eine Person verletzt worden war.

»Ich wohne da«, sagte er, »nur ein Stück weit davon entfernt.«

Agnes versuchte zu erraten, welche Ecke es sein mochte. Aber sie kannte die Stadt zu wenig. Wo die Sollefteågatan lag, wusste sie, die kreuzte nur zwei Blocks weiter die Esplanade, aber von der Karleborgsgatan hatte sie noch nie etwas gehört.

»Rummelbacken«, erklärte Berg. »Die Straße, in der die Scala liegt.«

Da wusste sie es. In der Scala war sie schon mehrfach gewesen. Das Theater veranstaltete ungefähr die Hälfte der Kulturangebote der Stadt. Die andere Hälfte bestritt die Rathausgalerie.

Berg erzählte, dass er am Abend zuvor in seiner Küche gesessen und seine Rolle geübt hatte, als das Radio plötzlich auf eine Art geknistert hatte, die ihn immer dazu brachte, die Ohren zu spitzen. Er hatte Holmbergs Stimme erkannt, und die kurze Beschreibung dessen, was wo geschehen war, ließ ihn rasch verstehen, dass es sich um seinen eigenen Häuserblock handelte. Er hatte zum Fenster hinausgeschaut, aber nichts anderes sehen können, als dass an der Ecke zum Sollefteåvägen hin mehrere Autos standen. Eins davon hatte er als das von Redakteur Marklund erkannt. Kurz darauf hatte er gesehen, dass der Krankenwagen zur Stelle war. Als Berg es endlich bis zum Trottoir geschafft hatte, waren alle schon davongefahren.

»Man ist nicht mehr so schnell«, sagte er. »Aber was man nicht in den Beinen hat, muss man im Kopf haben.«

Also hatte er mit Marklund vom Regionalfernsehen telefoniert. Er telefonierte oft mit ihm wegen Dingen, die geschehen waren, oder solchen, die geschehen würden. Manchmal auch wegen Dingen, die hätten geschehen sollen.

»Man hat ja durch die Jahre mit dem einen oder anderen Tipp beigetragen«, sagte er.

Er hatte Marklund auch von dem Mädchen erzählt, das er ein Stück weiter weg auf dem Kiesweg gesehen hatte. Sie hatte da gestanden, bis alle Autos weggefahren waren. Berg hatte vorgehabt, ihr etwas zuzurufen und sie zu fragen, ob sie wusste, was geschehen war, aber er war nicht schnell genug gewesen, bevor sie in der Dunkelheit verschwand. Er meinte, mit ihr könnte Marklund reden, wenn er einen wahrhaftigen Augenzeugen haben wollte. Berg wusste sogar, wie das Mädchen hieß. Tanja Holm. Sie stammte aus Munsala, ihre Eltern waren Bauern, und Berg hatte sie selbst nach den Festen des Männerchors im Restaurant von Döbeln mehrmals nach Hause gefahren, es war in seiner Glanzzeit Anfang der achtziger Jahre. Er hatte sie gewissermaßen entstehen sehen, sagte er. Es war in der Nacht des Luciafestes 1981. Das Ehepaar Holm hatte kurz nach Mitternacht Bergs Taxi gerufen, und sie waren während der

Fahrt nach Hause sehr zärtlich miteinander gewesen. Er erinnerte sich daran, weil er im Herbst 1982 das Resultat gesehen hatte, als er eine Fahrt zur Entbindungsstation gehabt und Frau Holm mit einem neugeborenen Kind auf dem Arm getroffen hatte.

Marklund hatte zugehört und sich bedankt und nach einer Weile gesagt, nun müsse er sich wieder seinen Pflichten widmen, um rechtzeitig nach Hause zu kommen, ehe seine Frau aufstand und zur Arbeit ging. Also hatte Berg im Krankenhaus angerufen. Einmal am Abend, und dann noch einmal jetzt am Morgen.

»Und es steht schlecht«, sagte er. »Richtig schlecht.«

34

In Stockholm leben Thomassons Enkel ihr Leben. Der Älteste hat schon eine Wohnung, eine Lebensgefährtin und eine Arbeit, mit der er sich wohlfühlt. Der Jüngere studiert und wohnt bei seinen Eltern im Einfamilienhaus in Huddinge. Er wohnt da mit seinem Vater und mit der Frau, die sie Mama nennen.

Thomassons Nichten und Neffen im südlichen Finnland, die Großnichten und Großneffen und deren Kinder. Die Nichte ein Stück weiter nördlich, Frührentnerin, und ihre Kinder, der älteste Sohn, der noch mit seiner Familie auf dem heimatlichen Bauernhof wohnt, die Tochter, die schon Anfang der neunziger Jahre nach Dänemark gezogen ist – ausgerechnet! Und dann der jüngste Sohn, irgendwo, niemand weiß genau, wo.

Und dann noch Siris Familie, deren Geschwister, die Nichten und Neffen, die Angeheirateten, alles, was es in einer großen Verwandtschaft gibt.

Thomasson dachte an sie alle. Bekannte und Unbekannte. Es war, wie ein Gruppenfoto von einem Arbeitsplatz zu sehen, den man vor Jahrzehnten verlassen hat. Dort ein Gesicht, das vage bekannt ist, und da, rechts oben, die Person, an die man oft gedacht hat, ohne sich aufzuraffen, Kontakt mit ihr aufzunehmen.

Und auch diesmal wurde nichts daraus.

Ärzte richteten Knochen ein, entnahmen Blut und führten ihm Blut zu, noch bevor er das Bewusstsein wiedererlangt hatte. Als er allmählich aufwachte, war er ein Paket. Schwestern und Ärzte mit unbekannten Gesichtern und Namen, die er noch nie gehört hatte, kamen und gingen. Er kannte keinen von ihnen, aber das spielte auch keine Rolle. Es war, als sei er noch nicht gelandet. Er hatte nicht aufgegeben, aber er hatte aufgehört, weiter zu denken als bis zur nächsten Mahlzeit und den Tabletten zur Nacht.

Eines Tages kam Riitta Hellberg zu Besuch. Sie hatte Agnes dabei. Sie brachten ihm Blumen und eine Tüte mit Obst. Riitta sagte, sie wüsste nicht, was ihm schmeckte, aber wenn es etwas anderes wäre, das er lieber hätte, könnte sie es für ihn besorgen. Er bat Agnes, ihm gleich eine Banane zu schälen. Der rechte Arm war noch brauchbar. Er konnte ohne Hilfe essen.

»Micke lässt grüßen«, sagte Agnes. »Er wollte an einem anderen Tag kommen. Jetzt ist er in der Schule.«

»Das ist gut«, sagte Thomasson, »das ist gut, grüß ihn zurück.«

Der Mann im Bett neben ihm drehte sich stöhnend auf die Seite. Er hatte keine sichtbaren Schäden, also war es vermutlich das Übliche, ein Infarkt. Thomasson hatte noch nicht mit ihm gesprochen, nur rasch genickt, wenn ihre Blicke sich zufällig trafen. Der Mann hatte so etwas wie einen Schleier über den Augen gehabt. Das kam vielleicht von den Medikamenten.

Thomasson fühlte sich bereits nach der halben Banane satt. Als er sich auf die andere Seite drehte, um zu sehen, wo er sie hinlegen konnte, nahm ihm Riitta Hellberg die Banane aus der Hand, deckte sie mit der Schale zu und legte sie auf den Tisch neben dem Bett.

»Den Rest esse ich später«, sagte Thomasson.

Riitta Hellberg sah müde aus. Vielleicht hatte sie schon müder ausgesehen, als sie sich das letzte Mal sahen, aber da hatte Thomasson es zumindest nicht bemerkt. Vielleicht kam es von den Neonröhren im Krankenhaus. Unter ihren Augen waren dunkle Ringe, und ihre Haut wirkte grau. Jetzt sah er auch, dass ihre Haare am Ansatz zu ergrauen begonnen hatten. Es war, als sei der Scheitel mit Kalk gepudert. Aber so etwas geschieht ja nicht innerhalb einer Woche, also lag es bestimmt an dem Licht, dass er es jetzt sah.

»Wie geht es mit der Arbeit?« fragte Thomasson. »Habt ihr schon angefangen zu packen?«

»Wir haben es jedenfalls geplant«, sagte Riitta. »Aber wir werden bis Weihnachten mehr oder weniger wie gewohnt arbeiten.«

Thomasson erinnerte sich daran, wie die Fabrik eröffnet worden war. Im Jahr 1972. Siri, Maja und er wohnten damals in dem Haus am Fluss, der Laden hatte dichtgemacht und Thomasson hatte angefangen, auf seinem ersten Schiff zu arbeiten, M/S Apollo. Auch die Apollo war von der Meyerwerft in Deutschland gebaut worden, aber damals war Thomasson noch nicht dabei gewesen, als das Schiff heimgeholt wurde, sondern heuerte erst später an, als sie schon zwischen Nådendal und Kapellskär verkehrte. Im März 1972 war Thomasson an Bord der Apollo, als drei Männer aus einem Gummifloß auf der Ålandssee gerettet wurden. In diesem Jahr lag das Packeis hoch getürmt, und auf der Route der Apollo, ungefähr zehn Seemeilen nordöstlich von Flötjan, ging ein schwedischer Trawler unter. Damals, in der Kälte draußen an Deck, während das Gummifloß im eiskalten Wasser schaukelte, erkannte er, dass es wirklich geschehen konnte. Das Meer ist nicht zahm. Ein Fehler, und es holt einen. In seiner Kindheit streckte sich der Neck aus dem Brunnen und zog die Kinder herunter, die zu nahe herangingen. Genau so war es mit dem Meer. Er stand an Deck und fragte sich, ob die drei auf dem Floß die einzigen waren, die überlebt hatten. An diesem Tag waren die Wellen nicht so hoch, dass sie sich an den Spitzen brachen. Das Meer wogte. Die Oberfläche war dunkel. Es sah aus, als triebe das Floß in schaukelndem Schweröl.

Das gab Thomasson zu denken. Aber nach einer geglückten Rettungsaktion und ein paar Sitzungen in der Messe, bei denen die Ursachen erörtert worden waren und die Spekulationen sich in alle Richtungen erstreckt hatten, begann die Sicherheit zurückzukehren. Denn es gab immer einen Grund dafür, dass ein Schiff unterging. Es gab einen Mangel, jemand hatte einen Fehler gemacht. Solche Mängel, und darüber waren sich die meisten einig, gab es auf einem neuen und großen Passagierschiff wie der M/S Apollo nicht. Sie hatte eine kompetente Besatzung, war gut hundert Meter lang, fasste über tausend Passagiere und war auf einer der weltweit besten Schiffswerften gebaut worden.

Und die Apollo blieb durch die Jahre und Jahrzehnte hindurch flott. Im Herbst '94, kurz nach der Estoniakatastrophe, hörte Thomasson wieder von ihr. Da war sie in die heimischen Gewässer zurückgekehrt. Unter verschiedenen Namen war sie jahrzehntelang zwischen Häfen rund um die Welt verkehrt. Jetzt, unter ihrem neuen Namen Linda 1, segelte sie zwischen Helsinki und Tallinn.

Die frühere Apollo war wie ein abgedankter Profiboxer, der gezwungen war, während vieler Jahre auf immer kleineren Galas für immer weniger Geld aufzutreten. Aber jetzt war sie zu Hause. Trotz großer Mengen von Schmugglerware, Ärger wegen eines Transports mit jugoslawischen Flüchtlingen, einem Maschinenfehler und einer Grundberührung vor Helsinki setzte die Linda 1 ihren Verkehr von Hafen zu Hafen fort. Im Oktober '94 wurde sie wegen eines defekten Bugtors gestoppt. Der Fehler wurde behoben, und kurze Zeit darauf nahm sie ihren Taufnamen wieder an: Apollo.

Als Thomasson zuletzt von ihr gehört hatte, war sie unterwegs nach Neufundland.

Wie so viele andere auf der Jagd nach ihrer ewigen Heimat.

1972. Das war auch das Jahr, in dem eine Zentralantenne auf der Spitze des Wasserturms errichtet wurde und die Stadt auf eine deutlichere Art als zuvor ein Teil der größeren Welt wurde. Plötzlich bekam man vier Fernsehkanäle herein, mehr als irgendwo sonst in Finnland. Und damit nicht genug, durch die Kabel an der Zentralantenne des Wasserturms begann man auch eigene, lokal produzierte TV-Programme auszustrahlen. Das allererste Programm wurde am 17. Dezember 1972 gesendet, am Nachmittag. Thomasson erinnert sich daran, weil sie alle drei, er selbst, Siri und Maja, in dem Haus am Fluss saßen und die Ausstrahlung ansahen. Sie hörten die Rede des Stadtdirektors, sie verfolgten die Andacht, aber das eigentlich Interessante war die Luciafeier im Jugendheim. Die Veranstaltung hatte ein Publikum von über tausend Personen angezogen, mehr als die Hälfte der Stadtbevölkerung. Maja saß ganz vorn auf der Sofakante und schaute unter Protest zu. Sie fand, sie hätte selbst zumindest als Jungfer dabei sein sollen. Mindestens! Und jetzt, wo es im Fernsehen kam und alles!

Siri flimmerte mehrmals im Bild vorbei. Es fühlte sich sehr neu an, sehr spannend. Die Welt, die sich mit Hilfe der Zentralantenne nach innen geöffnet hatte, zur eigenen Lokalbevölkerung hin, fühlte sich an diesem Nachmittag größer an als die, welche sich nach außen geöffnet hatte.

Im selben Jahr, 1972, gründete das schwedische Familienunternehmen Abeko eine Tochterfirma in der Stadt und stellte etwa zwanzig Näherinnen an. Nicht schlecht für einen so kleinen Ort. Ein paar Jahre später war die Zahl der Angestellten auf dreißig angewachsen.

Jetzt sollte die Fabrik innerhalb etwa einer Woche geräumt werden.

»Ja ja«, sagte Riitta und lächelte. »Agnes wartet nur darauf, dass wir zusammenpacken und verschwinden, damit sie mit der Arbeit für die Ausstellung anfangen können.«

Thomasson wandte sich Agnes zu. Er fühlte, wie behutsam er das tun musste. Sein Körper war ein baufälliges Haus, und er wusste nicht, welche Teile tragend waren.

»Wir haben an eine Ausstellung in der leeren Fabrikhalle gedacht«, sagte sie. »Da gibt es viel Platz, und außerdem passt es auch ziemlich gut.«

Sie schaute auf Riitta.

»Finde ich jedenfalls.«

»Ja«, sagte Riitta, »vielleicht tut es das.«

Es wurde still. Thomasson war wie gesagt kein Menschenkenner, aber so viel verstand er immerhin, dass diese Sache mit der leeren Fabrikhalle und der Ausstellung der Kunstschule nichts war, worüber sich die Frauen ganz einig waren.

Thomasson versuchte die Stimmung etwas aufzuheitern, indem er sagte, dass er jetzt, dank seines Abendspaziergangs, etwas Schmerzhaftes erfahren hatte, worüber er schreiben konnte.

»Aber am schlimmsten ist es in der Hüfte«, sagte er. »Da tut es am meisten weh.«

»Wie ist es mit den Beinen?« sagte Riitta.

Thomasson schaute hinunter aufs Bett zu seinen Beinen. Da lagen sie. Die Beine. Er wusste nicht, was mit ihnen geschehen würde.

Er lachte auf: »Ja, ein Sprinter wird wohl nicht mehr aus mir werden.«

Der Mann im Bett nebenan stöhnte wieder laut und drehte sich auf den Rücken. Er schaute zu Thomassons Bett hin. Der Mund stand halb offen, er war faltig und unrasiert. Er schaute, wie um festzustellen, ob da jemand war, den er kannte.

»Wasser«, sagte er.

Riitta stand auf und ging zu ihm hinüber. Eine weiße Schnabeltasse aus Plastik stand auf dem Tisch neben dem Bett des Mannes. Riitta half ihm zu trinken, dann legte sie die Decke zurecht und kam zurück zu Thomasson. Ein Hauch von Medikamenten und Putzmittel zog über das Bett. Aus dem Korridor hörte man Rufe und dann rasche Schritte über den Boden.

Riitta erzählte, Mika sei auf der Schultreppe gestolpert, weil er es so eilig hatte, nach Hause zu kommen, und hätte eine große Schürfwunde an der Wange gehabt.

»Er hatte die Wunde gesäubert und selbst mit Pflastern versorgt, als ich von der Arbeit nach Hause kam«, sagte sie, »er kann das, er hat gesehen, wie sein Vater und sein großer Bruder ihre kleinen Wunden über die Jahre hinweg mit Pflastern versorgt haben.«

Thomasson schaute sie an, um zu sehen, wie sie sich dabei fühlte, wenn sie von ihrem Mann sprach. Aber ihr war nichts anzumerken. Ein Jahr war vergangen, es war nicht anzunehmen, dass sie es verwunden hatte, aber offenbar doch so weit, dass sie ihn beiläufig erwähnen konnte, ohne das Gespräch ins Stocken zu bringen.

Thomasson war dabei, etwas zu sagen, zögerte aber wie üblich eine Spur zu lange und schaffte es nicht, bevor Agnes einsprang und fragte, ob er etwas vom Fahrer des Wagens gehört hatte.

Thomasson meinte, es sei ein junger Mann. Oder eigentlich im mittleren Alter, so um die Fünfzig. Er war am Tag davor zu Besuch gekommen.

»Gustav Broman«, sagte Riitta. »Sie haben ihn bestimmt schon mal gesehen. Er sitzt in der Stadtverordnetenversammlung.«

Thomasson deutete auf eine Schachtel mit Aladdin-Pralinen, die in dem Regal unter dem Tisch lag.

»Er hatte das dabei«, sagte er. »Aber ich mache mir nichts aus Schokolade, also könnt ihr sie nehmen, wenn ihr wollt.«

Thomassons Augenlider begannen schwer zu werden. Gleich nachdem die Stimmen für eine Weile verstummt waren, senkten sich die Lider und sein Atem wurde immer tiefer. Riitta nickte Agnes über das Bett hinweg zu. Agnes erwiderte unmerklich das Nicken.

Riitta legte eine Hand auf Thomassons Arm und sagte, es sei Zeit für sie zu gehen.

Thomasson schaute auf.

»Ich bin wohl eingeschlafen«, sagte er.

»Schlafen Sie weiter«, sagte Riitta. Sie stand auf. »Wir kommen und schauen nach Ihnen, sobald wir es schaffen.«

Sie griff leicht nach Thomassons Hand, die auf der Decke ruhte.

Agnes beugte sich vor und umarmte ihn. »Werd bald gesund«, sagte sie. Sie duftete frisch, ein Hauch von draußen.

Als sie gegangen waren und die Tür hinter sich zugemacht hatten, blieb Thomasson mit offenen Augen liegen.

Durch das Fenster konnte er die Wipfel einiger Bäume sehen, deren Blätter die Farbe gewechselt hatten. Oktober, die farbenprächtigste Zeit des Jahres. Er versuchte, auf Motorengeräusche zu lauschen, konnte aber nichts hören. Das einzige, was er hörte, waren die angestrengten Atemzüge des Nachbarn.

Thomasson schloss die Augen wieder, versuchte, zur Müdigkeit zurückzufinden. Dann würde der Schlaf kommen.

35 Und der Schlaf kam und ging, der Nachbar wurde hinausgerollt, ein anderer hereingerollt. Vor dem Fenster fielen die vergilbten Blätter. Eines Tages wich der Rauhreif nicht mehr der Sonne, sonder biss sich bis zum Abend fest, und als die Schwestern am nächsten Morgen die Lamellen der Jalousien hochstellten, lag eine dünne Schneeschicht auf den Ästen.

Während der vergangenen Wochen waren die Besuche zur Routine geworden. Thomasson hatte sich daran gewöhnt, und bei den Gelegenheiten, da aus einem erwarteten Besuch nichts wurde, konnte es sich anfühlen, als sei der ganze Tag verdorben.

Aber glücklicherweise klappte es meistens. Riitta Hellberg kam. Agnes Frid kam, zuweilen mit ihrem Kevin. Mika tauchte hin und wieder auf, und Mona Sund schaute während der Arbeit bei ihm vorbei.

Sogar Berg schaffte es, den leicht ansteigenden Hang zum Krankenhaus hinauf zu bewältigen. Er war verschwitzt und außer Atem gewesen, als er bis zu Thomassons Zimmer gelangt war, aber einmal angekommen, hatte er lange dagesessen und darüber berichtet, was während der letzten Zeit in der Stadt und in der Weltpolitik geschehen war. Im Irak ging der Niedergang weiter, durch Europa bewegten sich verseuchte Vögel beharrlich nach Norden, und auf der lokalen Ebene hatte Redakteur Marklund enthüllt, dass einer der prominenteren Politiker der Stadt eine außereheliche Beziehung zu einer Frau unterhalten hatte, die jung genug war, um seine Tochter zu sein.

Mit anderen Worten: keine Verbesserung, keine Verschlechterung, keine Veränderung. Aber das, sagte Berg, ist ja im Großen und Ganzen eine gute Sache. Und darüber müssen wir, du und ich, Thomasson, uns nicht mehr so lange Sorgen machen.

Thomassons Zimmer hatte ein Fenster zum Parkplatz hin. In seinem Zimmer lag jetzt auch ein Mann, der unablässig schaute, aber selten etwas sagte. Wenn er einmal etwas sagte, war es, um Thomasson Befehle zu geben. Der Mann war ein alter Werkmeister, der meinte, immer noch im Dienst zu sein. Thomasson, seine Besucher und das Personal bekamen immer wieder Anweisungen, was sie tun sollten und wie. Selten war er wirklich zufrieden.

Aber Thomassons Bett war jedenfalls bequemer als das zu Hause. Er konnte eine der Schwestern bitten, das Kopfende hoch zu stellen, und dann nahm sie, oder manchmal war es auch Jonas, die Stahlkonstruktion fest in den Griff und hob sie an. Es knackte, und dann war das Bett in der richtigen Position. Er konnte über den Parkplatz hinaussehen, und weiter weg, hinter den Hausdächern, konnte er den Hang mit den großen Steinen erkennen.

Die Verletzungen waren vielfältig, aber nicht ganz so schwer, wie man anfangs geglaubt hatte. Der linke Oberschenkel war an zwei Stellen gebrochen, Teile der Hüfte waren zerschmettert, Schürfwunden an der ganzen rechten Seite und an der Brust, gebrochene Rippen, Gehirnerschütterung. Obendrein hatte das Herz angefangen, unregelmäßig zu schlagen.

Und dann das Handgelenk, das schon zuvor gebrochen war. Im Krankenhaus sagten sie, Thomasson hätte geschummelt und sich schon vorzeitig selbst verstümmelt. Aber sie sagten auch, es gebe die Möglichkeit, dass er teilweise wiederhergestellt werden würde. Gab es Leben, gab es Hoffnung. Es galt nur, weiterzukämpfen, die Übungen sorgfältig zu machen und dafür zu sorgen, immer ein wenig Nitroglyzerin in der Tasche zu haben.

Die Wochen vergingen, es wurde Weihnachten und es wurde Neujahr. Den ganzen Februar über mied er den Balkon auf der Rückseite, weil es so kalt war, aber im März begann er fast täglich darum zu bitten, wieder hinausgerollt zu werden. Es gefiel ihm zu sehen, wie der Schnee um die große Fichte herum immer kompakter wurde und wie Tag für Tag etwas mehr Gras neben der Wurzel zu erscheinen begann.

Eines Tages Mitte März kam eine junge Frau mit einem Ring in der Nase in sein Zimmer und sagte, es sei soweit. Sie hatte einen Krankenhausrollstuhl dabei.

Das Taxi parkte direkt vor dem Eingang. Die Sonne fühlte sich warm im Gesicht an, als sie ins Licht hinaus kamen. Thomasson trug seine besten Hosen und die schwarzen Straßenschuhe. Er hatte Agnes gebeten, die Sachen zu holen, während sie zugleich die Wohnung lüftete und seine wenigen Blumen goss. Er hatte ihr gesagt, sie könne sich die Blumentöpfe nehmen, die sie haben wollte, und den Rest verdorren lassen, aber damit war sie nicht einverstanden gewesen. Ihr zufolge war es keine Mühe, hin und wieder hineinzugehen und den Blumen Wasser zu geben. Sie hatte auch von sich aus angeboten, ein bisschen auf der Orgel zu spielen, damit sie nicht vertrocknete. Nicht dass sie spielen konnte, aber sie saß da, trat die Pedale, schlug die Tasten an und drückte die Register. Die Orgel gäbe Laute von sich, sagte sie. Manchmal erinnerte es sogar fast an Melodien.

Das Mädchen, welches das Taxi fuhr, rollte ihn hinein und sorgte dafür, dass der Stuhl an seinem Platz blieb. Dann zog sie die Tür zu, setzte sich auf den Fahrersitz und begann langsam den Hang hinunterzufahren. Für Thomasson fühlte es sich an wie eine Auslandsreise, und er schaute interessiert auf alles, woran sie vorbeikamen. Sie fuhren die Bankgatan entlang zum Marktplatz hinunter, kreuzten die Karleborgsgatan, und als er nach links blickte, konnte er bis zu der Ecke sehen, wo er an jenem Abend im Oktober angefahren worden war.

Als das Taxi auf dem Hof von Abeko bremste, fühlte sich Thomasson auf einmal alt. Das war in Ordnung, er würde bald in den Achtzigern sein. Aber einzusehen, dass man alt ist, ist eine Sache, sich alt zu fühlen, eine andere.

Er blieb sitzen, bis die Tür geöffnet wurde und das Mädchen mit dem Nasenring den Stuhl aus seiner Befestigung gelöst hatte. Als sie ihn hinausrollte, half er symbolisch nach, indem er mit der rechten Hand den Türpfosten ergriff.

»Lassen Sie bitte los«, sagte das Mädchen.

Kevin Andersson stand ein Stück von der Türöffnung entfernt und rauchte. Auch er sah nicht so aus, als fühle er sich richtig zu Hause, und Thomasson bat das Mädchen, ihn zu ihm zu rollen.

»Dann können Sie wieder zurückfahren«, sagte er. »Und vielen Dank für den Transport.«

Kevin nickte Thomasson zu und ließ die Zigarette von der rechten in die linke Hand gleiten. Es sah aus, als hätte er ihm die Hand geben wollen, aber er zögerte und ließ es schließlich bleiben. Vermutlich war es der Rollstuhl, der ihn irritierte, vielleicht fühlte es sich komisch an, jemandem die Hand zu schütteln, der saß.

»Ach ja«, sagte Thomasson. »Jetzt wurde es Zeit. Wo ist die Künstlerin persönlich?«

Kevin nickte zur Maschinenhalle hin.

»Bist du da drin gewesen?«

»Auf eine kurze Runde«, sagte er.

Kevin sog den Rest der Zigarette ein und sah sich um, wo er den Stummel ausdrücken könnte. Er fand nichts, und so ließ er ihn auf den Boden fallen und schraubte ihn mit der Ferse hinunter in den Kies.

Leute standen in Gruppen auf dem Hof vor der alten Textilfabrik. Vor allem junge Menschen, vermutlich Freunde und Klassenkameraden von Agnes. Thomasson kannte keinen davon. Nicht einmal unter den wenigen, die etwas älter waren. Möglicherweise waren es die Lehrer der Kunstschule. Vielleicht die Eltern einiger Schüler. Die Tür zur Fabrikhalle stand offen, Menschen kamen und gingen.

»Viele Leute«, sagte Thomasson.

»Mmm«, sagte Kevin.

»Ist deine Mutter hier?«

»Da drinnen.«

Er schaute auf seine Nägel und steckte dann die Hände in die Taschen. Dass er der große Bruder von Mika war, daran gab es keinen Zweifel. Was die soziale Kompetenz betraf, die heutzutage sogar in den wenigen Stellenanzeigen des Lokalblatts gefragt war, so schien sie in der anderssonhellbergschen Familie nicht besonders stark entwickelt zu sein. Jedenfalls nicht auf der männlichen Seite.

»Wie geht es mit dem Schrotthandel?« sagte Thomasson. »Habt ihr schon angefangen, ihn auszubauen?«

»Ein bisschen«, sagte Kevin. Er räusperte sich wie vor einer längeren Rede. »Wir haben mit den Bodenarbeiten begonnen. Die Halle werden wir wohl im Sommer bauen. Wenn es denn so geht, wie wir es uns gedacht haben.«

Dass Kevin auf diese fließende Weise drei Sätze hintereinander sprach, beruhte darauf, dass er wieder Freude an der Arbeit gefunden hatte. Das war der Fall, seit er alles losgeworden war, was Papierkram und Planung hieß. Um all das kümmerte sich jetzt seine Mutter. Riitta Hellberg hatte sich, nachdem die Textilfabrik ihre Tore geschlossen hatte und die Maschinen nach Polen abtransportiert worden waren, in der Baracke neben Anderssons Schrott eingerichtet und zielstrebig begonnen, sich durch die Papierstapel zu arbeiten. Nach einiger Zeit des Wühlens hatte sie den Bauantrag gefunden, und diesmal hatte sie sich nicht damit begnügt, Gustav Broman anzurufen, sondern stattdessen Stadtingenieur Nyman kontaktiert. Es zeigte sich, dass der Antrag nicht weiter als bis auf Bromans Tisch gekommen war. Offenbar war es so, jedenfalls wenn man dem Glauben schenken wollte, was Marklund vom Lokalfernsehen herausgefunden hatte, dass nämlich Broman ganz eigene Pläne schmiedete, wie das Gelände am besten genutzt werden könnte, und deshalb den Beschluss über Anderssons Baugenehmigung verzögert hatte. Nach Ansicht der meisten lag es viel eher daran, dass Broman die Politik mit seinen eigenen Geschäften vermischte, als an seinen außerehelichen Beziehungen, dass er auch diesmal nicht in den Reichstag kam.

Berg meinte, alles sei Thomassons Verdienst. Wenn er nicht auf die Straße hinausgetreten wäre, ohne sich umzusehen, hätte Broman auf Anderssons Antrag gehockt, bis der Schrotthandel pleitegegangen wäre. »Ich habe so was schon mal erlebt«, sagte Berg, »und ich werde es wieder erleben.«

Damit mochte es sein, wie es wollte. Nach Riitta Hellbergs Gespräch mit dem Stadtingenieur war es jedenfalls schnell gegangen, und das Gesuch war jetzt sowohl bearbeitet wie bewilligt worden.

Es war, als sei neues Leben in Anderssons Schrott gekommen. Wenn man anrief, antwortete eine Frauenstimme. Auf Finnisch und auf Schwedisch. Und wenn Kevin abends ins Büro ging, um die Arbeitsjacke an den Haken zu hängen, lag eine Liste auf dem Schreibtisch, aus der Punkt für Punkt hervorging, was am folgenden Tag gemacht werden sollte.

Wenn also Kevin trotz allem ein wenig bekümmert wirkte, wie er da draußen auf dem Hof stand, so lag das nicht daran, dass die Arbeit ihn belastet hätte. Der Grund war ein ganz anderer, und das war auch der Grund, weshalb Thomasson sich eingefunden hatte: Die Kunst und Agnes.

»Sollen wir hineingehen?« sagte Thomasson. »Du könntest mir vielleicht ein wenig helfen, mein linker Arm ist immer noch nicht in Ordnung.«

Die Halle war kleiner, als Thomasson sie in Erinnerung hatte. Als er Abeko zuletzt besucht hatte, vor vielen Jahren, hatten Arbeitstische in langen Reihen in dem Raum gestanden. Er erinnerte sich an das Gemurmel, die Geräusche der Maschinen und den Geruch, wenn die Nähte verschweißt wurden.

Was noch da war, war das Gemurmel. Menschen gingen in dem leeren Raum hin und her. Einige standen an den Wänden und schauten kurzsichtig auf das, was man da aufgehängt hatte. Rechts von der Tür standen ein paar Fernseher auf kleinen Böcken. Sie zeigten alle denselben Film, einen Mann, der aus einem Zimmer trat oder in ein Zimmer hineinging, und jedes Mal wenn er kam, hatte er das eine oder andere Kleidungsstück gewechselt.

Agnes stand an der hinteren Wand und sprach mit einem bärtigen Mann. Er hatte einen Block in der Hand und schrieb offenbar auf, was sie sagte. Sie fuchtelte mit den Armen, während sie sprach. Das Gesicht und der ganze Körper atmeten Leben. Kevin lenkte in die andere Richtung.

Thomasson hatte geglaubt, das einzige, was ausgestellt werden sollte, seien die Berichte über die schmerzhaftesten Augenblicke. Jene, die Agnes das letzte halbe Jahr gesammelt hatte. Aber so war es nicht. Da gab es Ölgemälde, Videokunst, kleine Aufbauten, in die man spähen und einer Stimme auf Band zuhören konnte, Scherben und Teile von Gegenständen mit kleinen Zetteln darauf, auf welche die Besucher schreiben durften, woran sie dieser Gegenstand denken ließ. Offenbar waren es mehrere, die gemeinsam ausstellten.

Agnes' Beitrag zu der Ausstellung befand sich ganz hinten in der nordwestlichen Ecke der Halle. Sie hatte diese Ecke und eine Türöffnung eingerahmt. Die Tür war geschlossen, und um sie herum klebten rechteckige Zettel in verschiedenen Farben, auf denen die Erzählungen der Menschen aufgeschrieben waren. Thomasson bat Kevin, ihn dorthin zu schieben. Sie blieben ein Stück weit entfernt stehen. Thomasson konnte aus dieser Entfernung nichts lesen. Er rollte den Stuhl seitlich an die Wand, um wenigstens die untersten Zettel entziffern zu können.

Es war im März 1967. Mein Bruder und ich waren mit dem Tretschlitten zum See gefahren. Eigentlich wollten wir nur zur Brücke, um zu sehen, ob das Wasser schon offen war, aber nachdem wir nun schon mal da waren, schlug ich vor, dass wir uns ein Stück aufs Eis hinausbegeben sollten. Es war immer noch kalt, und das Eis war dick. Mein Bruder wollte nicht, aber ich überredete ihn. Ich fuhr zuerst mit meinem Schlitten los, und mein Bruder kam gleich hinter mir. Ungefähr auf halbem Weg nach Långön hinaus hörte ich ihn aufschreien, und als ich mich umdrehte, lag er schon im Wasser. Er hatte seinen Schlitten in ein Loch im Eis gefahren. Offenbar hatte ich es knapp verfehlt. Er hielt sich an der Eiskante fest, und ich robbte hin, um ihn herauszuziehen. Er war schwer, obwohl er so klein war, und wir versuchten es mehrere Male. Schließlich konnte ich nicht mehr, und er verschwand hinunter ins Wasser. Ich blieb an der Eiskante liegen.

Als ich nach Hause kam und berichtete, was geschehen war, schaute meine Mutter mich lange an und sagte dann mit leerer und ausdrucksloser Stimme: Warum er.

Thomasson fuhr ein Stück rückwärts, um sich vor den nächsten Zettel zu setzen. Er war grün, wie eine junge Fichte. Keiner der Berichte hatte eine Überschrift. Sie waren nur wie Ausschnitte aus dem Leben.

Ich hatte beschlossen, meinen Mann an seinem Geburtstag zu überraschen. Wir waren seit fünf Jahren verheiratet, er wurde dreißig. Es gab viel zu feiern. Ich nahm mir am Freitag Nachmittag für ein paar Stunden frei, um in die Nachbarstadt zu fahren und ein Geschenk zu kaufen. Auf dem Weg dorthin sah ich eine Ansammlung von Autos am Straßenrand. Auch ein Krankenwagen war dabei, und ich begriff, dass ein Unglück geschehen war. Ich drosselte die Geschwindigkeit. Ich wollte nicht zur Seite schauen. Es war, als hätten zwei Hände meinen Kopf umfasst und hielten ihn geradeaus gerichtet.

Eine Stunde lang rannte ich von Laden zu Laden. Wie von Sinnen. Ich suchte nach dem perfekten Geschenk für meinen perfekten Mann. Ich liebte ihn wie mein eigenes Leben.

Das erste, was ich sah, als ich nach Hause kam, war ein Polizeiauto auf dem Hof. Zwei Polizisten standen auf der Treppe. Ich wollte nicht aussteigen. Schließlich folgte ich ihnen hinein, die Geschenke fest an die Brust gedrückt. Ich setzte mich aufs Sofa im Wohnzimmer, auf den Platz meines Mannes. Der ältere der Polizisten berichtete, dass er auf dem Weg ins Krankenhaus im Krankenwagen gestorben war. Er hatte nach mir gefragt.

Thomasson fühlte eine Hand auf seiner Schulter und drehte sich um. Es war Agnes. Sie beugte sich hinunter und umarmte ihn. In der Hand hielt sie eine kleine Mappe, die sie ihm gab.

»Hier sind alle Erzählungen drin«, sagte sie, »falls es für dich schwierig ist, sie an der Wand zu lesen.«

Thomasson legte die Mappe auf seinen Schoß. Agnes hatte rote Flecken auf den Wangen, sie hastete zur anderen Seite des Raums, wo eine Schar junger Menschen stand, die über ein kleines Gebäude zu diskutieren schien, in das man den Kopf stecken konnte. Kevin war nicht zu sehen. Thomasson dachte, er sei vielleicht wieder hinausgegangen, um zu rauchen.

Er öffnete die Mappe. Es begann mit einem Vorwort. Er dachte, das könnte er später lesen, und blätterte stattdessen weiter zu den Erzählungen. Er wollte gerade mit dem Lesen anfangen, als er unterbrochen wurde. Diesmal war es Riitta

Hellberg. Sie sah fröhlich aus. Sie trug ein rotes Kleid mit einer grauen Jacke darüber. Thomasson sah, dass sie immer noch jung war. Sie hatte noch viel vor sich.

Er klappte die Mappe zu und ließ sie auf dem Schoß liegen.

»Was ist das für ein Gefühl«, sagte er, »seinen alten Arbeitsplatz auf diese Weise wiederzusehen?«

Riitta sah sich um, als wollte sie herausfinden, was »auf diese Weise« bedeutete.

»Es fühlt sich etwas komisch an«, sagte sie, »ich habe eigentlich geglaubt, bis zur Pensionierung zu arbeiten.«

Sie verstummte für eine Weile.

»So, wie man es früher machte.«

Agnes und ihre Freunde standen immer noch da und unterhielten sich. Leute gingen an den Wänden entlang. Ein Paar näherte sich und begann die Zettel neben Thomasson zu lesen. Er rollte weg, um ihnen Platz zu machen.

Riitta beugte sich vor und nahm die Mappe von seinem Schoß.

»Haben Sie sie gelesen?«

»Ich bin noch nicht dazu gekommen.«

Sie blätterte in der Mappe, als suche sie nach etwas.

»Hier«, sagte sie.

Sie reichte Thomasson die Mappe.

»Ist das Ihre Geschichte?«

Thomasson warf einen Blick auf den Text. Mehr brauchte es nicht. Er war so kurz, dass man ihn mit einem einzigen Blick erfassen konnte.

Der Mensch ist ein zerbrechliches Gefäß.

Roter Text, auf einen himmelblauen Hintergrund gedruckt.

»Berg«, sagte Riitta.

Thomasson lachte auf. »Ausnahmsweise hat er sich kurz gefasst.«

»Ich hörte, wie er mit Agnes sprach«, sagte Riitta. »Er sagte, dass das, was er geschrieben habe, nicht ein Augenblick sei, sondern eine Einsicht, die sich auf lebenslange Erfahrung gründe.«

Thomasson sah auf seine unbrauchbaren Beine hinunter. Er dachte an Siri, eingesperrt in ein Schiff, in dem Gegenstände durch die Luft flogen und das Wasser durch enge Korridore strömte. »So ist das«, sagte er.

Kevin kam über den leeren Fabrikboden gegangen. Sogar an der Art wie er ging, war zu sehen, dass er sich nicht zu Hause fühlte. Es war, als wäre er mit jedem Schritt gezwungen, daran zu denken, welchen Arm und welches Bein er als nächstes bewegen sollte. Bevor er zu Thomasson und Riitta kam, glitt Agnes an seine Seite und steckte ihren Arm unter den seinen. Sie sah froh, reinweg glücklich aus und zog mit Kevin los zur anderen Seite der Halle.

Riitta sah ihnen nach. »Mal sehen, wie das gehen wird«, sagte sie.

Thomasson hörte, dass sie keine Antwort erwartete, dass es keine Antwort gab. Es war etwas, was außerhalb ihrer Macht stand.

Sie wandte sich ihm plötzlich zu. »Sind Sie schon in dem Raum gewesen?«

»Was für ein Raum?«

Riitta nahm den Rollstuhl und schob ihn auf die eingerahmte Tür zu. Sie sah aus wie eine gewöhnliche Tür, umgeben vom Türrahmen und von all den Zetteln von Agnes.

»Ich helfe Ihnen hinein«, sagte Riitta, »dann lasse ich Sie eine Weile allein und mache dann wieder auf.«

Sie stellte den Rollstuhl vor die Tür und öffnete sie. Da

drinnen war es ganz dunkel, wie in einem schwarzen Loch. Als sie ihn hineinrollte, sah er, dass der Raum klein war, etwa zwei Meter lang und zwei Meter breit. Wie ein Aufzug. Die Wände waren schwarz, und als sie ihn einschloss, wurde der Raum vollständig dunkel, und er sah überhaupt nichts mehr. Es war, als schwebe er im Dunkeln. Das einzige, womit er Kontakt hatte, war sein Rollstuhl.

Vom Rollstuhl getragen.

Er schaffte es, in der Dunkelheit zu lächeln, bevor plötzlich Musik ertönte. Er erkannte sie sofort. Buxtehude. *Mensch, willst du leben seliglich.*

Willst du leben seliglich?

Als die Musik erklang, begann es in dem Raum hell zu werden. Erst dachte er, das Licht komme aus den Wänden, es befänden sich kleine Lampen dahinter, aber nach kurzer Zeit erkannte er, dass die Wände wie Filmleinwände waren. Vor ihm lag nun die Kunsthalle, die einmal eine Fabrik gewesen war. An der Wand sah er Agnes entlanggehen, sie ging zur Außentür und spähte hinaus, sie schien etwas zu rufen. Unbekannte Menschen bewegten sich im Raum hin und her. Riitta Hellberg ging mit einem Tablett dorthin, wo früher die Kantine der Näherinnen gewesen war. Und da kam er selbst, in seinem Stuhl sitzend. Hinter ihm ging Kevin. Beide sahen sich suchend um, fremd in dieser Umgebung. Sie waren wie Ureinwohner, zum ersten Mal auf Stadtbesuch.

An der Wand rechts von Thomasson wurde ein anderer Film gezeigt. Der Raum war derselbe, aber jetzt mit Näherinnen bevölkert, die an ihren Maschinen saßen. Unter ihren Händen formte sich in raschem Takt Kleidungsstück für Kleidungsstück. Rot, grün, marine. Kühn gestapelte Haufen und konzentriert gebeugte Nacken. Der Film war bestimmt nicht älter als ein halbes Jahr, trotzdem erschien er wie aus einer verschwundenen Zeit.

Thomasson ließ von den Näherinnen ab und schaute an die Wand zur Linken. Ein Fernlastzug fuhr durch eine österbottnische Winterlandschaft. Der Himmel war dunkel, dann hellte er sich rasch auf. Über dem Fernlastzug sah Thomasson Wolken rasch vorüberziehen. Es war, als stünde der Fernlastzug still, während die Erde sich in rascher Geschwindigkeit bewegte. Hinunter durch Österbotten, vorbei an Björneborg und die Autobahn nach Turku entlang, weiter durch ein weitgestrecktes Industriegebiet und hinunter zum Hafen, wo ein Schiff lag und mit offenem Achtertor wartete, bereit, die Reste der Textilfabrik der Stadt zu verschlingen.

Drei Minuten waren vergangen, das Schiff verließ den Kai, und Buxtehudes langer Abschied war im Raum zu hören, bis das Schiff verschwand und das Licht erlosch.

Der Raum war dunkel. Thomasson saß da. Er konnte seine eigenen Atemzüge hören. Nach einer Weile konnte er auch die ihren hören, direkt neben sich. Es war, als atmete der Raum. Es war lange her. Die Jahre nach ihrem Tod hatte er sie noch jeden Abend im Bett neben sich gehört, nachdem er die Lampe gelöscht hatte. Ruhige Atemzüge im Dunkeln. Dann waren sie verschwunden, Jahr für Jahr war die Wohnung stumm geblieben.

Das Gesicht

36

Man gewöhnt sich. Das dachte er oft. Man gewöhnt sich fast an alles.

Am Nachmittag hatte er Hilfe beim Anziehen bekommen. Er hatte sich selbst rasieren wollen, aber als er meinte, fertig zu sein, strich Mona mit dem Handrücken über sein Kinn, fast bis zum Ohr hinauf, und sagte, das hier ist nicht richtig gut geworden.

Er ließ sie den Apparat nehmen und ein paar Mal über sein Gesicht ziehen, bis sie zufrieden war. Es war nicht ganz überraschend. Über genau dieselbe Stelle hatte Siri sich oft beklagt. Du hast doch kein nennenswertes Doppelkinn, sagte sie, also verstehe ich nicht, warum es so schwierig sein soll.

Die Gewohnheit. Hätte er damals antworten können. Es ist die Gewohnheit. Aber so antwortete er nie. Er ging nur zurück ins Badezimmer, nahm den Apparat vom Regal, streckte vor dem Spiegel den Hals und entfernte den Rest.

Und jetzt bekam er Hilfe mit fast allem. Allein der Gedanke hätte ihn vor einem halben Jahr erschreckt. Es war, wie es war. Er war angezogen, und die Uhr zeigte schon sechs. Agnes und Kevin wollten ihn um halb sieben holen.

Winter. Frühlingswinter. Die Schneewehen lagen hoch. Früher am Tag hatte es Sonne und einen klarblauen Himmel gegeben. Er hatte sich ausgeruht, nach dem Lunch eine Weile auf dem Balkon gesessen. Bis Mona Sund herausschaute und sagte, er solle vorsichtig sein, damit er sich nicht erkälte. Da hatte er den Stuhl gewendet und war hineingerollt, langsam, da der Oberarm immer noch schwach war. Besonders bei Kälte. Bei Kälte konnte er ihn kaum heben. Aber davon sagte er nichts, nicht zu Mona Sund und zu keinem anderen. Es war, wie es war. Der Arm bereitete keine größeren Probleme. Schlimmer war es mit dem Blutdruck und mit der Hüfte. Und mit dem Schienbein, das noch nicht richtig verheilt war. Auch der Magen fing an, sich bemerkbar zu machen, aber das lag bestimmt hauptsächlich an den Medikamenten.

Berg meinte, er sei es wohl einfach nicht gewöhnt. Das ist alles, sagte er. Du hättest schon in der Jugend mit den Krankheiten und den Medikamenten anfangen sollen, dann hätte sich der Körper mittlerweile daran gewöhnt.

Ein paar Minuten vor der vereinbarten Zeit sah er Kevin und Agnes auf den Parkplatz einbiegen. Er rollte aus dem Zimmer hinaus, weiter den Korridor entlang, vorbei am Aufenthaltsraum des Personals und bog dann nach links ab, so dass er genau vor den Türen zum Stehen kam. Er fühlte sich wie ein Hund, machte sich aber keine Mühe, es zu verbergen. Er hatte gewartet, und das war deutlich. Der Mantel lag auf seinem Schoß und die Mütze hatte er auf dem Kopf, als sie zur Tür hereinkamen. Agnes stampfte den Schnee von den Schuhen. Sie beugte sich vor und küsste ihn auf die Wange. Sie duftete nach Seife und Schnee. Über eine schlampige Rasur beklagte sie sich nicht.

»Ich habe Blumen gekauft«, sagte sie, »sie liegen im Auto.«

Die Blumen waren für Berg. Den neuen Star der Stadt. Oder den neuen alten Star. Diesmal hatte er eine Hauptrolle bekommen. Er spielte die Winnie in Becketts *Glückliche Tage*.

Kevin stand an der Tür. Er nickte Thomasson zu.

»Mama lässt grüßen.«

Thomasson sah, dass Kevin ein Hemd unter dem Anorak trug. Dafür hatte sicher Agnes gesorgt, dass er es zu Ehren der Aufführung anzog. Premierenabend. Sogar Thomasson fühlte sich etwas nervös, wie er da in seinem Stuhl saß. Er hoffte wirklich, dass die Regisseurin, die Berg für die Rolle ausgesucht hatte, wusste, was sie tat. Aber wenn es auf eine Katastrophe hinauslief, hätte sie es ja schon während der Proben merken und die ganze Vorstellung absagen müssen. Oder Winnies Rolle mit jemand anderem besetzen. Thomasson hatte Agnes gefragt, wie es lief. Aber sie wusste es nicht. Kannte sich mit Theater nicht aus, sagte sie. Und für sie war Samuel Beckett nur ein Name, von dem Stück hatte sie noch nicht einmal den Namen gehört. Das einzige, was sie kannte, war *Warten auf Godot*, denn darüber hatten sie im Gymnasium diskutiert. Alle hatten gesagt: Warten auf wieso?

Thomasson fragte sich, wie jemand überhaupt auf den Gedanken kommen konnte, Berg in einer Frauenrolle zu besetzen. Er hatte das Stück gelesen, nachdem er von dem Ganzen erfahren hatte. Es war Mika, der es ihm erzählte. Als er eines Tages auf dem Heimweg von der Schule war, hatte er das Plakat an der Tür der Scala gesehen. Thomasson konnte nicht verstehen, warum er den langen Umweg um die Stadt herum gemacht hatte, um von der Schule nach Hause zu kommen. Aber das hatte er offenbar getan und dabei das Plakat mit dem Beckettstück und Berg in der Hauptrolle gesehen.

Agnes hatte das dünne Buch in der Bibliothek für Thomasson bestellt. Zwei Personen sollten auf der Bühne sein, Winnie und Willie. Letzterer meistens in seinem Erdloch versteckt, fast ohne Text. Berg würde also fast zwei Stunden lang das Wort führen müssen, bis zur Brust in einem Haufen Sand und Kies begraben.

Im Buch war die Rede von einem Hügel, der zum Bühnenboden abfällt, vor einem Hintergrund von Himmel und öder Ebene.

Himmel und öde Ebene. Das klang unleugbar, als hätte Beckett über Österbotten geschrieben. Das Flachland, in dem eine leichte Steigung rasch den Namen Himmelshang bekam. Hingegen traf die Beschreibung der Winnie nicht so ganz auf Berg zu: *Um die Fünfzig, gut erhalten, wenn möglich blond, fett, bloße Arme und Schultern, niedriges Mieder, vollbusig.*

Berg war fett, den Rest würde er mit reinem Talent bestreiten müssen. Was ihm laut Urteil der meisten völlig abging.

Kevin half Thomasson auf den Vordersitz und verstaute den Rollstuhl dann irgendwo hinten. Es war ein großes Auto mit viel Platz. Agnes saß auf dem Rücksitz. Thomasson konnte sie mit dem Blumenpapier rascheln hören, als sie den Hügel hinunter auf die Stadt zurollten. Geräumte Wege und hohe Schneewehen. Licht in warmen Wohnzimmern.

Thomasson würde umziehen. Das war neulich geklärt worden. Er würde die Treppen hinauf zu seiner Wohnung nie wieder bewältigen können. Jetzt würde er eine Wohnung in einer Anlage für »Betreutes Wohnen« bekommen. Personal rund um die Uhr erreichbar, keine Schwellen, die Möglichkeit, später im Frühling selbst in die Sonne hinausrollen zu können.

Agnes und Kevin würden seine alte Wohnung übernehmen. Die Orgel würde bleiben können. Thomasson hatte gesagt, was mit der Orgel geschah, nachdem er ausgezogen war, darein würde er sich nicht einmischen. Sie glaubten ihm nicht. Aber es war so. Sie hatte ihre Funktion erfüllt. Er hatte sie gebaut, sie hatte dagestanden. Sie hatte gewartet, genau wie er. Jetzt war diese Phase im Leben vorbei. Jetzt war es, wie es war.

Er strengte sich nicht an, es den jungen Leuten zu erklären. Er sagte nur, was er zu sagen hatte, dann sollten sie alles verwalten, so gut sie es konnten und verstanden. Gut war es jedenfalls, dass sie einzogen. Da blieben ihm alle Sorgen erspart. Ein Name auf einem Papier, und das war es dann.

In Bergs Haus war es dunkel, aber die Außenbeleuchtung brannte. Es lag grau und einsam an der Straße. Sie rollten vorbei, und langsam weiter zur Scala. Überall standen Autos. Kevin fuhr direkt vor dem Eingang auf das Trottoir. Thomasson blieb sitzen, während Kevin den Rollstuhl holte. Er fragte sich, wie er die Treppe hinaufkommen sollte. Das Theater war ein altes Kino, Schwellen, Treppen und schmale Türen.

Er schauderte, als die Autotür geöffnet wurde und ihm die kalte Luft um die Schienbeine fegte. Leute, die vorbeikamen, schauten neugierig, als er versuchte, sich aus dem Sitz und auf den Stuhl zu bugsieren, sie fragten sich bestimmt, was Thomasson mit Hellbergs Riittas ältestem Sohn zu tun haben mochte. Dass er angefahren worden war und nicht mehr gehen konnte, wussten alle. Das hatte sich schon am Tag nach dem Unfall in der Stadt herumgesprochen.

Mit der Hilfe von Kevin und Agnes hievte er sich auf den Stuhl. Es war wirklich ein schöner Abend, er genoss es, draußen zu sein. Um die Möglichkeit zu haben, eine Weile dort zu bleiben, schlug er vor, dass Kevin das Auto wegfahren sollte, dann könnten er und Agnes solange draußen warten.

Sie stellten sich ein Stück vom Eingang entfernt hin. Thomasson drehte den Stuhl so, dass es aussah, als säße er da und schaute die Fotografien an, die sie im Fenster ausgehängt hatten. Das tat er auch, aber vor allem schaute er auf die Leute, die vorbeigingen und es eilig hatten, in die Wärme zu kommen.

Agnes stellte sich neben ihn. Sie stampfte auf der Stelle.

»Frierst du?«

»Ein bisschen.«

»Du kannst solange hineingehen.«

»Er kommt bestimmt gleich.«

Die Tür ging ständig auf und zu. Drinnen im Foyer sah es schon voll aus. Die Leute schienen herumzugehen und zu trinken und zu essen. Vielleicht tranken sie Kaffee. Etwas anderes konnte man sich schwer vorstellen. Kaffee und Brötchen statt Wein und Schnitten. Er versuchte, sich selbst und Siri da drinnen zu sehen. Wenn das alles nicht geschehen wäre.

Aber es war geschehen.

»Wollen wir hineingehen?«

Es war Kevin, der zurückgekommen war. Er griff nach Thomassons Stuhl, und sie begannen sich auf den Eingang zuzubewegen. Als sie die Treppe erreicht hatten, wichen die Leute zurück, und jemand hielt die Tür auf. Thomasson fühlte, wie der Stuhl herumgedreht wurde, und ehe er sich's versah, war er schon mit dem Rücken voran auf dem Weg die Treppe hinauf.

Er nahm die Mütze ab und strich seine Haare glatt. Agnes war zur Kasse hinunter verschwunden, um die Eintrittskarten abzuholen. Thomasson gab Kevin die Mütze und den Mantel. Der lief mit den Kleidungsstücken los, und Thomasson blieb allein mitten im Raum zurück. Das Buchhändlerpaar stand am Kaffeetisch und balancierte Tassen und Teller in den Händen. Thomasson grüßte mit einem Nicken. Er überlegte, ob er hinrollen und sich auch eine Tasse Kaffee holen sollte, verzichtete aber darauf. Er hätte vielleicht um Hilfe bitten müssen. Die Zuckerschale stand ein gutes Stück weiter weg auf dem Tisch. Er wusste nicht einmal, ob er sich so weit ausstrecken konnte, ohne aus dem Stuhl zu fallen. Ihm fehlte die Gewohnheit. Aber sie nahm mit jedem Tag zu. Schon jetzt konnte er sich ohne Hilfe aus dem Bett in den Rollstuhl hieven. Zurück war es schwieriger.

Agnes kam mit den Eintrittskarten, als Kevin gerade von der Garderobe zurückkehrte. Die Treppe hinauf in den Zuschauerraum war genauso leicht zu überwinden wie die vor dem Gebäude, und Thomasson kam als einer der ersten hinein.

Es war lange her, seit er in der Scala gewesen war. Viel hatte sich nicht verändert, wenn überhaupt. Sie gingen den abschüssigen Gang entlang. Sie hatten Plätze in der ersten Reihe, so dass Thomasson sich nicht zwischen die Reihen quetschen musste. Kevin half ihm aus dem Rollstuhl hinunter in die Stuhlreihe. Agnes setzte sich neben ihn, während Kevin den Stuhl wegbrachte. Man hörte, dass die Leute hereinzuströmen begannen. Gemurmel und Erwartung, Lachen und das Geräusch, wenn sie Platz nahmen.

Thomasson ruhte. Es fühlte sich zumindest so an. Mitten in der Menschenmenge und mit allen Geräuschen um sich herum konnte er ruhen. Ein Duft von winterfeuchten Kleidern. All die Jahre, die Schulabschlussfeiern im Festsaal, die Lucia-Umzüge, all die Kinder, die kichernd und nervös auf der Treppe zur Empore hinauf standen und darauf warteten, dass die Musik anfing, Stiefel in der Diele, vereiste Fäustlinge auf den Heizkörpern und Maja und Siri, die vor dem Haus den Weg freischaufelten.

Er schaute hinauf zur Bühne, die noch von schweren Vorhängen verborgen war.

Ein Hügel. Ein Hintergrund von Himmel und öder Ebene.

Eine Person kam und setzte sich links neben ihn. Zwischen ihnen war ein leerer Platz. Die Frau hatte einen Notenständer, den sie direkt vor sich hinstellte.

Musik?

Aber nein. Auf dem Ständer hatte sie statt Notenpapieren ein ganzes Textbündel, in dem sie blätterte. Eine kleine Lampe war am Notenständer befestigt und leuchtete herunter auf die Papiere.

Die Souffleuse. Sie blätterte, schaute, bereitete sich vor. Vermutlich erwartete sie, viel zu tun zu bekommen. Berg in der Hauptrolle. Der Mann, der dafür bekannt war, dass er den Text seiner Rolle vergaß.

Das Licht im Zuschauerraum erlosch. Die Vorhänge wurden aufgezogen. Der Raum verstummte.

37 Berg saß in einem flutenden Licht in der Mitte der Bühne. Er war bis zur Taille in Kies versenkt. Sein Kopf ruhte auf den Armen, als würde er schlafen. Die dünnen Haare zeigten einen Schädel, der dabei war, kahl zu werden. Rechts von ihm stand eine Tasche, links ein Regenschirm.

Er bewegte sich nicht.

Es verging eine Weile in Schweigen, dann hörte man eine Klingel läuten. Laut und lange. Eine altmodische Glocke. Wie ein Wecker. Berg bewegte sich immer noch nicht, der Kopf auf dieselbe Art schwer auf den Armen ruhend. Die Klingel läutete abermals, und jetzt hob er ihn langsam, der Blick schweifte über das Publikum, hinauf zur Decke, verharrte dort, die Hände hatte er auf den Kies gestützt.

Er trug keine Brille. Das war das einzige, woran Thomasson in dem Moment dachte. Berg trägt keine Brille.

Berg schaute lange zur Decke. Dann brach er das Schweigen.

Wieder ein himmlischer Tag.

Die Stimme war dieselbe. Es war Bergs Stimme. Thomasson hörte jemand weiter hinten im Zuschauerraum kichern.

Berg faltete die Hände vor der Brust, schloss die Augen, die Lippen bewegten sich, als würde er lautlos beten.

Um Jesu Christi willen Amen.

Er öffnete die Augen und legte die Hände vor sich auf

den Boden. Es war, als würde er nachspüren, ob er wirklich an seinem Platz wäre, ob er genau da wäre, wo er war, auf dem Erdhügel. Nachdem er sich vergewissert hatte, dass es sich tatsächlich so verhielt, schloss er die Augen und faltete abermals die Hände. Seine Lippen bewegten sich lautlos, dann:

In alle Ewigkeit Amen.

Berg legte die Hände wieder auf den Erdhügel. Er schaute direkt in den Zuschauerraum. Thomasson saß in der ersten Reihe. Er fragte sich, ob Berg ihn sehen konnte. Vielleicht war er geblendet und sah das Publikum überhaupt nicht. Er begann in seiner Tasche zu kramen, wühlte und fischte schließlich triumphierend eine gebrauchte Zahnbürste und eine Tube Zahnpasta hervor. Er fing an zu bürsten, drehte dann den Kopf so weit er konnte, und spuckte.

Er schaute hinunter, wohin er gerade gespuckt hatte.

Hu-huu!

Nichts geschah. Er streckte den Nacken, rief wieder, ein bisschen lauter.

Hu-huu!

Er drehte sich zum Publikum, steckte die Zahnbürste weg.

Lächelte.

Armer Willie.

Thomasson hatte Berg noch nie lächeln sehen. Nicht auf diese Weise. Er hatte ihn lachen und grinsen sehen oder wie das alles hieß, aber dieses Lächeln hatte er noch nie gesehen. Es war ein zärtliches Lächeln, und man verstand, dass er, oder Winnie, mit Willie sympathisierte, der sich da irgendwo hinter dem Hügel verbarg.

Er, oder besser sie, Winnie, liebte Willie vielleicht. Willie war das einzige, was sie hatte. Das einzige, was es noch gab.

Berg plapperte weiter auf der Bühne vor sich hin, kramte in dem, was er da hatte, was sich in seiner Tasche befand. Nach einer Weile fischte er ein Brillenetui heraus. Er setzte die Brille auf und studierte seine Zahnbürste, versuchte, etwas darauf zu entziffern.

Diese Brille war nicht Bergs übliche, die er jetzt aufgesetzt hatte war heller, hatte ein fast gelbes Gestell. Sie hatte auch eine andere Form, zu den Seiten hin etwas spitzer zulaufend. Es war, als wäre Berg hinter dieser Brille verschwunden. Nicht so, dass er nicht zu sehen war, im Gegenteil, Thomasson hatte ihn noch nie so deutlich gesehen, sondern es war eher so, dass der Berg, den er kannte, verschwand. Hervor kam etwas anderes.

Er fuhr fort zu kramen und zu plappern und seine Brille zu putzen. Das Geplapper schien weder einen Anfang noch ein Ende zu haben, es geschah einfach, und Thomasson fragte sich, wie genau Berg eigentlich Becketts Anweisungen folgte. Die Souffleuse war bisher immer noch untätig. Oder nicht wirklich untätig, sie schaute in ihre Papiere und begleitete ihn, aber sie griff nicht ein. Trotz langer und zahlreicher Pausen.

Thomasson kam plötzlich der Gedanke, dass Berg hier vermutlich die Rolle seines Lebens erhalten hatte. Die Regisseurin hatte sehr wohl gewusst, was sie tat. Ein endloser Monolog, unterbrochen von langen Pausen. Ein Theater der Stille mit dem Meister der Kunstpausen in der Hauptrolle.

Es wird schon wiederkommen, das eben finde ich so wundervoll, alles kommt wieder …

Berg verstummte, schaute sich gleichsam verwirrt um. Es war ganz still, lange. Thomasson schaute zu der Souffleuse hin, die jetzt den Finger mitten aufs Papier plaziert hatte, in dem Schein der kleinen Lampe sah er, dass sie abgebissene Nägel hatte, sie beugte sich vor, sprach flüsternd, damit es bis hinauf zur Bühne zu verstehen sein sollte: *Alles? Nein, nicht alles.*

Berg schien es nicht zu hören, oder überhaupt nicht zuzuhören. Er hielt weiter seine Pause. Er lächelte, wurde ernst, lächelte wieder. Thomasson ertappte sich dabei, wie er Bergs Mienenspiel folgte, wie sein eigenes Gesicht sich im Takt mit dem von Berg bewegte. Es war, als würden die Gedanken und Erlebnisse dahinter ihr eigenes Leben führen und nur hin und wieder einen Abdruck hinterlassen, wie wenn ein ungeborenes Kind sich streckt, und wir anderen sitzen draußen und sehen, wie eine Ferse ihre Spur über die gespannte Haut zieht.

Die Souffleuse auf dem Nachbarplatz beugte sich noch weiter vor und wiederholte ihr *Alles? Nein, nicht alles.*

Berg war wieder anwesend. Der Ernst und das Lächeln waren verschwunden, er war leer, es war, als sei er zu den Worten zurückgekehrt.

... taucht eines schönen Tages auf, aus heiterem Himmel.

Aber davor? Was war davor geschehen? Was hätte da gesagt werden sollen? Alles. Dann ein: Nein, nicht alles. Es war vielleicht mehr, was ausgelassen worden war, viel mehr. Thomasson wusste es nicht, es spielte vielleicht auch keine Rolle. Es war, wie es war. Es war nicht möglich umzukehren, von vorn anzufangen. Auf dem Theater und im Leben sind die Augenblicke unwiderruflich. Aber zugleich sagte er auch, dass sie wiederkommen, dass es das ist, was so wunderbar ist. Bergs vergessener Text, der auftaucht, wenn man nur wartet, wenn man es nur versteht zu warten. Siri, die sich ihm entgegenstreckt, wie auf den

Glasmalereien der Kirche, Menschen, die zum Licht emporsteigen, das Meer, das die Toten dem Leben zurückgibt.

Es war wie ein leichter Schwindel. Thomasson war ein wenig übel. Es kam nicht plötzlich, er hatte es schon kommen gespürt, aber keine Lust gehabt, es den jungen Leuten zu sagen. Es war auch nicht der Rede wert, eine leichte Übelkeit, oder vielleicht besser gesagt ein dumpfer Schmerz in der Magengrube. Es kam sicher von den Medikamenten. Er hatte etwas gegen Magenschmerzen bekommen, kleine ampullenartige Sachen, sich aber nicht die Mühe gemacht, sie mit ins Theater zu nehmen. Es war auch nicht nötig, es pflegte nicht schlimmer zu werden als dieser dumpfe Schmerz. Und den konnte er aushalten, damit konnte er leben.

Berg sprach weiter. Lange Pausen, häufiges Kramen in den Sachen, in dem, was geblieben war. Willie, hinter dem Erdhügel versteckt, las laut aus der Zeitung vor, kleine Meldungen über das, was geschehen war.

Gnädiger hochwürdiger Vater in Gott Dr. Carolus Hunter tot in Badewanne.

Chance für fixen Jungen.

Winnie hörte zu und spann weiter ihren Faden. *Charlie Hunter! Mein erster Ball! Mein erster Kuss!* Sie lächelte und träumte sich zurück.

Auf dem Platz rechts von Thomasson saß Agnes. Ihre rechte Hand war ganz von Kevins Fäusten umschlossen. Thomasson sah, wie er mit dem Zeigefinger über ihr Handgelenk strich. Im Rampenlicht war ein schwarzer Rand rings um das ganze Nagelbett zu sehen. Anhaftendes Öl, fast festgewachsen. Seine Arbeit hatte sich schon in seinem Körper festgesetzt.

Und wenn aus irgendeinem dunklen Grund kein Bemühen mehr möglich ist, nun dann ganz einfach die Augen schließen ...

Die Frau, also Berg, schloss die Augen.

... und darauf warten, dass der Tag kommt ...

Sie schaute auf. Es war, als sähe sie Thomasson direkt an, fixierte ihn mit dem Blick, der da mit seinen unbrauchbaren Beinen und seinem schmerzenden Magen in der ersten Reihe saß, verwundert und beunruhigt darüber, wie sich die Schmerzen auf eine Art wie noch nie bis hinauf in die Brust und hinaus in die Arme ausbreiteten.

... der glückliche Tag, an dem das Fleisch bei soundsoviel Grad schmilzt und die Nacht des Mondes soundsoviel hundert Stunden dauert.

Thomasson hatte während der Vorstellung dem Kichern und Lachen gelauscht, das mitunter in den Reihen ausbrach. Anfangs hatte zumindest ein Teil des Publikums über Berg gelacht, den alten Taxifahrer, der jetzt bis zur Brust in einem Erdhügel saß und versuchte, sich an seinen Rollentext zu erinnern, aber bald hatten die Lacher ihren Charakter geändert, und Thomasson hatte gemerkt, dass man jetzt über den Text selbst lachte, über das Schauspiel, über den Beckettschen Humor, der alles andere verdrängte und sie ein Menschenleben auf der Bühne sehen ließ, so wie sie es noch nie gesehen hatten, das sie aber trotzdem als ihr eigenes erkannten.

Und Thomasson sah sich selbst und Siri. Deutlicher als seit langem. Sie saßen da, kabbelten sich, schliefen miteinander, ließen die Tage verstreichen. Er las aus der Zeitung vor, sie probierte einen Hut mit Feder an, sang eine Melodie und hatte einen Teil der Worte vergessen. Sie hatte Nachsicht, mit ihm und mit sich selbst.

Zieh' dir deine Unterhosen an, mein Lieber, bevor du dich versengst.

Der Schmerz strahlte in die Arme aus, auch die Beine begannen sich bemerkbar zu machen.

»Ameisenlaufen«, sagte Willie.

Aber es war nicht nur das, es war etwas anderes. Vielleicht hatte er zu lange auf dem harten Stuhl gesessen. Er änderte die Stellung. Das brachte ein wenig Erleichterung. Vermutlich war es das gebrochene Handgelenk, das immer noch im Arm herumgeisterte. Bei Kälte funktionierte es nicht, wie es sollte, also vielleicht war es das. Wenn er es allzu lange stillhielt.

Vor mich hin zu quasseln, ohne dass mich eine Menschenseele hört.

Die Souffleuse hatte sich ein wenig zurückgelehnt und saß nicht mehr ganz so angespannt auf dem Stuhl. In regelmäßigen Abständen blätterte sie um. Entweder beherrschte Berg seinen Text, oder es war einfach so, dass die Souffleuse aufgegeben hatte.

Ach ja, so wenig zu sagen, so wenig zu tun, und die Angst so groß, an gewissen Tagen, sich verlassen zu finden ... im Stich gelassen ... noch Stunden vor sich, bis es klingelt zum Schlaf, und nichts mehr zu sagen, nichts mehr zu tun, dass die Tage vorbei gehen, gewisse Tage, ganz vorbei, es klingelt, und wenig oder nichts gesagt, wenig oder nichts getan.

Winnie nahm den Regenschirm, spannte ihn gegen die Sonne auf, die im Hintergrund leuchtete. Es war still. Es war sehr lange still. Sie schaute vor sich hin, den Regenschirm über dem Kopf. Es war so still, dass es in der Luft pfiff, wie wenn eine Neonröhre im Begriff ist, für immer zu erlöschen.

Die Souffleuse saß jetzt wieder vorgebeugt da, den Finger auf dem Papier und den Hals zur Bühne vorgereckt. Sie formte die Worte so deutlich, wie sie konnte: *Ich transpirierte sonst stark.*

Winnie schaute direkt in den Zuschauerraum hinein, es sah aus, als sitze sie da und lese in der Luft. Sie befeuchtete die Lippen, ein kleines Lächeln zeigte sich.

Das eben finde ich so wundervoll.

Das Lächeln verschwand. Kehrte zurück.

Die Art, in der der Mensch sich anpasst.

Sie war still. Schaute direkt vor sich hin. Dann hinunter ins Publikum, als würde sie jeden einzelnen anschauen, ihn mit ihrem Blick einfangen.

Den wechselnden Verhältnissen.

38 Thomasson beschloss, während der Pause sitzen zu bleiben. Kevin ging hinaus, um zu rauchen. Agnes holte Kaffee und für jeden ein Brötchen, das sie in der Reihe sitzend verzehrten. Thomasson fühlte sich zittrig, ihm brach der kalte Schweiß aus. Er musste an Diabetes denken. Altersdiabetes? Wie bekam man den? Und woher wusste man, dass man ihn bekommen hatte?

Das Brötchen schien zu helfen. Wenigstens wurde der Druck im Magen ein wenig leichter, nachdem er es gegessen hatte. Er fühlte sich auch nicht mehr ganz so zittrig. Er fragte sich, ob sie das kontrolliert hatten, mit dem Zucker. Er würde den Arzt fragen. Sicherheitshalber bat er Agnes jedoch, noch eine Tasse Kaffee zu holen. Er hatte sie nicht gefragt, wie ihr das Stück gefiel, und sie hatte nichts gesagt. Das hatte Zeit. Vielleicht war sie einfach zu jung.

Er wusste, wie es aussehen würde, wenn der Vorhang wieder aufging. Trotzdem gab es ihm einen Stich, als er es sah. Winnie steckte jetzt noch tiefer in dem Erdhügel. Zu sehen war nur ihr Gesicht. Sie war bis zum Hals eingegraben. Das einzige, was sie bewegen konnte, waren die Augen. Sie hatte den Hut auf. Den Hut mit der Feder.

Sie hatten ihn gefunden, als sie von der Kirche zurückkamen. Er lag noch an der Flussböschung. Thomasson war durch den Schnee hinuntergestapft, der ihm stellenweise bis zur Taille reichte, während Siri oben auf der Straße stehen geblieben war und ihn mit fröhlichen Zurufen anfeuerte. Sie hatte laut gelacht, als er sich das letzte Stück vorwärts warf, um diesen Hut zu fangen, der sein Bestes tat, um zu fliehen.

Sie waren heimwärts gewandert. Sie in ihrem langen schwarzen Mantel und den schwarzen Stiefeln, er ein Stück vor ihr, nicht zu nah, aber auch nicht zu weit entfernt. Durch die Stadt, vorbei an allen Blicken, während der Stolz und die Freude im Körper pulsierten, bis hin zu dem Holzhaus und die knarrenden Treppen hinauf.

Kann man immer noch von Zeit sprechen?

Winnie verstummte, schaute fragend hinaus in den Zuschauerraum.

Sagen, dass es jetzt lange Zeit her ist, seit ich dich sah.

Eine Pause, so lang, dass die Souffleuse begann, unruhig ihre Füße zu bewegen.

Seit ich dich hörte.

Thomasson wagte es, die Augen zu schließen. Winnie saß, wo sie saß, bis zum Hals eingemauert. Und er hörte alles, was sie sagte, jeden Satz. Und die langen Pausen, ersticktes Husten und Sitze, die ächzten, wenn jemand die Stellung wechselte.

O ja, große Gnaden, große Gnaden.

Thomasson schien es, als sei er unterwegs. Es war ein Gefühl, als bewege sich der Stuhl, während er dasaß und die Augen geschlossen hielt. Er machte sich nicht die Mühe zu schauen. Agnes saß rechts von ihm. Er war, wo er war. Er atmete. Er dachte an Siri, so wie er an Siri gedacht hatte seit dem Tag, an dem sie verschwand. Es nahm kein Ende.

Das Gesicht.

Er schaute auf. Winnie verstummte. Machte eine Pause.

Thomasson wartete. Er fragte sich, ob ihm etwas entgangen war. Sie hatte *Das Gesicht* gesagt. Oder hatte Thomasson es nur gedacht, war er im Begriff gewesen, einzuschlafen?

Die Nase, sagte Winnie.

Sie schaute hinunter, so weit wie sie konnte. Ihre Augen schielten.

Ich kann sie sehen … die Spitze … die Löcher … Lebensodem.

Wieder schloss Thomasson die Augen. Einmal hatte Winnie auf einem Ball getanzt, ihren Liebhaber in einem Geräteschuppen geküsst. Jetzt streckte sie die Zunge so weit heraus, wie sie konnte, um sie zu sehen. Das, was übrig war.

Die Zungenspitze.

Thomasson fiel es schwer, die Konzentration zu behalten. Er war müde. Aber es war mehr als das. Er hatte keine Antwort auf Agnes' Frage geschrieben. Er hatte es versucht, aber jedes Mal war ihm ein Satz aus Shakespeares *König Lear* eingefallen, wo Edgar sagt, solange wir sagen können »dies ist das Schlimmste«, ist das Schlimmste noch nicht geschehen.

Und er fand, es reiche jetzt. Er wollte nicht mehr. Das war es vielleicht eher als die Müdigkeit.

I mog jetzt langsam heimgehn.

Der Satz kam von nirgendwo zu ihm. Im Dialekt seiner Kindheit.

Es wird allmählich Zeit, sich nach Hause zu begeben.

Er lauschte Winnies Geplapper, den Geräuschen aus dem Zuschauerraum, Agnes und Kevin, die flüsternd die Köpfe zusammensteckten, den kurzen Atemzügen der Souffleuse.

Ja, das sind glückliche Tage, wenn es Geräusche gibt, sagte Winnie.

Thomasson machte die Augen nicht auf. Er lauschte nur.

Es war wie am Anfang, als ihr Lächeln und ihre Atemzüge einander begleiteten.

Wenn ich Geräusche höre.

Maja war da. Sie war immer da gewesen, hatte nie gezögert, von sich hören zu lassen.

Früher dachte ich …

Sie hatte ihn begleitet, ihn gescholten, gesagt, es sei seine Schuld, dass Siri nicht zu ihm sprach. Er weiß es nicht.

… ich sage, früher dachte ich, sie wären in meinem Kopf.

Er lauscht Winnies Geplapper, solange er kann. Es ist nicht so, dass er versucht, es festzuhalten, aber auch nicht so, dass er sich davon entfernt. Es ist nur so, dass die andere Stimme, so vertraut, die Oberhand gewinnt und er sie immer deutlicher vernimmt, wie er da sitzt, tief eingesunken auf seinem Platz in der ersten Reihe. Die Stimme, die auf einmal ertönt, nicht lauter und lauter, aber näher und näher.

Möchtest du mein Gesicht berühren … noch einmal?

Abschließender Kommentar

Ein Romanverfasser schöpft hemmungslos aus Quellen, die sich in seiner Reichweite befinden. So ist es auch in diesem Buch geschehen. Eine Liste würde sehr lang werden, also begnüge ich mich mit zwei wichtigen Beispielen.

Agnes Frids Frage ist von der französischen Künstlerin Sophie Calle inspiriert, die in dem Buch/Kunstwerk *Exquisit pain* versucht, ihre schmerzhafte Trennung zu überwinden, indem sie Menschen, denen sie begegnet, die Frage stellt: »When did you suffer most?« Deren Erzählungen tragen dazu bei, ihre eigene Trauer zu lindern, und allmählich vollständig auszulöschen.

Malone stirbt von Samuel Beckett im Motto und auf Seite 226 wird zitiert in der Übersetzung von Elmar Tophoven, © Suhrkamp Verlag Frankfurt 1958.
Glückliche Tage von Samuel Beckett in den Kapiteln 36 bis 38 wird zitiert in der Übersetzung von Erika und Elmar Tophoven, © Suhrkamp Verlag Frankfurt 1963.

Inhalt

Lars Gustafsson

Frau Sorgedahls schöne weiße Arme

Roman

Aus dem Schwedischen von Verena Reichel

2009. 240 Seiten

»Gustafssons hinreißender Erinnerungsroman. Es werden in diesem Jahr nicht viele Bücher erscheinen, die ihre Leser so reich beschenken wie *Frau Sorgedahls schöne weiße Arme.*«

Franziska Augstein, *Süddeutsche Zeitung*

»Gustafssons poetisches Geheimnis ist es, Geheimnisse wahren zu können. Sein Roman ist voller Erotik, kühn verbindet er Anekdote und Theorie, Sinnlichkeit und Transzendenz. Man lasse sich in die weißen Arme von Frau Sorgedahl gleiten, und man wird nicht wissen, ob man fliegt oder fällt.« Andreas Breitenstein, *Neue Zürcher Zeitung*

»Mit wunderbarer Leichtigkeit und Eleganz webt Gustafsson sein literarisches Erinnerungsgespinnst um die Figur des vereinsamten Philosophieprofessors – fabulierlustig, bildersatt und mit souveränem Spaß.«

Der Spiegel

Der Dekan

Aus dem Schwedischen von Verena Reichel

2004. 192 Seiten

»Schön ist dieser spezielle Gustafsson-Sound, in dem sich unerschrokkener Scharfsinn und kindliche Fabulierlust mischen.«

Ulrich Greiner, *DIE ZEIT*

»Gustafssons Prosa ist deswegen immer wieder so wunderbar zu lesen, weil in ihr ein beweglicher Geist haust, der einen Haken nach dem anderen schlägt.« Martin Krumbholz, *Frankfurter Rundschau*

»Ein literarisches Meisterstück.«

Andreas Dorschel, *Süddeutsche Zeitung*

Per Petterson

Ich verfluche den Fluss der Zeit

Roman

Aus dem Norwegischen von Ina Kronenberger

2009. 240 Seiten

»Ein wunderbares, melancholisches Buch, das so groß ist, weil es den Menschen eigentlich gar nicht durchleuchten oder gar sezieren will und ihm so vielleicht am nächsten kommt.«

Peter Urban-Halle, *Frankfurter Allgemeine Zeitung*

»Man wartet auf die Bücher Per Pettersons. Einmal mehr hat er einen Roman geschaffen, in dem das dunkle Geheimnis der Existenz magisch aufleuchtet.« Andreas Breitenstein, *Neue Zürcher Zeitung*

Im Kielwasser

Roman

Aus dem Norwegischen von Ina Kronenberger

2007. 192 Seiten

»Bei Per Petterson ist kein Wort zu viel, kein Wort zu wenig, kein Wort am falschen Platz. Sie entwickeln eine Sogkraft, einen leisen, aber mächtigen Zauber.« Sigrid Löffler, *Literaturen*

»Ein schmerzhaft schöner Roman.« Ulrich Baron, *DIE ZEIT*

Pferde stehlen

Roman

Aus dem Norwegischen von Ina Kronenberger

2006. 248 Seiten

»Ein verführerisches Buch. Wunderbar geschrieben in einer Sprache, die klar ist und wasserhell, zart und eindringlich, menschennah und gänzlich ohne Sentimentalität.« Gabriele von Arnim, *Die Welt*

»Mehr Eintauchen geht nicht. Der Roman gibt uns das Gefühl, durch ein fremdes Leben zu schreiten und jede Wahrnehmung zu teilen.« *Brigitte*